信你勇敢，好嗎？

Be brave enough to love you.

矮子（思念秧秧）／著

目次

楔子

婚宴會場內充滿了粉色氛圍，我透過玻璃反射整理著自己的服裝儀容。

「思秧！」

穿著米白色洋裝的李涵笑臉盈盈地朝我跑來。

我低下頭看了手錶說道：「妳真的很愛遲到耶。」

「對不起啦，還不是余佳穎那個白目一直拖。」李涵轉身過去大力地扯過躲在她身後的余佳穎。

「嗨！思秧，好久不見。」

余佳穎兩顆眼珠轉啊轉的，不自在地抓了抓髮梢。

「好久不見。」微笑，我伸手牽起她與李涵的手。「走吧！我們三姊妹去鬧一下今天的男主角。」

「好耶！」李涵尖叫，拉著我們跑向舞台前。

「各位！我數到三，一起說新郎帥不帥！」

「一、二、三——」

「醜！死！了！」

按下快門的瞬間，大家都笑翻了。

※

青春，是一生中最爆裂的時期。
感謝那樣的轟轟烈烈，
造就了我們注定要不平凡的故事。

第一章

1

「嗨，又是同學了。」

坐在前面的女孩向我打招呼。

「嗨，那麼巧。」她叫做李涵，是我的國小同學，不算熟識的那種。

我對她比較有印象的，是她有個總是膩在一起的跟屁蟲。那個女生總是會帶著小點心，下課準時來我們班找李涵報到，她們長得很像，永遠的齊瀏海，無辜的大眼睛，還有我覺得很迷你的身高。

班上同學們三三兩兩的閒聊著，因為學區關係，基本上同一間國小畢業的學生，都有很大的機會可以在國中同班，就像我跟李涵這樣。沒記錯的話，班上應該還會有一個我們的國小同學才對。

「欸，李涵！」安靜的氛圍被一個粗魯的聲音劃破！

「噓——」前面的女孩趴在桌面上對他比了個噓的手勢，她的頭幾乎是要貼在桌面上了。

「李涵妳那麼矮，不要坐後面啦！」

男孩以跑百米的速度來到女孩身旁，他真的很粗魯耶！

「走開啦，我不想讓大家知道我認識你。」李涵轉過頭來向我發出求救眼神。

「看我幹麼？」莫名其妙。

「對啊，妳看她幹麼，她是誰？」

男孩一邊說話一邊翻弄我放在桌上的講義。我非常討厭別人動我的東西，尤其是這種根本不認識的人

「她是我國小的班長，叫徐思秧。」

女孩像是看透我的心思一般，把講義從男孩手裡搶過來，拍一拍放回我桌上

「是喔！欸我覺得妳真的不要坐後面，老師會看不到妳。」

他瞥了我一眼，把目光轉回李涵身上。

「妳如果不坐到前面，那我就要坐到妳旁邊喔！」

「隨便你。」李涵看了他一眼，隨即趴在桌面上，靜靜看著窗外。

謝康昊，這麼好看的名字竟然繡在這個男孩的衣服上，真的很不配啊！

「報告！」一個熟悉的聲音從門口傳來，我舉起手想呼喚他到我旁邊。

「老師還沒到，不用報告。」

又是謝康昊，他對著剛進門的男孩甩甩手，男孩抓了抓自己的後腦勺，不好意思地「哈哈」兩聲，笑著朝我走過來。

「妳也有上先修班啊？」男孩一坐下就看向我桌上的講義。

「嗯啊！我媽很怕我會跟不上。」我無奈地攤手，外加翻一個大白眼。

他從書包裡拿出一本比我講義厚大約十倍的書，上面寫著《國一數學大補帖》。

我們相識一笑。

「對了！我叫宋家佑，你呢？」突然，他用力拍了坐前面的謝康昊。

「靠，很痛！」

謝康昊慘叫，摸著自己被拍打的背，轉過身去瞪他。

「對不起。」宋家佑笑著輕拍謝康昊的手，我也笑了。

這時一個看起來非常年輕的女生走進教室。

「各位同學，不好意思剛剛跟家長說話耽擱了一下。我姓廖，是你們的班導。」年輕的班導有著咖啡色齊耳的短髮，配上黑色粗框眼鏡，看起來非常嚴肅的樣子。她一邊說話一邊往講台走，腳步又快又急。「因為你們等等要去聽新生講座，我廢話不多說，先幫你們選了臨時股長，三個月後大家比較認識了，我們再重選一次。」

「那麼好，零食還有股長。」

魂不守舍的李涵倒是開口了。

「白痴啊！是臨時有事不能出來，的那個臨時。」旁邊的謝康昊用力推了她的桌子。

「好好玩，我第一次聽到有人舉例那麼長的。」宋家佑笑著跟我說。

「我也是。」聳聳肩，雖然我不知道謝康昊和李涵什麼關係，但從他們的對話可以感覺得出來他們應該認識很久了。

老師在黑板上寫上臨時幹部的名字。

班長徐思秧，ＳＨＩＴ！

「哇！妳又是班長了耶！李涵是學藝，那我是……」宋家佑拍拍我的肩膀。

「你什麼也不是。」李涵瞥了他一眼。

「是不是要去集合了？我看到外面有人往操場走了耶。」謝康昊站起來指向窗外。

老師看了看手錶。「對！那思秧同學麻煩帶隊到操場，男生女生排成兩排，由高到矮排列。」

我起身，正想拉李涵一起走時，老師叫住她：「李涵！妳來找老師一下。」我們四目相交，她用脣語跟我說了掰掰就往講台走去。

走廊上的同學們亂成一團，似乎沒有要配合我整隊的意思，我懊惱地看了宋家佑一眼。

就在此時——

「各位同學！麻煩配合一下好嗎？要聊天還有以後三年可以聊，先排隊吧！」

出聲的是謝康昊，他先是對我挑了一下眉，便開始幫同學由高到矮排列。

「不好意思我高你一點，要排在第一個喔！」排到最後剩下兩個男生，謝康昊笑著對宋家佑說。

「請。」宋家佑退到一邊讓他往前。

一直到謝康昊站在我面前，我才發現他很高，以我一六六的身高來看他高了我一個半的頭，少說也有一百八十公分，還有那超級犯規的雙眼皮，高挺的鼻子，深咖啡色的頭髮。

天啊！他竟然是帥哥，但可惜是一個沒水準的帥哥。

「班長！現在應該不是妳看帥哥的時候。」謝康昊瞇著眼，湊到我面前。

「我哪有。」撇過頭，帶著大家往操場移動，餘光看見謝康昊擔心地望著教室內正在跟老師說話的李涵。

「她還好嗎？」

雖然我跟她不熟，但看著謝康昊的表情，不得不擔心起李涵的狀況。

「她暑假發生了一些事情。」許久，他緩緩地吐出這句話。

後來我才知道，那個跟屁蟲她叫程以築，在二〇〇七年我們升國中前的那個夏天，車禍過世了。

2

「我們不能去選擇自己最想要的片段，也不能避免去遇見生命中或輕或重的人，在成長的路上，我會路過一些風景，也會被一些風景路過。而他們，都在我的生命裡留下了痕跡，永遠永遠。」

我靜靜地看著李涵被張貼在學務處布告欄上的極短篇。

那天的我們，沒有去追問她究竟發生了什麼事情，也許就像謝康昊說的「她現在最需要的是一個出口」。

而我想，她是在寫作裡找到了出口。

明明才從國小畢業沒多久，卻覺得自己已經長大了不少，至少以前不懂的，現在懂了，我是說，關於喜歡這種情緒。

我喜歡李涵，喜歡謝康昊，還有喜歡每次升旗都坐在謝康昊後面廢話一堆的余佳穎，雖然她幾乎邊緣到我們常常遺忘她的存在。

然而，我好像，特別喜歡宋家佑。

認識他大概有四年了吧！宋家佑一直都是讓人感到很舒服自在的男生，他懂我，卻又不是看穿我；他對我好，卻又不求什麼。

喜歡他上課踴躍發問到老師叫他安靜、喜歡他下課就往操場狂奔、好幾次上課都差點回不來、喜歡他對我一個人特別溫柔、喜歡他不管何時何地都會尋找我的模樣、喜歡他的全部，包括那體育課結束後淡淡的汗味。

我還記得國小四年級時，我上課偷看漫畫被老師罰抄一到十課的課文，那時候同學都回家了，剩下我在安親班一邊哭邊寫，他很帥氣地把一疊稿紙丟在我桌上。「這裡是五到十課的課文，我上次被罰還有剩，給妳好了。」說完便匆匆地跑出教室。

但是在他轉身的那一瞬間，我看見他手上沾滿鉛筆的碳粉，也太黑了吧！這個笨蛋！

※

上課中鐘聲響起，班導抱著一疊作文簿走進教室。

「今天的作文主題要來談初戀。」

班上同學們聽到主題不約而同地發出「啊～」的聲音。

老師輕推眼鏡，快速掃過全班同學。

「謝康昊人呢？」

「這裡啦！」姍姍來遲的他在教室外大喊著。

「你等一下下課過來找我。」

「老師我沒交過女朋友。」遲到還敢講話那麼大聲的，這世界就只有謝康昊一人。

「我是要你們幻想，幻想出自己初戀的人、事、時、地、物，想像力是你們寫作最重要的元素，除了色情的不可以寫，其他自由發揮。」提到色情，老師還對著謝康昊特別加重語氣。

「我最討厭寫作文。」謝康昊在一旁喃喃自語。

我偷偷望向身旁的宋家佑，看著他認真的側臉。

他的帥跟謝康昊不同，謝康昊是一眼帥哥，第一眼就會認為他很帥，而宋家佑是耐看型的，白白的皮膚、薄薄嘴唇、還有那笑起來幾乎瞇成一條線的單眼皮。

「你在寫什麼？」

我輕輕搖晃宋家佑的桌子，用唇語問他。

他伸出食指對我比了個噓的手勢。「祕……密。」

「哼！」我不爽地瞪了他一眼，用力撥亂他桌面上的文具。

李涵被聲音驚動，轉過頭來，一臉疑惑問說：「妳幹麼？」

「沒事！」

我再瞪宋家佑一眼！

看窗外的藍天發呆，時光彷彿是坐上了時光機。

前方有一個坐在操場邊大哭的男孩，膝蓋上還有一道怵目驚心的傷痕。

「你不要哭了，這樣很像女生。」我砰的一聲，坐到他旁邊，遞上自己的手帕。

「如果我沒有跌倒，我們班就不會輸了，妳也就不用追的那麼辛苦了。」男孩一邊哭泣，一邊使勁地擦拭著淚珠，他哭是因為自責，自己竟然在運動會大隊接力時摔倒了

「沒有任何一個同學怪你啊！而且你很勇敢，即使跌到受傷了，還堅持要站起來繼續跑，我覺得你很厲害喔！」我拍拍他的肩膀，對他比了一個讚的手勢。

「我很勇敢？」他看著我。

「嗯！」我用力點點頭。

「那女生會喜歡勇敢的男生嗎？」不知道他哪來的想法會問這個問題。

「其他人我不知道，但是我可能會。」

「妳這樣算不算是喜歡我？」

他不再哭泣，取而代之的是充滿愛心的發亮眼神。

「我為什麼要喜歡你？」我滿腦子的問號。

「因為只有妳安慰我。」他一臉認真的樣子，好可怕。

「宋家佑，你是不是太臭美了！真可愛！可憐的沒人愛！」我朝他吐了舌頭，起身跑掉。

「欸徐思秧！褲子髒掉了啦！」他對著我大叫。

「要！你！管！」

隔天他把洗乾淨的手帕還給我，還附上一張紙條寫著：「現在還不可以喜歡妳，我們還太小了，等我長大再把妳娶回家，因為妳真的好漂亮！」

說不出我那時候的心情是驚喜還是驚恐，不過我偷偷的把紙條黏在我的筆記本裡，一直到現在，都好好地躺在那裡。

他算是我的初戀嗎？那他的初戀是我嗎？

——

鐘聲響起，用力地敲一敲腦袋，把自己拉回現實，我竟然把那些片段全寫進了作文裡。

「寫完的同學可以交給我，沒寫完的就當今天回家功課；然後這次段考是你們國中的第一次重要考試，請大家盡全力應試。」班導面無表情叮嚀著。

李涵是第一個交出作文簿的人。

「妳寫什麼？」余佳穎好奇地跟上她。

她冷冷看了余佳穎一眼。

「就隨便掰一個學長出來啊。」

「那謝康昊怎麼辦？」對！我也很想問這個問題。

「關我屁事？」

剛睡醒的謝康昊跟李涵幾乎是同時說出口的。

「你們不是男女朋友嗎？」余佳穎不可置信地看著他們兩個。

「靠！」這是謝康昊。

「啊？」這是李涵。

搞什麼！我故事說到這裡了，才知道他們根本不是男女朋友。「那至少是曖昧對象吧？」我追問。

「嗯……也不是。」謝康昊故意拉長音釣我們胃口。

「那你們到底什麼關係？」余佳穎崩潰大喊。

「青梅竹馬。」謝康昊得意地回答。

「三小啊！」對不起！我真的想罵髒話，青梅竹馬這個詞，從謝康昊口中說出來真的太噁爛了。

「嗯，青梅竹馬。」李涵笑著點點頭。

我們在嘰嘰喳喳的同時，宋家佑賊頭賊腦地把作文簿也交給了老師。

3

我從教師辦公室走出來，正巧碰到在整理布告欄的學長，他手裡拿著新一期的極短篇得獎作品。

「一年二班，李涵。」

果然又是我們優秀的李涵，我得意地笑了。

「妳認識她？」學長問我。

我得意地抬起胸。「她是我朋友。」

「是喔。」學長下意識點了點頭，然後我看見了剛從合作社走出來的宋家佑。

「怎麼剛好在這邊？妳看，我幫妳買了牛奶。」

他遞上玻璃瓶裝的牛奶，很好，是熱的。

「你怎麼知道我很需要？」笑著接下，我真的很喜歡這溫熱的手感。

「對妳，我沒有不知道的事，因為……」他用食指輕推我的頭。

「因為什麼？」心跳不斷加速。

「因為……沒事！星期六我生日宴會，記得穿漂亮一點。」看著轉身逃跑的他，我一臉錯愕。

走回教室的路上，我看到李涵從對面走來。

「明明比我小幾個月，卻比我成熟很多～」

「什麼？」她一臉疑惑。

「妳的文章啊！這禮拜又更新了。」

「真的啊？好棒喔！」

不知道是從哪裡蹦出來，謝康昊伸手搭上李涵的肩膀。

「對了，這禮拜宋家佑生日，我們一起幫他慶祝好嗎？」我說。

「好啊！」」他們異口同聲回答。

謝康昊笑得曖昧。「妳是要幫妳老公辦派對嗎？」

「閉嘴啦白痴！」

我大叫，瘋狂捶打他的背。

遠處走來的余佳穎跟著一起瞎起鬨。「是她男朋友啦！我們都還小不能結婚。」

「妳也閉嘴！」我踢了她一腳。

說到生日會，李涵和余佳穎老早就陪我買好衣服了，還記得那天我們倆說什麼都要李涵跟我們買一樣的姊妹裝，她大小姐千百個不願意，在我的逼問下才知道，她比我們矮太多了，我們買的長版衣，她穿起來根本洋裝。

「思秧，妳星期六要不要去給人家洗個頭之類的？」

余佳穎趴在我桌上，興奮地拍著桌子。

「為什麼？」

「因為妳老公生日啊！」李涵冷冷說，然後面無表情地伸出右手。

「妳再吵，小心不給妳點心，今天是日本很紅的薯條三兄弟喔！」我拍了一下她的右手心。

自從知道跟屁蟲已經離開的事情之後，我每天都會從家裡帶一些食物，來給這個夢想可以當「零食」股長的李涵。

「喔~抱歉，更正！因為妳的好朋友宋家佑生日，所以請問妳要去洗頭嗎？」說完，她飛快地搶走我手裡的薯條三兄弟。

「廢物！為了食物什麼事都做得出來。」

余佳穎不爽地搥了正開心吃著薯條的李涵一拳，她依然故我的品嘗著。

鈴響之後，班導抱著上次的作文簿走進教室。

「接下來會有科展競賽和語文競賽的團隊徵選辦法，有興趣的同學可以跟我拿資料，然後誰知道謝康昊又去哪裡了？」她無奈地看著又空著的座位。

「他跟三年級混混去畢業旅行了。」

李涵非常認真地說出一句看似玩笑的話。

「好，那老師打電話去他家關心一下。」

老師一出教室，余佳穎飛奔到我們座位旁。「妳們要參加科展嗎？」

「我要喔！我想試試看，家佑呢？你要參加嗎？」參加我們學校的科展團隊一直是我夢寐以求的事情。

「好啊，妳要參加我就陪妳。」宋家佑笑著對我說。

他一直是，把我放在第一順位呢！

李涵抱著作文簿走向我們，她一臉奸詐地笑著，拿起其中一本輕晃著。

「——總是習慣帶著手帕，因為我告訴自己，再也不可以讓那個女孩的屁股沾到泥巴了。」李涵很冷靜地把內容念完，之後忍不住大笑起來。「我從來沒看過這麼爛的文章，對不起……雖然我知道是你們的故事……可是你告訴我這是什麼爛東西啊。」她笑得宋家佑不知所措。

我笑著看他。「怎麼屁股髒就不喜歡了嗎？」

「不是那個意思，我是指想要好好守護妳啦！」

他急著解釋的樣子惹得我發笑。「我知道啦！笨蛋。」

「所以我剛剛是見證愛情的時刻嗎？」

李涵轉向在一旁目瞪口呆的余佳穎。

「欸！對！」

※

宋家佑成為我男朋友的第一個生日，我們在讀書中度過了。

雖然不特別，卻真實的讓人感到幸福；更讓人滿足的是，我們幾個都考了很不錯的成績。

我和宋家佑包辦了前兩名、余佳穎第五，每天只會吃東西的李涵也撈到第十名。

對不起，我忘了還有一個傢伙，全班四十個同學，謝康昊就那麼厲害的——是那第四十名。

4

「徐思秧，陪我蹺課好不好？」。

「現在嗎？」

我驚訝地問道。從小到大，我還真的沒蹺課過。

「嗯，我已經裝病了，換妳。」她的表情非常認真。

總是這樣，用認真的表情說著荒謬的話。

「走！」連自己都感到詫異的，我竟然不經思考就說出來。

李涵絕對是我這輩子遇過最瘋狂的人，她跟老師說她有先天性心臟病，忘記帶藥到學校，身體非常不舒服需要回家。

我問她「老師不會覺得妳很怪嗎？突然心臟病？」，結果她大小姐竟然這樣回我：「所以我一開學就在身體健康表上寫了心臟病，算是在鋪路吧！」

李涵就是這樣，總是令人傻眼。

隨便掰了生理痛就落跑的我，和假心臟病少女李涵，就這樣順利完成人生中的第一次蹺課。

宋家佑瞪大眼睛看著我。「妳真的要蹺課？」

「對啊！」害怕被他責備的我刻意避開了他的視線。

「那妳小心一點。」出乎意料的，他竟然幫我收拾桌面上的東西，還叮嚀我沒事就回家，不要亂跑。

「我們要去哪裡？」

從出校門開始，我就一直跟著李涵走，她並沒有要告訴我目的地是哪裡的意思。

「去一個可以說故事的地方。」她依然沒有回頭，筆直地往前走。

最後我們的腳步停在一個老舊卻整齊的住宅區，另一旁是條旱溪，李涵拉我走上長長的河堤，坐下。

「這裡是我和謝康昊跟程以築小時候的祕密基地，以築有氣喘，她爸媽從來不讓她吃冰，謝康昊都會偷偷買來這裡和我們一起吃；他不喜歡讀書，也不寫作業，每天我們都會趴在河堤上幫他寫。」李涵看著遠方靜靜說著。

「他從小就很壞是嗎？」不知道為什麼想到小時候的謝康昊我就想笑。

「不，他其實很乖，他總是陪奶奶去撿回收，因為他知道奶奶老了，推那麼重車子是很辛苦的，所以就算每次在路上遇到嘲笑他的同學，他也不曾退縮。」

我從來不知道謝康昊那個皮小子竟然那麼孝順。

「那他為什麼會跟那麼多壞學生當朋友？」

「八歲那年，我和以築一如往常的去他家等他一起上學，他媽媽說要他乖乖去上學，下午就來接他回外婆家住，可是妳知道嗎？」李涵充滿悲傷的看著我，我搖頭。

「他媽媽再也沒有回來了！謝康昊從八歲等到十三歲，等到的只是一個媽媽不要他的事實。他開始出陣頭、抽菸、打架、飆車，我其實不知道他這麼做是想證明什麼，但是我知道那個骨子裡很脆弱很孝順的謝康昊，已經被他藏起來了。」

李涵從口袋裡拿出了一直要給程以築的吊飾。

「妳看見那個紅色大門的房子了嗎？那是以築家，我每天上下學都會故意繞到這邊，就算我知道她不會再從那扇紅色大門走出來，還是想碰碰運氣，也許，有一天她會在門口等我也不一定。」聽著他們的故事，我的眼淚不自覺地滑落。

「他們搬家了；就在今天早上，她哥哥跟我道別了。」李涵從書包裡拿出了好幾張五月天的專輯。

我接過她手上的專輯，仔細看著。「這些都妳的嗎？」

「不是！全部都是以築的，也是她唯一為我留下的。」低著頭的李涵不讓我看見她的表情，我靠近，輕摟著她的肩膀。

「謝康昊那個臭俗辣，他不敢面對，所以他逃，他以為跟混混出去玩就可以掩蓋他同樣傷心的事實嗎？才不會。就像我不管怎麼努力讓自己笑，都知道快樂早就已經不再了。」李涵哭的像個小孩，面對她的悲傷，我怎麼會如此無能為力。

「我　為何要存在　為何要感慨　為何顫抖　停不下來

你　為何要推翻　為何要離開　為何給我　這個答案　」

李涵靠在我肩膀，帶著濃濃的鼻音唱著五月天的《我們》。

「我們曾經那麼精彩　我們曾經那麼期待

最後你把回憶還我　要我好好過　」

泣不成聲的她抱著我，而我幫她接唱著。

「妳怎麼會唱？」她驚訝地抬起頭。

「想不到吧！我也是五迷喔！」

我不知道自己流著淚還硬要笑的樣子醜不醜。但是我知道這句話，讓李涵是發自內心的笑了，那笑容好美，所以我想要讓她永遠這樣笑著。

「謝謝妳陪我。」李涵粗魯地用制服外套擦著眼淚。

「不用客氣啦！」我遞上自己玫瑰花的手帕。

「小王子。」她看著手帕笑了。

「妳知道？」我驚呼，說真的，從小到大大家都只會笑，用什麼玫瑰花啊！好土喔！

「想不到吧！我也是小王子的書迷喔！」她學我剛剛說自記是五迷的口氣。

「也太巧了吧！」我們相視一笑。

然後李涵帶我去她家，去看她和程以築謝康昊小時候的照片，聽著她說的那些從前，我好羨慕，羨慕他們有那麼真摯又堅定的感情。

「我也好想當妳最好的朋友。」翻閱著照片，我脫口而出。

「啊？」她嚇了一大跳。

「不是……我沒有別的意思……只是很想幫妳分擔一些……呃！」看著她傻眼的表情，我感覺到一陣尷尬。

「好啊！可是妳答應我一件事！」她眼睛閃閃發亮。

「什麼事？」

「妳不可以輕易離開我，還有，要一直照顧我。」她笑容燦爛。

「好啊，沒問題！」我開心地點點頭。

很久很久以後，我才會明白，對李涵許下的這個承諾，絕對是我這輩子做過，最錯誤的決定。

她根本是我女兒，而且是最會找麻煩也完全不貼心的女兒。

※

「明天我去接妳上學。」洗完澡後電腦跳出了宋家佑的即時通訊息。

「好！對了！我哥哥說如果你要是敢欺負我，他會殺了你。」打完字我還送他一個大笑的嗆聲娃娃。

「我疼妳都來不及為什麼會欺負妳？」他回傳了大哭的嗆聲娃娃。

我們繼續聊著科展甄選的準備方向，和段考怎麼會錯一些簡單的題目之類的話題，直到我的即時通跳出另一個畫面。「欸，九號球好好聽喔！妳聽過嗎？」是李涵，沒頭沒尾的蹦出一句話。

「有啊，拜託那是二〇〇三年的歌了。」

「那妳知道他背後的故事嗎？」雖然我隔著電腦看不到她的表情，但我猜她現在應該很興奮。

「只知道是怪獸寫給他媽媽的。」

「那時候五月天正在準備退伍後的《天空之城》演唱會和《時光機》那張專輯，怪獸的媽媽有一天突然在家裡暈倒，因為延誤治療，腦部受損，成了植物人，到現在仍靠呼吸器維持生命，而他媽媽就是最支持他走音樂路的人。」我看著螢幕上李涵打出的文字，深深吸了一口氣。

「妳今天是要逼我哭幾次？」我回她。

「我要講的不是這個，是在錄製《時光機》時，怪獸每天醫院、錄音室兩頭跑，後來石頭把錄音器材搬到醫院讓怪獸工作，幾個兄弟也在醫院附近租房子，方便怪獸來來回回。我想說的是，一生中能有這樣的朋友就值得了！」

「真的！」跟李涵聊天聊到我幾乎忘記宋家佑還在等我回訊息。

「我們來當這樣的朋友好不好？」李涵說。
「好啊！我答應妳。」
「那我先說好喔！怪獸是我的，我二十歲要嫁給他」
我真的猜不透她的腦子到底裝了什麼，才會想這些亂七八糟的東西。
「給妳啊！反正我決定要幫阿信生一個小五月天了。」可現在想起來，我的腦子好像也沒有好到哪裡。
「妳和以築一樣，都喜歡阿信。」
我正打算回她時，哥哥走進我房間。
「跟男朋友聊天？」他在我床邊坐了下來。
「不是啦！是女生朋友。」我點開李涵的大頭照給他看，這也才發現是一張李涵和謝康昊的合照。
「她男朋友很帥喔！比妳的帥！」我用力肘擊他。
「他們才不是情侶，但是我覺得他們都是很勇敢的人；哥，你覺得接受死亡比較難還是接受被媽媽遺棄的事實？」我坐回床上跟哥哥肩並肩的聊天。
「被遺棄吧！死亡是人都會遇到的，只是時間早晚的問題，但是很少人會被媽媽遺棄吧。」哥哥摸一摸下巴，認真地回答我。
「那被遺棄之後就變壞是甚麼概念？」
「妳是指我嗎？哈哈！可能就是想去找自己的價值，或是想刷存在感吧！我本人是前者啦。」

「找自己的價值啊……」

我反覆思考這句話的意思，謝康昊是這樣的人嗎？

「時候不早了，妳快點睡覺吧！」哥哥打了一個大大的呵欠，也替我關上房門。

如果說我們終其一生都要去追求自己的理想與價值，那像哥哥這樣能在二十歲就找到自我的人，不正是我們應該崇拜的嗎？

在爸媽眼中我們是應該要好好讀書、考上好學校、走入公職。

這樣的人生就是勝利嗎？

十四歲時的我是這樣問著自己的。

5

「靠！前面那是傳說中的高智商情侶嗎？」在我們粉紅氛圍外的，是謝康昊和李涵那對青梅竹馬，謝康昊一手抓著李涵的頭，一隻手拿著飯糰，邊走邊吃，邊吃還邊大聲講話。

「難得你今天沒遲到……」我看了手錶才發現。「哎呀！我們要遲到了啦！剩三分鐘！」

我放聲大叫，現在我們離校門還有三個紅路燈的距離。

「跑啊！」宋家佑笑著拉起我的手往前跑。

「李涵，快點──」我回過頭來對著還在休閒吃饅頭的李涵大喊，她才像是驚醒一樣，手刀往前衝，甚至超越先跑的我跟宋家佑。

「李涵！妳這個內八鬼，跑步給我小心一點！」謝康昊一臉不關他的事一樣在後面慢慢用走的。

「後面那四個，你們給我跑快點，我要關校門了！」站在校門口的訓導主任對著我們大叫，而宋家佑一看到主任，就放開緊握我的手。

就剩一個紅綠燈了，還有五十秒，絕對是綽綽有餘。

「哇啊！」可是，一路跑在最前頭的李涵就在這緊要關頭——

摔！倒！了！

摔了一個狗吃屎。

「靠！還真的給我跌倒！」謝康昊一個箭步飛奔到李涵身邊，拉起整個趴在馬路上的她。

李涵指著自己的膝蓋哭喪著臉。「腳破皮了啦！」

「廢話啊，內八那麼嚴重是跟人家跑屁啊！」他口氣很凶，動作卻是十分熟練地接過李涵的書包，然後一手架起她往前走。

「我去幫忙扶她。」

「不用啦！這樣妳也會遲到，讓阿昊來就好了，我們快走吧。」宋家佑一臉認真說道。

以為是自己聽錯，我想也不想地跑到李涵身邊，勾起她的右手一起往前走。

等到我們緩緩走到校門口，已經是七點三十三分了。

我嘆了口氣，準備接受遲到要在校門口罰站一整個早自習的處罰，主任卻說：「我原本是要懲罰你們的，但是看在她膝蓋都已經破皮的份上，快點帶她去擦藥吧。」。

「家佑我們……」一轉身，發現宋家佑竟然不在身後，我連忙四處張望。

「我在這。」原來他早已經進校門了。

我困惑而憤怒地看著他，謝康昊拍拍我的肩膀笑著說：「沒關係！我們沒遲到就好，不用在意。」他怎麼知道我在想什麼？

「妳們先進教室吧。我帶李涵去擦藥就好了。」謝康昊用手肘頂了一下宋家佑的手臂。

「但是她這樣怎麼走？」我擔心地看著李涵。

「不用擔心！她裝的啦！」

李涵和謝康昊交換一個眼神，原本無法走路的李涵竟然用跳的跳到宋家佑身邊。「欸！沒義氣先跑走！」然後還可以用破皮的腳踹他屁股。

「這什麼情況？」我傻眼。

「剛剛她趴在地上，我就跑過去嗆她『真的會被妳害到遲到欸』，她跟我說放心啦！我會保全你們的。」謝康昊一臉不意外的，講解剛剛那短短幾秒鐘，他們兩個發生了什麼事。「所以不用擔心，你們快回教室啦！」

謝康昊粗魯地把我和宋家佑往教室方向推，我差一點就要往前摔了。

「小心！」宋家佑飛快地拉起我的手，把我抱在懷中。

「放開我！」我用力推開他，因為我還有好多話想問。

看著李涵和謝康昊走遠的身影，我才放心往前教室前進。

「為什麼你要放下我們先走？」

一路上我們沉默著，直到我開口打破這尷尬的氛圍。

「對不起！我不知道妳那麼在意，我只是不想遲到，只是不想違反規定而已，沒有別的意思。」他拉住我衣角，無奈地解釋。

我停下腳步，轉身。「你知道我在氣什麼嗎？」

「氣我沒有等李涵。」他低著頭。

「錯！我是在想，如果你那麼在乎所謂的規定，那如果有一天規定和我，要你選擇的時候，你是不是會……」會不會因為害怕被懲罰而放棄我。

「我會選妳。」他用堅定的語氣打斷了我的話。

「你知道我們校規是禁止戀愛的？」

「知道。」

「所以你還要跟我……」

「我要。」他二度打斷我的話，在走廊轉角，緊緊抱著我。

在他懷裡，感覺到一陣前所未有情緒，是懷疑嗎？

其實，我不知道。

風中國中是一所校規嚴格禁止戀愛的學校，從我跟他在一起的第一天，就已經決定不去害怕會因為愛上宋家佑而被記大過甚至是轉學，愛本來就應該凌駕在一切之上。

可是，我不確定他是否會跟我有一樣的想法。

此刻在我面前發誓的他，會不會在最後選擇放棄呢？那我又該怎麼辦呢？

「如果你有一絲絲的害怕，我借你勇敢，好嗎？」最後我伸出雙環住他的腰。

「好。」宋家佑的這聲好，就像在我心裡打了一劑強心針。

我們的初戀，應該是相信、是包容、是一起成長、是永恆、是我長大後怎麼也找不到的，單純美好。

第二章

1

我和余佳穎順利進入夢寐以求的科展團隊，而那個死也不進語文競賽組的李涵，竟然加入了校刊社。宋家佑每天放學趕著補習，謝康昊則是維持自己一貫隨興的作風，想來上課就來，不想來的話，連假都懶得請。

「我問你，你為什麼每周一跟周五都不來上課？」終於有一天讓我逮到謝康昊了。

「我還不都是為了妳！周一跟周五都要升旗，要是我來了，朝會就會擋在妳跟宋家佑之間。」他趴在桌上，一副很偉大的表情。

「那還真感謝你喔！」

我推了他一下，看見宋家佑從教室外走進來。

「思秧！牛奶給妳。」今天是我好朋友來的第一天，宋家佑總是清楚地知道我的需求。這一點，我自己都沒辦法保證，要是我是男生，有沒有像他一樣的耐心和細心。

「他很貼心，很適合被我寫進小說裡當男主角。」站在一旁的李涵拿著筆記本，奮力寫著。

她說那本筆記本裡面裝著滿滿的錢，裡面全是她的文章，而她以後就是大文豪。這些荒謬的言論，全都是她自己說，也只有她自己會這麼肯定自己。

「李涵，妳的張毅維學長來了！」

睡夢中的謝康昊被佘佳穎的怪叫吵醒。

「哇靠！我的頭髮還好嗎？我今天沒用離直夾欸，天啊！」我原本以為李涵會冷靜的面對佘佳穎，沒想到整個畫面最失控的是她，她看著自己翹到不行的左邊髮尾狂叫。

「誰是張毅維學長？」

被吵醒的謝康昊，殺氣騰騰的看著我和宋家佑。

「你青・梅・竹・馬的男神。」宋家佑在青梅竹馬的四個字裡加了重音。

「幹！超醜的！李涵你他媽眼瞎啊！」

謝康昊看了一眼窗外，轉頭對著頭髮很亂情緒崩潰的李涵大喊。

傳說中李涵的男神，其實就是她們校刊社的學長。就是我曾經在走廊上遇過的，整理每週極短篇的那個學長。

學長站在我們教室們口，非常有禮貌地對著我們說。「抱歉，我找李涵。」

「她在……」佘佳穎四處張望，卻沒看到李涵的蹤跡。

「學長你找我。」她不知道什麼時候跑出教室的，等到我們回過神時，她已經站在學長後方了，然後死命地抓住自己的左邊頭髮。

我們躲在門後欣賞李涵害羞的表情，宋家佑說：「李涵上次發表的短篇文章裡的男主角，是不是那個學長啊！短髮，戴眼鏡，身高很高。」嗯，好像滿符合的。

「是謝康昊吧！她裡面有寫到，像他這樣的壞男孩，也許有一天碰到了一個幸運的女孩，然後變得很乖很乖，只可惜，我是比較不幸的那一種。」

佘佳穎急著反駁宋家佑的推測，因為她心裡，李謝CP永遠是第一名的。

「真的很感謝各位對我文章的關注與愛戴，不過那個男主角是設定徐思秧她哥哥，謝謝。」李涵一臉淡定地走向我們，那表情對比和學長講話的嬌羞樣，根本兩個人啊！

「喜歡她要講喔！不然她不是跟學長走，就是被我哥迷惑，哈哈。」我笑著拍了拍謝康昊的手臂。

「我不可能喜歡她，我喜歡妳還比較有可能。」

他抓住我的手腕，嚇到說不出話的我直盯著宋家佑。

「欸，不要鬧喔！那我女朋友。」宋家佑迅速拉開謝康昊的手，然後宣示主權般的，攬住我的肩膀。

「所以就是不可能的意思好嗎？」他露出淺淺的微笑。

「我和謝康昊從小一起長大，要是喜歡早就在一起了，不會拖到現在好嗎？妳們以為每個人都像徐思秧宋家佑那樣啊！假知己，真愛人。」李涵就是那種平時不說話，一說起話來靠杯到爆的那種人。

而且現在還跟謝康昊同個鼻孔出氣。

「像我們這樣有什麼不好！」宋家佑牽起我的手，對著前方這兩個氣勢囂張的青梅竹馬示威。

「對了，學長找妳幹麼？」

「他說他要追我。」

我完全沒辦法想像，這麼荒謬的話李涵怎麼能輕易說出口。

「所以妳要給他追喔！」宋家佑看著李涵。

「對啊！因為我說他要給我被追的感覺，我才會答應他。」她點點頭。
「妳有病啊！」
余佳穎崩潰拍向自己的額頭。
說來也厲害，學長這樣每日一追，也默默地就追了半學期。
而李涵也在放寒假前的那一天，答應了學長的告白，成為史上第一個讓學長花時間追來的女朋友。
我們還為此到肯德基慶祝一番。
謝康昊當然沒來，他差點沒被李涵氣死！

2

轉眼間，就到了令人期待的寒假。
除了科展的小隊、補習、我也開始學跳舞。
李涵則是把見色忘友這句話貫徹到底，無名小站上滿滿都她和學長去哪裡玩的文章。
余佳穎除了和我一起參加小隊，剩下的時間全都在家裡看少女漫畫和睡覺。
而我的宋家佑呢？原本以為我們也能像李涵他們那樣一直約會，只可惜他媽媽報名了全科班，他每天都在補習班裡奮鬥著，連見上一面都很困難。
「妳放假不學李涵去約會，一直來我這裡幹麼？」對了，還有謝康昊，他在我舞蹈教室樓下的簡餐店打工，我每天練完舞都會下來吃東西，找他聊天。

「宋家佑沒空啊！反正開學就見的到了。」

我坐在最喜歡的吧檯位置，無奈地攤攤手。

「你們這樣是哪門子情侶啊！」

謝康昊熟練地搖著雪克杯，輕輕晃著杯緣的糖漿，一杯漸層飲料就完成了。

「其實我一直想問一個問題，我和家佑是不是很不像情侶？」我從謝康昊手上接過飲料，湛藍混和著乳白色，這是我最愛喝的湛藍可爾必思。

「怎麼說？」

「我問過李涵，她說戀愛是會無時無刻想著對方、會期待下一次見面、會在約會前緊張得不知所措，但是這些情緒，我都沒有。」我一手撐著臉，一手攪亂了飲料。

「每個人戀愛的心境跟相處模式本來就不一樣，妳不用想太多吧！請妳吃。」

謝康昊把剛炸起來的薯條放在我面前。

「但是，我們已經很久沒好好聊天或一起吃個飯之類的，家佑會不會漸漸不喜歡我？」

拿起我最愛的薯條想一口塞進嘴裡，啊！燙到嘴巴了。

「妳小心一點啦！」謝康昊趕緊遞上面紙跟冰塊給我。

「你還沒回答我。」

「如果我是妳，我會直接去問他。」謝康昊一邊忙著迎接進門的客人，一邊順口問道。

「他會一起幫妳慶生吧？」

「我問問他好了。」

自從上次見面，我們已經整整一個星期沒有看到對方了。

「下星期二是我生日，我們跟李涵他們一起去吃飯好不好？如果你沒辦法也沒關係喔！我知道你很忙。」隔著電話筒，我感覺得到宋家佑的疲憊。

「好啊，我要去。」他笑著答應我。「思秧！我已經找自己的志向了！」

「好棒！恭喜你！」我也笑了起來。

「我要先考上第一高中，然後當醫生。」聽著他開心的語氣，我真心地替他感到高興。

「嗯，加油！你一定可以的！」

謝康昊說得沒錯，與其在這邊庸人自擾，倒不如直接去問他。

靜靜地喝完飲料，我把錢放在桌上就離開了。

※

慶生會理當要選壽星喜歡吃的餐廳，可偏偏我們主辦人是一個大吃貨，東挑西嫌的總算是決定辦在謝康昊打工的餐廳了。

好不容易約出來的宅女余佳穎，對著見色忘友女李涵說：「兩情若是長久時，又豈在朝朝暮暮。」

「兩情朝朝暮暮，豈能不長久。」李涵滿臉春風的把玩著自己的手機，吸引我注意的卻是她的手機吊飾。

「妳把要給程以築的吊飾掛起來啦！」

「嗯啊！毅維學長說我應該要繼續幫以築好好看這個世界，好好去實現我們的夢想。」

「這件事我們講了多久，妳不為所動，現在他隨便說說妳就放在心上了，真是愛情的奴隸啊！奴隸！」余佳穎在李涵後方翻了一個超級大的白眼。

「亂講！是因為妳們對我很好，所以我才能勇敢走出來啊！對不對謝康昊。」李涵看向吧檯裡忙碌的謝康昊。

「對，妳說得都對！」謝康昊右手提著鋼杯，輕輕搖晃著奶泡。

「宋家佑好慢喔！」

李涵望著滿桌子的食物，不耐煩地看著我。

「對啊！還是我去打個電話好了。」他已經遲到整整五十分鐘了。

「死矮子！他說不定有事情，妳閉嘴。」謝康昊拿了根脆薯塞進李涵的嘴裡。

手機一直轉到語音信箱。

「請問宋家佑在家嗎？」直到最後我才鼓起勇氣打電話到他家裡。

「妳哪裡找？」電話那頭的態度很不友善，我猜那是他媽媽，那聲音讓我從心底的打了個冷顫。

「我是他同學，想問他關於作業的事情。」下意識的，我說了謊。

「妳不會又是那個林彤吧！我告訴妳喔！妳不要一天到晚打來打來煩宋家佑。」她的口氣變得很激動，為什麼是林彤？他們很常講電話是嗎？

「不是，我是徐思秧，是宋家佑的班長。」

「喔！抱歉！他去補習班補課了，我等他回來再請他回電給妳好嗎？」

「好，謝謝。」掛掉電話我的心情複雜，一是因為林彤，二是他為什麼不來。

轉身回到店裡，硬撐起笑容，只是現在我心裡好苦好酸，該怎麼辦？我好想現在跑去找他問清楚。

「各位！他身體不舒服發燒了，我們先吃吧！」

謝康昊坐到我身旁的空位，小聲地在我耳邊說：「怎麼了嗎？」

「沒事啦！小感冒。」我笑著催促他快點加入李涵她們的大食怪行列。

「生日快樂！」大家舉杯歡呼。

奇怪！今天我最愛的湛藍可爾必思，怎麼那麼鹹啊！

「徐思秧！妳為什麼哭？」坐在我正對面的李涵指著我大叫。

很好，我控制不了自己的情緒。

很好，我毀了自己的十四歲生日。

很好，我在朋友精心準備的生日會上，

落荒而逃了。

落荒而逃的人，卻連自己可以去哪都不知道，如此可悲。

如果天空可以配合一點，狠狠地下一場大雨該有多好，現在這樣的陽光普照，只會更顯得我的難堪。

回到家，躺在沙發上，一動也不動看著夕陽漸漸落下。口袋裡傳來的鈴聲沒斷過，我想是李涵打來的吧！

「喂。」在鈴聲響了第一百次，我接起來了。

「思秧妳在哪裡？」不是李涵打的。

「嘟……嘟……」我立刻掛掉電話，剛剛打來的，是宋家佑。

其實我不明白自己掛電話的原因，明明心裡有好多話想問，卻沒有勇氣開口，關於林彤，我非常介意。

手機鈴聲繼續賣力地為宋家佑賣命，我索性直接關靜音。

「我在妳家樓下，我會等到妳下來為止。」他傳來了簡訊。

我看了看手錶，六點三十分，打了個呵欠、起身、下樓。

「生日快樂！」拉開大門，映入眼前的，是一個非常迷你的蛋糕，和滿身大汗的宋家佑。

「我不需要你的祝福。」我用力推開他，也翻倒了蛋糕。

「聽我解釋，我因為昨天模擬考題考太差，今天突然被叫回去訂正的，我以為很快就可以離開，沒想到老師把我留下來。」

宋家佑蹲在地上撿拾被我翻倒的蛋糕。

「你有手機、你有嘴巴，你可以提早告訴我。」

「我手機在家裡。」他抬頭看我。

「好，這件事就算了，那請你解釋你跟林彤的關係，為什麼我打去你家，你媽會以為我是林彤，你們很常聯絡是嗎？我害怕你忙不敢吵你，你就跟別的女生曖昧是嗎？」控制不住自己的情緒，我的眼淚伴隨著逐漸加大音量，完全失控了。

「我沒有。」宋家佑站在我面前，語氣堅定。

「你有，你想要背叛我。」我重重的一拳，不偏不倚打在他的左胸口。

宋家佑掐住我雙肩，越說越激動對著我大吼。

「我沒有！徐思秧！我沒有！是林彤她一直煩我，一開始假裝要問功課，我就給了她我家電話，之後她每天都打來，我受不了才叫我媽去罵她。」

「騙人！」甩不開他的手，我使盡吃奶的力氣咬住手臂。

「隨便妳！我沒有做的事情就是沒有。」他放開被我緊咬的手，轉身離開。

「你已經不喜歡我了是嗎？你喜歡林彤是嗎？」看著他離開，無力感襲擊全身上下每一個細胞，用盡所有力氣，我擠出了這句話。

「我喜歡妳，但是我討厭被懷疑。」停下腳步，他並沒有轉過來我。

「那你就跟我解釋啊！」

我從來不是脆弱的女生，此刻卻站在他背後哭到不能自己。

「我剛剛說過了，但是妳不相信。」他還是沒有回看我。

「對不起。」我示弱、我低頭、我害怕這樣的宋家佑。

「我和她真的沒什麼，我討厭她。」他轉過身來走到我面前，「我喜歡妳，很喜歡很喜歡，妳只要記住這件事就好了。」用手帕輕輕地擦拭我的眼淚。

「我們不要再失聯了，就算你很忙，每天都就給我五分鐘講電話好不好？」

「好，那妳也不要再哭了好不好。」他摸摸我的臉頰。

「好。」

破涕微笑，就是我現在的表情。

這是一個最糟也最棒的生日，糟的是因為我讓李涵太擔心而被她冷戰一星期，卻也得到了宋家佑每天一通電話，每星期一次約會的承諾。

3

寒假很短，每個人卻都過得很充實。

開學後的座位除了余佳穎搬到李涵前面，其他人都維持一樣的座位。

至於林彤，她想坐到宋家佑隔壁，被他狠狠拒絕了，因為宋家佑補習時間拉長，我們的電話也改成了交換日記。

「靠！下一節是訓導主任的生物課。」余佳穎大叫，不斷地用頭撞桌面。

「有沒有那麼誇張，還自殘咧！」我笑著看她。

訓導主任是這所國中，最機車的人。

他同時也是學生戀愛終結者，最經典是上次李涵和張毅維學長在走廊手牽手被他拿藤條切開，還揚言要記她們大過，學長卻說「我們在玩平衡遊戲，不牽著走會跌倒」，把他氣得半條老命都要沒了。

噹——噹——噹——

上課鐘聲響起，同學飛快回到座位，拿出課本假裝認真。

「起立。」我忘記說，我這學期一樣順利的連任班長了。

「不用！我聽說你們有人在偷談戀愛，現在我要檢查你們的所有人書包，全部放在桌上，立刻！動作！」主任拿著藤條用力地拍打講桌。

「主任！你憑什麼翻我們書包？」謝康昊非常有禮貌的舉手發言。

「憑我是主任！如果沒做虧心事，不用害怕那麼多。」

主任說完，二話不說從第一排第一個同學的書包開始搜查。中間收到非常多違禁品。「看愛情小說！妳最好給我小心一點，我最近盯妳盯很緊，不要被我抓到妳跟三年級那個張毅維，我絕對讓妳們其中一個轉學。」主任從李涵的書包裡搜出一疊ㄇ袋大小的言情小說。

不知道是我是多心嗎？主任越是靠近我，林彤的表情就越得意。

「這本是什麼！」主任從我書包裡搜出我們的交換日記。

「我的日記。」企圖讓自己看起來冷靜一點，雙手卻不斷發抖。

「妳人格分裂是嗎？騙我看不出來這字跡是兩個不同的人，班長很好啊！以身試法。」主任把日記本重重丟在我身上。

「就只是日記而已。」我困難地吐出這句話，用餘光偷瞄隔壁的宋家佑，他頭低到幾乎是要緊貼在桌面上了。

「妳要我唸出內容是嗎？說！妳跟誰在寫這本日記！」主任拿起藤條敲打我桌面。

我沉默。

「我再問一次，誰！跟！妳！在！寫！這！本！日！記！」他每一個斷音，就加大一倍音量。

我看向宋家佑，他仍然是低頭不語。

「我不知道，忘記了！」所以我對著主任說。

「我給妳最後一次機會，妳要是再不說，我就以談戀愛違反校規條例來懲罰妳，大過一支。」我不知道該做什麼反應，也不知道宋家佑為什麼不站起來，我們的日記內容再單純不過，要硬拗是好朋友也沒問題的。

「宋……」李涵衝動地站起來，伸手想拍打宋家佑的桌面。

「報告主任，我真的忘記了！」我站出座位擋住了李涵，雖然我不知道宋家佑為什麼不承認，但是我想保護他。

「好偉大！好偉大！希望妳收到大過單時，也可以這麼偉大！」主任諷刺地用力拍手。

我沉默地看著主任，腦海中一片空白，曾經在腦海中試想過很多種戀愛被抓到的場景，卻怎麼也沒過，會是我一人面對的局面。

「好！不承認沒關係，我現在就去訓導處拿大過單，立刻簽名送審。」主任指著我的鼻子咆哮，全班同學都注視著我。

我無助的就快要哭出來，無法接受眾人異樣的眼光，低下頭強忍住淚水。

而我的男朋友、這本日記的主人，他始終沒有出聲，甚至，連頭都沒有抬起來過。

感覺到主任從我身邊走過，我知道，這次我是真的死定了。

「欸！是我啦，我跟她寫的！」我抬起頭。

說話的，是謝康昊。

一臉吊兒郎當地看著即將要走出教室門口的主任。

「你寫的？」主任轉過身來。

「對。」謝康昊的口氣十分堅定。

「很好，你們現在就跟我去訓導處。」

「主任！不是他，真的不是他寫的。」我看著謝康昊走向主任，雖然感激他為我出頭，但是我真的不想害他。

「跟妳寫日記又不是什麼見不得人的事。」謝康昊朝我走了過來。「我才不要當一個敢做不敢當的男人。」他用力地往宋家佑的桌角一撞。

「臭俗辣！」李涵站起來，狠狠地垂了宋家佑一拳。

嘆了一口氣，我跟上謝康昊的步伐，最後一次回頭看向宋家佑。

他依然沒有抬起頭。

他口口聲聲說喜歡的我，終究輸給了所謂的規定。

主任的步伐很大，跟在後頭的我對謝康昊說：「那本日記裡都是很普通的對話，完全沒有情啊愛啊的東西！你等等就說我們只是很好的朋友就好。」

「好喔。」他輕輕拍了我肩膀，給了我一個可靠的笑容。

「還有，對不起。」看見他的笑容，我的眼淚像是得到特赦一般，不停地滑落。

「會沒事的，不用擔心。」他從口袋裡拿出一張揉爛的衛生紙，塞到我手心。

推開訓導處的門，班導和生教組長都已經坐在裡面了，班導先是一臉淡定看著率先進來的我，直到謝康昊從我身後走出來，她露出詫異的表情，但是很快又恢復了平靜。

「說吧！你們要我怎樣懲處。」主任將我的日記本丟在桌面上。

「主任，我是覺得這種事交給我來處理就好了，畢竟現在還是您授課時間，要是有學生家長怪罪您漠視其他孩子上課權益，似乎是比較不妥。」生教組長開口說。

「也是，那麻煩你了。」主任點了點頭，轉而對我說：「我的科展團隊，不需要妳這種連校規都無法遵守的學生，妳已經被我開除了！」

科展，那是我的一切，是我讀這所學校唯一的理由，是我夢想的起點，然而這一切都已經，被我自己親手摧毀了。

「在你開口前，先借我問一些問題。」班導徵得生教組長同意後，便起身走向我。

「妳和宋家佑分手了？」她問我。

「沒有。」我自覺愧對，低著頭不敢直視她的眼睛。

班導將視線轉移到謝康昊身上。「那你來幹麼？頂罪？」

「那就我寫的啊！頂什麼頂。」他一派輕鬆。

「你知道這件事有多嚴重嗎？你被記了不下十支的警告，還有一支小過，這次主任要是跟你算起帳來，你可能會被迫轉學。」班導口氣急迫地對著謝康昊說。

「老師！那是宋家佑寫的，跟謝康昊一點關係都沒有，真的。」聽到他可能會因為我被轉學，好不容易止住的淚水，再次奪眶而出。

我拚了命對著班導和生教組長解釋，就是不想連累了那個奮不顧身挺我的謝康昊。

「我們當然都知道不會是謝康昊寫的，裡面全是討論作業或是科展的東西，他根本不可能看的懂。」站在一旁的生教組長，一邊翻閱我們的日記一邊做出結論。

「這麼無聊啊！早知道就叫李涵站起來了，還比較真實一點。」謝康昊竟然還有心情在說笑。

「問題是有人跟主任說，徐思秧妳在校外和男同學牽手，所以現在謝康昊站出來，無疑是印證了那個人說的話，主任絕對不會善罷甘休的。這是我和你們班導剛剛討論出來，最好的辦法了。」生教組長拿出一張懲處單，動作很輕地放在我面前。

一年二班，徐思秧，與異性相處過從甚密，經勸導已有悔意，故依校規處予警告乙支，以茲警惕。

一年二班，謝康昊，與異性相處過從甚密，經勸導已有悔意，故依校規處予警告乙支，以茲警惕。

「可是老師！明明就沒有證據為什麼可以記她過？這什麼爛道理！」謝康昊一把拿起懲處單，再重重往桌面摔。

「我這麼做是為了你們好，我就是知道日記裡什麼都沒有，所以才可以只記妳警告讓主任無話可說，如果主任有心要查，今天妳和宋家佑就真的是大過跟轉學了。」班導平靜地對我著陳訴事實。

換句話說，我的犧牲，成全了宋家佑的平安無事。

「那為什麼是她要被犧牲？宋家佑難道沒有責任嗎？」對於這樣的結果，謝康昊對著組長和班導憤怒地喊道。

「沒有，因為今天站出來的人，是你。」組長看著謝康昊。

默默接過桌面上的懲處單，我走向班導。「那麼就請老師記我一小過可以嗎？跟他沒關係，是我自作自受。」

「我知道妳現在心情很複雜，但是謝康昊今天敢站出來，就要為自己做的事情負責。宋家佑那邊我們沒辦法處罰他，或許妳心裡會很不平衡，但是老師告訴妳，這就是現實，沒有誰對誰錯，就只是選擇的問題。」班導拉我在她身旁坐了下來。

「靠！他媽的爛道理。」謝康昊笑得很諷刺。

「這個警告是一定要記，但是老師會想辦法讓你們銷掉的，先去洗把臉，然後回教室吧！」我看著手上的懲處單。無聲的嘆了口氣。

我盡全力想保護宋家佑，現在看來我是成功了。

因為我的選擇，因為宋家佑的選擇。

沒有誰對誰錯，這就是現實。

※

「謝謝組長，謝謝老師。」

我行了一個九十度鞠躬禮，轉身離開。

謝康昊追了出來，一把拉住我的手臂。「妳接受？」

「我別無選擇。」

「我要是妳會拉宋家佑一起死。」謝康昊生氣地說。

「你不會的，你連我這麼普通的朋友都那麼保護了，何況是女朋友呢！」

我凝視著謝康昊，看他斗大的汗珠沿著側臉滑落，我猜他剛剛也跟我一樣緊張吧。

「雖然我知道你不想聽了，但是還是要說，謝謝你，那麼勇敢的保護我。」

「好啦！吵死了！就算妳欠我一次好了，免得妳一直道歉很煩。」他不耐煩地搖搖手。

「好。」

「妳在拖拖拉拉什麼，不回教室嗎？」

走在前頭的謝康昊回過來對著停在原地的我說。

「覺得有點尷尬。」我勉強擠出一絲微笑。

「思秧！思秧！」

循著聲音的方向看過去，是狂奔而來的李涵和余佳穎。

「李涵妳不要跑！」謝康昊用食指比著她們，放聲大叫。

「哇啊！」不忍心看到那慘烈的畫面，我撇開了眼。

「妳又給我跌倒！」謝康昊跑向跌倒的李涵，我忍不住笑了出來。

還好有李涵的摔倒秀讓我放鬆了一點心情。有人陪著我一起走回教室，我也比較不會那麼尷尬了。

我不想接受那種一回到教室，全班都用同情眼光看著我的窘境，驕傲如我，不需要別人的的可憐。

「請你站起來！跟我到後走廊談談。」我站在宋家佑一起身就可以看見我的位置。

他沒有說話，沒有看我，默默地往後走廊前進。

「有要解釋什麼嗎？」走在後方的我輕輕的帶上門。

「對不起。」他背對著我，看著天空。

「對不起什麼？」我走到他身旁。

「對不起我讓妳獨自面對，對不起我不敢承認日記是我們一起寫的。」他表情誠懇地看向我。

「我要的是理由，道歉就免了。」

「我害怕會被留下記過的紀錄，妳知道我想讀第一高中，但是現在的成績要用基測考上是很危險的，所以我想靠申請入學，申請是不能有任何不良紀錄的。」他激動地伸手想拉住我。

「你的夢想是夢想，那我的呢？」被我不著痕跡閃開了。

「妳不是還沒決定要讀哪裡嗎？而且妳的成績那麼好，想讀哪裡都沒問題的。」他再次伸手拉住我。

「我被主任剔除科展團隊了，你知道我原本已經是比賽選手了嗎？你知道我讀這間國中就是為了代表學校去比賽，因為這樣才有資格申請明科高中，你知道嗎？」我看著他，不甘心的淚水滑落，他在為了追逐夢想而努力，我何嘗不是呢！

「對不起。」他低著頭，緊握拳頭。

眼前這個曾經把我當成寶貝的男孩，曾幾何時變了？而我竟然現在才發現。

我們究竟錯過了對方多少事情？

「徐思秧！妳總是讓自己看起來那麼好，好到讓宋家佑自卑，他明明是一隻驕傲的獅子，卻一直在妳背後當貓。」林彤推開門走了出來。

「妳給我閉嘴！妳以為我不知道是妳去告狀的嗎？我拒絕妳告白，妳就挾怨報復是嗎？」宋家佑生氣地朝林彤身旁的牆壁槌了一拳，嚇得她放聲尖叫。

「我說錯了什麼！你敢說她不是讓你那麼辛苦的人嗎？你每天都最早去補習班，最晚回家，因為你害怕自己考差了，別人就覺得你配不上她。」

林彤憤怒指著我的臉，大聲地對著宋家佑說。

「那又怎樣，徐思秧是我的全部，妳毀了她，就是毀了我！」宋家佑甩開林彤的手，走向我。

「夠了，宋家佑你的世界並沒有改變，你還是那個完美高尚的好學生、那個毫無汙點的乖寶寶，不要說得好像你有多在乎我，你根本只愛你自己而已。」我推開他。

「我真的很愛妳。」宋家佑哭著對我說

坦白說我看見他的淚水就心軟了，但是我不能，謝康昊的犧牲就是要讓我看清楚，不該一錯再錯。

於是我給了他最後一次機會。

「你愛我，現在就跟我去自首，說日記是你寫的、說這件事跟謝康昊一點關係也沒有、說該被記過的人是你，敢不敢！」

回應我的只有他的淚水，和一陣令人心寒的沉默。

「分手吧。」時間定格了許久，我說。

「我不要。」他拉住我的手。

「就停在這邊吧！再這樣下去我也許會開始恨你、看不起你，但這並不是我要的，因為你曾經是我那麼重要的人。」

我拿出口袋裡的玫瑰花手帕，翻開他的掌心，輕輕地放上去。

轉身，離開。

再見了，我的小王子。

曾經我以為自己會是小王子悉心照料的玫瑰花

卻忘了小王子會想踏上屬於自己的旅行
也許在他拜訪了那麼多的行星之後
會遇見狐狸，告訴他什麼才是愛的真諦。
只可惜，我是玫瑰花，不是他的狐狸。

4

失戀的第一步就是，重新習慣一個人上學。

唯一值得慶幸的，我再也不用早起打扮了。

鬧鐘刻意調晚了二十分鐘，可惜，我還是在同一個時間起床了。

「靠……怎麼又是六點二十分。」明明是愛賴床的人，卻在短短的半年內，習慣了早起，我氣得搥了幾下枕頭。

緩慢地刷牙和洗臉、緩慢地穿上制服，最後才心不甘情不願穿上皮鞋，出門。

「嗨！」熟悉的男聲響起，竟然是張毅維學長。

「你怎麼會……？」

我的頭上冒出了一大堆的問號。

「蹦！」一個小小的身影從門外跳了進來。

「現在是什麼情形？」我看著門外的一男一女。

「她怕你前男友不甘心被甩，會做出傷害妳的事情，所以要我來陪妳們上學。」學長伸出口袋裡的手，指著我前方的那個矮子說。

「沒錯！我是來保護妳的！」李涵點點頭，還對我比了個耶的手勢。
「神經病啊妳！家佑才不會這樣，他……」
我笑著推了李涵的頭說，卻被她打斷了。
「錯！從現在起，請叫他宋家佑或是臭俗辣！」
我指著她手上整整一大袋的早餐。「妳也吃太多了吧？」
「我跟妳的啊！擔心妳難過得忘記吃飯，所以就幫妳準備好了！」
「那我再給妳錢。」
「妳當然要給我啊！我家那麼窮。」
她一臉理所當然的樣子看著我。我笑著對她說「果然是金牛座」。
「兩位再不走的話，我們可能會遲到喔。雖然我是不會因為怕被記遲到就放著妳們不管，但是身為學長，帶著學妹遲到實在很不應該。」學長笑著對我說，怎麼覺得這話聽起來怪怪的。
「靠，你怎麼連這個都知道？」他是在拿宋家佑笑我對吧！可惡！
「我說的。」李涵開心地湊近我的臉說。
「死白目！」我用力敲打她額頭。
雖然整條路上都是李涵的聲音，她就像機關槍一樣講個不停，學長卻總是耐心地聽著她說，我聽著她們聊著關於校刊社、關於藤井樹、關於敷米漿，難道這才是情侶該有的樣子嗎？
我和宋家佑總是聊著功課聊著升學，是不是因為這樣我才會在無形之中，帶給他那麼大的壓力呢？他努力追趕上我的同時，才忘記了我們的愛情。「喂！我不准妳想他！不准妳在為他露出這種梨花帶淚的表情！」我深陷在自己腦中的小劇場，卻被李涵的聲音拉出了現實。

「什麼？」我嚇了一大跳。

「在妳遇到一個好的男生之前，都要歸我管，所以我先警告妳，要是妳再想他，我就會生氣。」李涵一臉認真地對我說。

我說過的，李涵總是可以一臉認真地說出很荒謬的話。

越是靠近教室，我的心情就越是忐忑不安。

這就是班對可怕的地方，分手了還要在同一個空間裡，最糟糕的是我們就坐在隔壁，想假裝看不到對方，除非是某一方突然瞎了眼吧！

「思秧妳看，稀客來學校欸！」李涵興奮地指著教室的窗戶。

「誰啊？」我走進門，就看見趴在桌上呼呼大睡的——謝康昊。

「還真的是稀客。」看見謝康昊的同時，我也看到了正在座位上寫講義的宋家佑，我停下腳步。

「謝康昊你怎麼會……」李涵一到座位，就伸手推了隔壁熟睡的謝康昊一把。她話沒說完，前方就傳來林彤的慘叫聲。

「啊——」

全班同學看向崩潰大哭的她，她用力拍打腳上的東西，不斷地原地跳腳。

「妳是在吵什麼啦！」有嚴重起床氣的謝康昊站起來大吼。
「為什麼我抽屜會有蟑螂——啊！」她不斷尖叫，真的很吵。
余佳穎一個向前，撿起她拍掉的蟑螂笑著說：「假的～」
「到底是誰，我要跟主任講！」林彤擦乾眼淚，氣得對著全班同學大叫。
大家你看我，我看你的，然後就像什麼事都沒發生過一樣，各做各的事情，無視一臉狼狽的林彤。
李涵笑著湊到謝康昊身邊，小聲地問：「是不是你？」
「白痴喔。」謝康昊發出嘖的一聲，瞪了她一眼。
「不是嗎？」她疑惑地抓抓頭髮。
「當然是我啊！還要問喔！」又是那充滿邪氣的笑容。
看著他們那對青梅竹馬掩嘴笑的樣子，我竟然有點同情林彤，她接下來的日子恐怕會不太好過。
「你們是在吵什麼！還不快到走廊排隊，今天要朝會欸！」
老師走進教室，看見坐在位置上的謝康昊，露出非常驚訝的神情。
「老師，妳的表情讓我感到很不舒服。」謝康昊起身往外走時，笑著對老師說。
「那真是非常抱歉。」老師說完，輕拍我的肩膀。「思秧。」
「是！怎麼了？」
「下禮拜開始銷過，妳可以去申請南校門的早掃，順便帶謝康昊一起去。」老師遞上我的記過單。

「好！謝謝老師！」我快速收下，記過對我而言是人生中的一個汙點。

余佳穎靠在我耳邊說。「南校門超大超難掃的。」

「沒關係，還有謝康昊會一起掃。」我看向一臉痴呆樣的謝康昊。

「妳要掃南校門？」南校門基本上除了重要活動會開放外，其他時間都是一個閒置的空間，學校的一些滋事份子都很喜歡在那邊聚會。

「對啊。」我點頭。

「好吧！那星期一妳先幫我掃，之後我每天跟妳一起去。」他對我比了ＯＫ的手勢。

謝康昊沒參加過幾次朝會，我幾乎要忘記，他原本就是排在我跟宋家佑之間的那個位置。

「你怎麼會來？」到定位後我小聲在他耳邊問。

「我不來，妳跟宋家佑會有多尷尬啊。」他漫不經心的，把玩著從地上撿來的石頭。

「喔，謝啦！」

※

因為被主任退出科展團隊，我終於可以在正常時間跟大家一起放學了，一心想著，放學要跟李涵去看少女漫畫，然後再吃她最愛的雞排。

結果李涵一臉抱歉地看著我。

「對不起！我現在都會在圖書館等學長第八節下課，一起走回家。」

「對耶！我都忘記他快要考基測了。」

距離基測，也只剩下三個月時間，像學長這樣大考在即，還有心情談戀愛的人，也真是夠勇敢的。

「還是我找謝康昊陪妳回家。」

李涵像是擔心我會被吃掉一樣，急著跑向走出教室門口的謝康昊。

「不用我只是……」話來不及說完，李涵就拎著謝康昊進來了。

「幹麼啦！妳公主是不是，還要陪妳回家。」他一臉不耐煩對著我說。

「我只是想跟李涵去看漫畫，又沒麻煩你，到底是在罵什麼？」

「對啊！是我自己找你來的，你今天講話幹麼那麼機車。」李涵用力的捏了他手臂。

他甩開李涵的手，還踢了她屁股一下。

「算了，今天不等學長了，我們一起回家吧！我家有一本謝康昊的畫冊，要不要來看？」李涵摸了摸剛剛被謝康昊踢的地方，笑著對我說。

「你會畫畫？」我驚訝地看著謝康昊。

「不要看他一臉廢樣喔！他真的很會畫畫。」李涵用力豎起大拇指。

「一臉廢樣是怎樣。」

「這樣好嗎？其實我自己一個人回家也沒關係。」

「女人啊！偶爾叛逆一下，反而更有魅力，今天就不等他放學了。」她笑著拉起我的手往外走。

李涵的房間整修過，跟我第一次來訪時的樣子已經完全不同了。吸引我注意的，是她的相片牆，上頭有一半的照片都是她和程以築，還有夾雜著幾張有謝康昊亂入。

「謝康昊小時候滿可愛的。」我看著牆上的照片說。

「大家都這麼說。」李涵拿了一瓶養樂多給我。

「不過他小時候的頭髮怎麼那麼黑啊！跟現在很不一樣。」現在的他是有著深褐色捲髮的少男。

「頭髮是他自己染的啊！妳不會以為是天生的吧！」

「是真的滿自然的，不對……妳牆壁上為什麼有偷拍我的照片？」我指著一些拍攝角度怪異的自己。

「因為我覺得妳很漂亮啊！很適合被我寫進小說裡當主角。」她一臉理所當然的樣子。

「就算是事實，妳也用不著偷拍吧！」

她先是一陣大笑，然後走向我說「不～要～臉！」接著把一本畫冊丟到我手裡。

我坐在床邊小心的翻閱，深怕一個不小心弄髒了它。

「那本畫冊，是以築媽媽整理遺物時發現的，她還以為是我畫的。」李涵在我身旁坐了下來「妳知道我是怎麼知道是謝康昊畫的嗎？」她比了右下角的幾個英文字。

「Y－A－T－A－O－M－E？這是甚麼？他的英文名子嗎？」我看了很久，實在想不出來。

她搖搖頭，拿出口袋裡的筆，在空白處寫上「You are the apple of my eye」。

「這是我教謝康昊的，可以用來告白的英文句子。」

看過謝康昊的畫冊，才發現他是一個心思非常細膩的人，連程以築額頭前的一根髮絲，他都沒有漏掉，也或許他對她的喜歡，是連少了一根髮絲，就算失敗吧！

不曉得肖像被人畫成冊，是什麼樣的感覺，但我覺得是挺浪漫的。完全沒想到這樣的事情，是一個愛打架鬧事的傢伙做出來的，謝康昊真的是一個越了解越讓人不解的男生。

在我的人生裡，目前遇到最會畫畫的就是我哥哥，沒想到謝康昊跟他一樣，是個有才華卻被埋沒的才子。

我想，也許他未來也可以跟哥哥一樣，在業界大放異彩吧。

5

「要不要一起回家？」

這天放學時，謝康昊走到我身旁。

「啊？」嘴巴呈O字型，我瞪大眼睛。「你說我嗎？」

「廢話，不然妳一直說我不把妳當朋友。」他小聲地在我耳邊碎碎唸。

看到他那委屈的表情，我忍不住捧腹大笑。「哈哈哈！那順便一起吃晚餐。」

「哦……好……好喔。」

「怎麼了嗎？不行沒關係的。我也是隨口問問。」看見他為難的樣子，我連忙說道。

「沒事！當然可以。」他思考了一下，點頭答應。

「那我帶你去吃一間乾麵，超便宜超美味的，那是我跟宋家……沒事。」我拉起他的手，往教室外走。

「妳會吃路邊攤？」他眼神充滿了濃濃的疑惑。

「廢話，不然呢？」我吃路邊攤很奇怪，是嗎？

「抱歉，因為余佳穎說妳家很有錢……所以我以為……妳都吃很貴的。」他尷尬地抓抓頭髮。

「才不是呢，有錢也都是我爸媽賺的啊！我一個月就只有一點零用錢，我很省的。」

「了解，那我們走吧！」他點點頭，轉身準備離開。

經過走廊時，正好跟宋家佑擦身而過，我餘光瞥見了他書包上的吊飾，玫瑰花？

「徐思秧！妳是要不要走？」謝康昊轉過身來不耐煩的對著我喊道。

他的聲音吸引了宋家佑的注意，宋家佑著轉過身來看著我說：「現在都是他陪妳回家的嗎？」

「……沒有……只是……」

一時語塞，我望向謝康昊。

「快走啦！不是說要帶我去吃乾麵！」他大步走向我。

「喔……好。」謝康昊粗魯的拉起我的手，經果宋家佑身邊，我輕輕對他揮手道別。

「不行！」宋家佑大喊，我們同時轉過頭去看他。

「為什麼？」謝康昊放開我的手。

「思秧喜歡的那間麵店今天公休。」宋家佑看著我，那受傷的眼神，彷彿在無聲責怪我的背叛。

我又不是做錯事的人，今天會分手，也是他一手造成的，為什麼要用這種眼神看我？

一股怒氣直衝腦門，我對著謝康昊說：「今天公休我們就吃別的，反正之後我們每天都要一起走。」

謝康昊先是一臉錯愕看著我，很快的他像是明白了什麼，揚起嘴角。「那走吧！我好餓。」

「嗯。」我頭也不回的離開宋家佑的視線。

「妳是打算連朋友都不跟他做了是嗎？」

一路上都靜靜地走在我身旁的謝康昊說。

「我只是不懂，為什麼他要用一副受害者的姿態在面對我，明明他才是我們感情決裂的加害人。」我停下腳步。

「其實我不覺得他不喜歡妳，只是他害怕去承擔因為喜歡妳要付出的代價，所以當他看到妳跟我走那麼近的時候，才會無法理解吧！」

「但是我們已經分手了，這是不爭的事實。」我眼神堅定看著謝康昊。

但是我知道這句話其實是說給自己聽的，就算再捨不得，我們都已經分開了。

在小王子轉身離開時，他就應該要有玫瑰不再為他綻放的覺悟。

驕傲如我，寧願錯過一次幸福的可能，也不願在愛情裡將就。

謝康昊帶我來到一間快餐店，熟絡地跟老闆打招呼，選了個離門口最遠的溫暖位置坐下。

「知道我為什麼那時候要幫妳嗎？」他很貼心把打開的筷子遞給我。

「不知道。」我搖頭。

「因為我其實很羨慕宋家佑，能跟自己喜歡那麼久的女生在一起。」他毫無波瀾的臉上，閃過一絲落寞。「結果他卻沒辦法好好保護妳，我可是連想保護程以築的機會都沒有了呢！所以我當下真的很不爽他。」

他笑得很輕，好像這些事都跟他無關。

「你真的……很喜歡程以築啊……」

「來喔！上個菜。」老闆熱情地幫我們送菜，也讓我們的對話再度停在謝康昊不願提起的程以築身上。

無奈地嘆口氣，雖然我沒有窺探別人隱私的嗜好，但我對謝康昊這謎樣般的男子，充滿了興趣。還有李涵常說的，他那若有似無的愛情故事。

「快點吃，吃飽再跟妳說，那些妳一直很想聽的事情。」他一眼就看透我的心思，笑著把食物推到我面前。

「真的嗎？」我掩不住興奮的驚呼。

「嗯！不然妳又要抱怨我不把妳當朋友了。」

「哈哈哈。」我仰頭大笑。

「妳看過『那些年』這本小說嗎？」

「在李涵房間看過一次。」

「小時候我很瘦小，加上常跟奶奶去撿回收，很多同學都看不起我，甚至會欺負我。」

「是現在被你打的那些人嗎？」

「差不多吧，程以築明明是一個很膽小的女生，可是她竟然對著那些欺負我的人說，不准你們欺負謝康昊。」說著說著，他笑了出來。

「一個連話都講不清楚的人，要怎麼保護我啊！真的很笨欸！」他看著我說，眼裡那種寵溺的感覺，就像是宋家佑之前看我那樣。

「結果呢？那些人還有在欺負你嗎？」

「當然啊！他們又不怕程以築，不過我從那時候開始打球跑步，就是希望自己可以變成一個，可以保護程以築，不讓她擔心的人。」我抬頭看著他，原來他的身高不是天生的，到底要做多少努力才可以在短短時間內長那麼高呢？

「不過，這跟那本小書有什麼關係呢？」

「故事裡的男主角因為喜歡的女生，努力讓自己變成一個更好的人。柯景騰很幸運，讓沈佳儀看到了他的成長，可惜我的成長，程以築來不及看到了。」他對著我露出淺淺的微笑。

我伸出手輕輕拍了他的肩膀。「所謂成長不只是長高長壯，而是變成一個讓她能以你為榮的人。」

他偏著頭，疑惑地看著我。

「如果我有能見到她，我想告訴她，你是我見過最勇敢的男生，雖然她已經不在了，但是能被你這麼好的男生喜歡，真的很幸運。」

「妳不會是愛上我了吧？」他掩不住上揚的嘴角。

「不會，你完全不是我的菜。」我伸出食指左右搖晃，再搭配上極度嫌棄的表情。

他對我比了一個中指。

我用力垂他一拳。

※

「今天不敬禮直接下課，思秧妳來幫老師拿一下東西。」直到宋家佑輕輕敲打桌面，我才發現自己竟然默默看了謝康昊一節課。

尷尬地對宋家佑點頭，我快步跑向講台。

走回辦公室的路上，班導輕輕拉著我的手，彷彿一不小心她就會昏倒。

「老師妳是不是生病了？氣色真的很差。」

「不是生病啦。」扶老師坐下時，她把我的手順勢放在她的肚子上，笑著說「是老師肚子裡有小北鼻了」。

「哇！真的嗎？」我興奮得又叫又跳。

「所以我才會那麼氣謝康昊又給我惹事生非啊！我現在身體狀況，實在不允許我追著他跑了。」嘆口氣，搖搖頭，眼底滿是對謝康昊的關心與擔憂。

「這是老師跟他的約定嗎？」

「是啊！他答應我在生完寶寶前都要乖乖的，不讓我擔心，條件是我要讓他進入技藝班學東西。」

技藝班，是給學業成績比較不理想的同學，提前接觸職校內容的班級，跟升學班一樣，在三級時會被獨立出來，沒想到謝康昊竟然會主動提出這樣的要求。

看著班導苦惱的樣子，我鼓起勇氣拍著胸口。「老師妳放心好了！我來幫妳管他，我絕對讓他在妳生完北鼻前，都乖乖聽話的。」

「那就麻煩妳了！前幾天我拜託李涵時她一口回絕，她跟我說，管得動謝康昊的人，大概只有妳。」

班導眼睛一亮，笑得非常燦爛，燦爛到我幾乎以為她剛剛的不舒服是演出來的。

「李涵說的？」我偏著頭用食指指著自己。

「對啊！她可是大力推薦妳呢！」班導笑著拍拍我的肩膀，拿起桌面上的紙放到我手上，「還有這是下個月隔宿露營的通知單，跟遊覽車座位表，再麻煩妳幫我處理一下。」

「好的，沒問題。」

「大概就先這樣，謝康昊就拜託妳了。」收起笑臉，班導一本正經地對著我說，像是把珍貴的東西交由我保護一樣。

「嗯，好。」我笑著點頭。

很多年後的我，總是在問自己為什麼要這麼做。

因為我沒想到這樣一個輕易許下的承諾。

會是一整個青春的羈絆。

第三章

1

每一個人，都可以在某一本小說裡找到屬於自己的故事。

也許只是個腦海中的場景、也可能是一種相似的情緒，我細細品嘗著謝康昊口中，他與程以築的愛情。

趁著週末，我到李涵家去探望發高燒的她。

「所以謝康昊跟妳談起以築了？」

「嗯，但是只有一點點而已。」

她撕掉額頭上的退熱貼，認真地看著我。

「看來妳真的很不一樣。」

「什麼不一樣？」我接過她的退熱貼，順手幫她丟進垃圾桶裡。

「就是他對妳很不一樣，雖然我不知道該怎麼說，但是如果有一天謝康昊準備好要去愛下一個女孩時，我覺得會是妳。」我從沒看過李涵這樣的表情。

很溫柔，就像班導把謝康昊託付給我那時候一樣。

其實我不知道什麼不一樣，也不在乎跟謝康昊會不會在一起，我只知道我今天一早就要去掃南校門，而且還是一個人……

晨光透入薄霧，街道上迎來了朝氣勃勃的生機，早起運動的爺爺奶奶、蓄勢待發的早餐店阿姨們熱情的噓寒問暖，只有我帶著厚重的眼皮走進校門。

「早安思秧！」站在我前方的余佳穎對我揮揮手。

「妳怎麼會在這裡？」

「謝康昊要我來幫妳，他說妳一個人掃不完的。」

「他叫妳來妳就來？」我們走向工具間。

「還記得妳星期五有遇到我嗎？他說有事要請我幫忙，我說那他要來我家看我。」

「還交換條件咧！」

看她那花痴的笑容，我忍不住用力踹了她一腳。

她笑著躲開，我們分開各自掃著滿地落葉。

「妳是不是真的很喜歡謝康昊？」

「嗯，但是妳不可以告訴他喔！」她微笑點點頭，口氣卻異常嚴肅。

「為什麼？」

「因為他是不可能會喜歡我的，只要能幫他做些什麼事，我就很滿足了。」她笑著說。

「妳不試試看怎麼會知道他不喜歡妳？」

「因為我是一個很平凡的女生，讀書沒有妳厲害、也沒有妳漂亮。」她落寞地看向前方。

「妳幹麼跟我比？」

「因為他對妳很不一樣。」

「他對我才沒有不一樣。」我伸手推了她的額頭，翻一個白眼。「倒是妳，他不喜歡妳，就不應該為他做這麼多事啊！」
「妳有沒有喜歡過一個跟自己不同世界的人？」
「沒有。」我聳聳肩。
「那就對啦！也許謝康昊終究會成為我世界裡最遙遠的恆星，至少我可以努力讓自己，成為最靠近他的那顆行星。」她淡淡地說著。「而太陽就是那顆發亮的恆星，照耀著我的平凡。」
她舉起右手，手腕上，戴著有一顆太陽綴飾的手鍊。
「妳從哪裡抄來這些句子的？」破壞力十足的我，打斷了她的粉紅氛圍。
「靠！李涵幫我寫的，上禮拜刊出來的極短篇。」斜睨了我一眼，她無趣地拿著掃把離開我視線。
「欸！等等我啦！」我追上她。
「不要過來！」背對著我比了一個中指，她快步往前走。
「我可以幫妳，幫妳跟謝康昊製造機會。」
不出我所料的，她回頭了。
……如此薄弱的友誼，竟然要靠男人來支撐。
回到教室後余佳穎緊緊挨在我身上。「妳要怎麼製造機會給我。」
「下個月的隔宿露營，我們可以自己選遊覽車座位表，妳就跟謝康昊坐，我會跟他說因為我們三個是單數，沒辦法坐一起。」

我拿出座位表，快速寫上我們四人的姓名。

「他會不會覺得我很瞎，或是會不會他已經找好人了……」她煩躁抓著頭髮。

「要或不要一句話，妳不要廢話那麼多。」我用力拉下她雙手。

「可是……我怕……我不……」沒耐性等她說完，我拿出立可帶作勢要塗掉謝康昊身旁的名字。

「我要啦！」她大叫，拉起我的手。

「這就對了，不要在那怕東怕西的。」我表示讚賞摸摸她的頭。「妳不是很敢在他面前耍花痴嗎？現在這麼膽小是怎樣？」

看著她像小媳婦一樣，擔心著謝康昊看見座位表的模樣，我搖頭。

她趴在我桌上，苦著一張臉。「那是以前鬧著玩，後來慢慢喜歡上他之後，我就不敢了。」

「那還真是辛苦妳了。」我笑著朝她厚實的臉頰捏下去。

「我喜歡他這件事，妳千萬不可以說出去，說出去我會跟妳絕交，認真的。」

「我幹麼說。」翻了一個白眼，我開桌上的講義，沒再理會她。

余佳穎突然起身拉開嗓門大吼。「欸～高偉軍！你來一下。」

她對著一個在班上老是喜歡跟謝康昊一起講屁話的男孩招手。

「今天科展小組要測驗，你記得坐我旁邊，我會罩你。」余佳穎豪邁地勾著高偉軍的脖子。

「好啊！謝啦！」他朝她拋了一個媚眼。

「我怎麼不記得你們兩個有那麼熟？」我微笑看著眼前這兩個勾肩搭背的人。

「妳不在之後，團隊裡都只有他跟我講話，所以我就算死也會讓他留在裡面，不讓他被淘汰的。」余佳穎口氣堅定地對著高偉軍宣示。

原來是我疏忽她了，一直沉溺在失戀的氛圍裡，卻忘了余佳穎是因為我才選擇加入的，她的確，除了我們之外沒有其他朋友。

「對不起，我忽略妳了。」我說。

「沒關係啦！也因為這樣我才會認識高偉軍啊！妳不用放在心上。」她拍拍我的肩膀。

「對啊！我會幫妳好好照顧她的，妳幫我照顧謝康昊就好了。」高偉軍伸手摸了余佳穎的頭。「聽說妳跟宋家佑說，以後每天都要跟謝康昊一起回家。」他表情曖昧看著我。

「那是亂講的，不要當真。」我拉起余佳穎的手。「是為了氣宋家佑才這樣說，相信我。」

「就算妳真的跟他一起回家也沒關係啊！有人盯著他不去打架，都是好的。」

「可是……」

她搖搖手，笑著走回自己的座位了。

我有點不懂，余佳穎的愛情。

若換成我，是不可能大方讓自己喜歡的人和別人這麼親近的。

想起謝康昊曾說過的。「每個人戀愛的心境本來就是不一樣的。」我甩甩頭。

「我從不在乎能得到什麼，只要能遠遠的看著他，就是我的全部了，妳懂嗎？」

很久之後，余佳穎是這麼告訴我的。

2

習慣真的是一件很可怕的事情，少了李涵在我耳邊說著她的愛情有多偉大，看著座位前兩個空蕩蕩的座位，突然感到一陣空虛。

「思秧，我先走了！」放學時分，余佳穎背起書包走向高偉軍。

「好，掰掰。」

看著她們走出教室，我才慢慢地開始收拾東西。

拿起要交給班導的資料，我走向辦公室，辦公室裡只剩下在當工讀生的林彤。

「妳拿那什麼東西？」她口氣很差地質問我。

「跟妳有什麼關係。」我快速將資料放在桌面上，轉身離開。

「我這禮拜要跟宋家佑去二中約會。」

我停下腳步，緩緩轉過身。「那很好啊，我都不知道，原來妳喜歡做資源回收。」

「什麼意思？」

「誇獎妳啊！」我露出一抹微笑。

「謝謝！但是我不需要妳的讚美。」她對著我冷哼了一聲。

「多讀點書吧！連這句話都聽不懂，還配跟宋家佑那種想當醫生的人在一起嗎？」無奈地搖搖頭。我小聲地呢喃：「他們要去約會了……」

經過我們曾緊緊相擁的走廊，眼前浮現的是宋家佑堅定地對著我發誓，不管發生什麼事都會好好愛我的那天。

曾經，他的好，只專屬於我一個人。

如今，他的懷抱會把另一個女孩抱緊、他會唱著哪首屬於他們的主題曲逗她開心、他會在那女孩回頭第幾次說再見時吻她，哪怕當時的他對我有多真心，現在都已經完全消失了，是嗎？

一陣鼻酸，紅了我的眼眶，粗魯的用袖子擦去淚水，走到校門的路途其實不遠，我的腳卻像是被綁上鉛塊那樣笨重。

「妳怎這麼久？」前方一個熟悉的身影對著我揮手。

「……」謝康昊？

「明明四點十五分放學，現在都幾點了！」穿著便服的他跑向我。

假裝要抓頭，我偷偷地抹去眼角的淚水。

「你在這邊做什麼？」

「妳不是說，每天都要跟我一起放學嗎？怕妳等不到我，還用跑的來學校接妳耶！」看著他微濕的瀏海，我笑著拿出面紙。

「我……只是……」

一時之間不知道該怎麼解釋我只是隨口說說。

「只是什麼？」

「沒事，我們快走吧！我肚子餓了。」我揉揉肚子。

「嗯。」他走在我前頭，小聲地說：「右邊眼淚沒擦乾淨啦！」

「知道就好，幹麼講出來啦。」輕輕的推他一把，因為他的話逗笑了我。

「不喜歡在別人面前哭這一點，跟李涵真的一模一樣。」

「今天……你們……都還好嗎？」看見謝康昊，差點都忘了今天是程以築的冥誕日了。

「我很好，李涵也很好，我想她已經學會接受了吧！」他輕輕地說著。「每一個人會離開，是因為在人間的任務完成了，以築本來就是天使，只是回到了屬於她的地方。」

謝康昊努力讓自己的聲音聽起來很平靜，卻止不住他微微顫抖的雙肩。

我大步向前勾起他的手臂，站在他身旁。

「其實你可以在我面前哭，不用勉強自己不去難過，就像剛剛知道宋家佑要跟林彤去約會了，我現在，就很想在你面前大哭特哭。」眼淚忍不住順著臉頰滑落，滴在嘴角上、胸膛上和謝康昊的手上。

「不要哭，他不值得妳哭醜了這麼漂亮的臉。」謝康昊用大拇指，溫柔的抹去我的淚水。

「很醜嗎？」我哭喪著臉問。

「有一點，比妳笑起來，醜了一點點。」凝視著他的眼睛，才發現他是帶著淚水努力逗我開心。

「你哭起來，眼睛還是很漂亮，不公平。」

「我才沒有哭，以築的哥哥說，我們都不要哭，不要讓她捨不得走。」他放開手，微笑的對我說：「不要再為他哭了，我帶妳去吃飯。」

「好。」我點點頭，拉著他的書包一起走回家。

不知道從什麼時候開始，看著謝康昊的背影，會讓我感到安心，彷彿此刻世界末日了，他也會幫我撐起整個地球。

「你覺得，你還會愛上別人嗎？」

「會啊！這一輩子這麼長。」他點頭。

「但是我怕了，我不會再用盡全力愛別人，太不值得了。」我踢著地上的石頭，小聲地說。

「不要因為弄丟了白天的太陽，就錯失了黑夜的星光，那才是真的不值得。」他轉過頭來看我。

「什麼意思？」

「字面上的意思，妳家到了。」

他完全沒有要跟我解釋的意思，左手指著我家的方向，右手跟我揮手道別。

「喔……」我對他揮揮手，邊走邊翻找著書包裡的鑰匙。

「對了！可以拜託妳一件事嗎？」他站在巷口，大聲喊住我。

「什麼事？」

「可以每天叫我起床嗎？我怕早掃會起不來。」

「好，可以啊！」我笑著比出ＯＫ的手勢。

「謝啦！那我們明天見。」

「明天見。」

結果我特別調的二十個鬧鐘都沒有用，因為我整整失眠了一整晚。

發抖的雙手握著話筒，每一聲鈴響都讓我的心臟用力跳動。

不知道打了第幾十通，謝康昊才從話筒裡傳來低沉慵懶的聲音。「嗯，我起床了。」掛上話筒，雙手交疊放在胸前，不斷地藉由升呼吸來平復心情。

「是在緊張屁啊！」我大力拍拍自己的臉。

※

早自習，看見余佳穎進教室，我拿起已經寫好的遊覽車座位表傳給謝康昊。

「不可以。」他看著座位表大喊。

「為什麼？」

上面除了他跟余佳穎坐在一起這件事很奇怪之外，都沒有問題才對。

「對啊！我也覺得不好，我還是自己坐好了。」

余佳穎看著謝康昊誇張的反應，不安地看著我。

「不是妳的問題。」謝康昊伸手拉住打算動手更改座位表的余佳穎。「李涵會暈車，不能讓她坐那麼後面的位置。」

「那我跟李涵往前坐就沒問題了吧？」

「不過余佳穎妳要跟我們這群男生坐一起嗎？我們很吵喔！」

我仔細一看，發現坐在他們附近的都是謝康昊的朋友，還有那個屁話很多的高偉軍。

「我當然沒問題。」余佳穎用力點頭。

成功跨出愛情第一步的余佳穎，下課後手舞足蹈地在福利社裡大採購。

「妳要吃什麼都可以。」她高舉著百鈔大叫。

「才一百元而已，小氣鬼。」李涵看著自己手上的零食。

余佳穎對李涵吐了吐舌頭。「我又沒說要請妳。」

看著她們一來一往的鬥嘴，我躲開人群走到外頭透透氣。

「我肚子好痛，幫我買牛奶好嗎？」

聽見熟悉的聲音，我翻了一個大白眼，天殺的到底是走什麼死人運，又讓我遇見她。

林彤摸摸肚子，勾著宋家佑的手臂站在我面前。

「妳也在啊！我肚子痛家佑帶我來買牛奶。」

「真可憐，我以前坐在教室就有得喝了。」我冷笑，看見林彤怒火中燒的樣子，就一個字，爽。

「因為妳的大小姐個性，所以妳是前女友啊！」她刻意加重「前」那個字的音調。

我努力忍住想瘋狂賞她好幾巴掌的衝動，微笑著說：「那先祝妳被老師抓到的時候，他願意跟妳一起承擔。」

「妳這邊等我，我去幫妳買。」

宋家佑的臉上閃過一絲難堪，但很快的，他就離開了我的視線。

「妳就是這樣自以為獨立，家佑才會不想保護妳的。」

「我怎麼覺得，宋家佑是因為被徐思秧甩了，傷心過度哭瞎了眼才會喜歡上妳。」

謝康旲拿著果汁從福利社走了出來。

「以前我覺得妳長得很沒特色，現在我找到了。」謝康旲靠近林彤，逼得她一步步往牆壁靠。

「我怎樣……」她不甘示弱地挺起胸膛。

「妳長得……特別的……醜。」謝康昊放聲大笑，伸出食指指著我說：「尤其是跟她比。」

「謝康昊！帥！」

李涵從人群裡走向我們，伸出她那短短的大拇指。

林彤大力跺腳，看見在排隊的宋家佑，就哭奔著跑進去了。

離開前，我看見宋家佑寵溺地摸著林彤的頭髮，應該是在安慰她吧！他以前也是這樣對我的。

想到這裡，我深深地嘆了口氣。

「不要一直嘆氣喔！這樣會錯過愛上妳笑容的男生。」李涵輕輕地抱著我。

我揚起笑臉，點點頭說：「不要因為弄丟了白天的太陽，就錯失了黑夜的星光，我懂了。」

走在最前面的謝康昊回過頭來。「很聰明嘛！」

「你們在說什麼？」余佳穎說。

「你們開始有屬於自己語言了是不是，討厭，偷偷來。」李涵伸出手奮力搔我癢。

一邊尖叫一邊推開李涵，我和站在謝康昊身旁的余佳穎對眼。

「好好喔。」她微笑著看著我說。

解讀不出她真實的情緒，她總是這樣淡然的表情。

我是不是，要跟謝康昊保持距離比較好。

3

露營當天，一上車，我就看見李涵帶著眼罩，脖子掛著U型枕。

「妳以為妳坐飛機啊。」我拉開她的眼罩。

「不要吵我，我坐車只要講話就會暈車。」李涵推開我的手，身體轉向窗戶。

「怪人。」我嘖了一聲，打開包包準備大吃零食。

探出頭看見後方，余佳穎開心的和謝康昊分享零食，高偉軍一把搶過她手上的巧克力，氣得她狂翻白眼。

「幹麼？」謝康昊用脣語對我說。

搖搖頭回到座位，聽見李涵傳來微弱的鼾聲，我脫下外套輕輕地蓋在她身上。「妳這傢伙也太容易睡著了吧。」

「很無聊嗎？」一個迅雷及掩耳的速度，謝康昊跑到我身旁，手肘靠在椅背上，彎下腰在我耳邊說：「要不要跟我換位置，去跟余佳穎坐比較不會無聊。」

「沒關係。」我指向睡得正熟的李涵。「我要照顧她。」

他輕笑了一聲，低頭吃掉了我手中的餅乾。

「喂！」我大叫。

一名穿著迷彩衣的陌生男子走了上來，帶著墨鏡，看起來樣子還挺帥的。

「各位同學！大家好！我是你們這兩天的值星教官，我叫賤狗。」

帥氣的教官果然立刻引起班上女生熱烈的討論，頓時間整個氣氛都熱絡起來，謝康昊朝我翻了一個大白眼。

「欸！我剛剛聽隔壁班說，校花在你們車上，該不會是我面前這個長髮妹妹吧！」教官拿下墨鏡，認真地看著我，再轉頭看看謝康昊。

「看我幹麼？我看起來像校花嗎？」謝康昊看著教官。

「通常長這麼帥的才追得到校花，你是她男朋友吧！」

教官笑著拍拍他肩膀，對著我挑眉。

「教官，那個校花最近才剛失戀耶！」說真的，如果這世界上沒有法律的話，我一定會在此刻衝過去撕爛林彤的嘴。

聽見她的聲音，我立刻翻了一個超級大白眼給教官看，他一臉錯愕地看著我。

「那個就是搶人家男朋友的。」謝康昊伸手勾住教官的脖子，在他耳邊說。

教官笑著搖搖頭。「現在的小女生真的很早熟喔！」

我聳聳肩，繼續吃著自己的零食。

有些人就像狗一樣，看到好吃的東西就緊咬著不放，我不是說林彤是狗，那未免太汙辱狗了。

「好啦！這個小帥哥，我覺得我們很有緣，你就當我這兩天的班長好了，不用喊隊呼，我們顏值就贏人家一半了。」教官拍拍謝康昊的肩膀。

從台中到高雄的路上，大家唱歌、聊天、睡覺，坐在隔一個走道的教官主動找我聊天，大致介紹了班上的同學給他認識，除了我身邊包得密不通風的李涵。

一到達休息站，謝康昊就用跑百米的速度跑向我。

「教官是在搭訕妳嗎？」

「沒有啦，他問我班上同學有沒有綽號之類的。」

「如果他煩妳，一定要跟我說。」

「你會不會太誇張，我是國中生欸！」我無奈地看著他。

「但是妳很漂亮。」他兩眼直直看著我，語氣堅定。

我笑了，因為他認真的態度。

但是我看見了站在他身後的余佳穎。「我漂亮是事實。」一邊說一邊不著痕跡推開謝康昊的手。

余佳穎笑著跟謝康昊借過，高偉軍跟在後面，他一邊走一邊把玩余佳穎的馬尾，氣得她大罵髒話。

狐疑地看著他們的背影，如果說男生喜歡女生就會捉弄她，這招還成立的話，我很確定高偉軍是喜歡余佳穎的。

不過我不知道這麼爛的招，是不是真的還有人在用。

謝康昊對我說：「要當做不知道喔！」他眨眨眼跑回座位。

「他喜歡她、她喜歡他、他幫他追她。他喜歡妳、妳喜歡她、妳幫她追他。」李涵拿下眼罩，淡定地開口：「你們這些人都有病。」

我皺著眉頭。「他不喜歡我，他喜歡的是程以築。」

「欣賞跟喜歡，是不一樣的。」沒來得及問她什麼意思，車子就發動了。

是怎麼到高雄的我已經不太清楚了，只知道，自覺腦袋不差的我，完全想不通李涵說的話。

※

「各位同學！行李放好就出來換迷彩服喔！」賤狗教官拿著大聲公站在旅館外頭。

因為身高的關係，我被分配到一件袖長很長的衣服，袖子怎麼捲也捲不好。

努力尋找李涵的身影想求助於她，這才發現她就在謝康昊身旁，像公主一樣坐在石頭上，伸出手讓謝康昊捲袖子。

「我也要。」余佳穎衝向他們。

謝康昊熟練地捲完一個又一個請他幫忙的女同學，動作很輕很俐落。

「妳不來嗎？」他在捲完最後一個女生時，轉過頭來看我。

一時反應不來，我偏著頭看他。

「好吧！那我走過去。」他露出一副拿妳沒辦法的表情，快步地走向我。

「手伸出來。」我聽話的伸出雙手。

他將袖子一層一層的摺起來，發現布料太厚了，二話不說脫下自己的迷彩衣。

「妳的也脫掉。」

「你要幹麼？」我驚恐地抓著衣襟，瞪大眼睛看著他。

「我的衣服跟妳換啦！他們給妳的太大件了。」他翻了我一個白眼。

「喔……謝啦！」尷尬地用手肘撞了他一下。

賤狗教官拿著大聲公對著我們說：「我的班長很會喔！」

衣服上留著謝康昊的體溫，還有他身上那淡淡薄荷草香味。

教官在大太陽底下仍然是精神飽滿活力充沛的樣子。

「經過一段體能訓練後，我相信大家都已經熱血沸騰了對吧！」

「去死啦！我都快往生了。」全身無力的李涵直接躺在草地上。

「妳就是剛剛那個從台中睡到高雄的眼罩妹啊！妳睡三個小時還累！」教官一個箭步衝上去，拉起如一灘爛泥的李涵。

「等等呢！是一個有仇報仇，沒仇惹仇的好機會，我們要去打漆彈了！」聽完教官的話，李涵彷彿是獲得了重生的力量，一躍而起。

「妳看來就是要去殺個仇人死無全屍的樣子。」教官對著李涵驚呼。

李涵像是如獲至寶般緊緊握住教官的手。「教官，你懂我。」

「她這個人平常就是這麼浮誇是嗎？」教官指著李涵，全班同學動作一致點頭默認。

配好裝備，全體同學在漆彈場前集合，林彤被謝康昊分配到敵隊，宋家佑則被安排跟我們同一隊，目的就是為了要讓他們倆廝殺。

「大家要特別注意，絕對不可以朝同學頭部射擊，哨音響起就要停止動作，途中有不適請立即回報，有問題嗎？」收起玩笑態度，教官嚴肅地講解。

「沒有。」

「還有，槍口不要近距離對著人，我說妳，李涵。」教官話一說完，我回頭就看見李涵用槍口抵著林彤的太陽穴。

那畫面說有多驚悚，就有多驚悚。

「好啦。」她放下槍，對我拋了一個飛吻。

「好，各就各位吧！」一聲令下，大家分頭帶開。

我告訴自己絕對要打爆宋家佑，才不管什麼不打自己人、不打頭的規矩，我今天要是不近距離對宋家佑開槍，我就不姓徐。

哨音一下，槍聲四起，早已分不清是敵是友，有人奮不顧身往敵營前進，有人在沙包後堅守防線，我全神貫注在找尋宋家佑的身影。

人沒找到，倒是先聽見了林彤的慘叫聲，李涵以大鐵桶作掩護，瘋狂朝林彤身上開槍。

我往李涵方向跑去，卻意外成為敵方的目標，奔跑在槍林彈雨之中，眼看就要變成行動標靶，謝康昊衝出來拉著我摔進沙包堆裡。

「妳幹麼跑出來給別人打？」

「因為我想打爆宋家佑。」

帶著防護面具我看不見謝康昊的表情，他伸出手指向前方，宋家佑就在我們正前方，他躲在大鐵桶後，一個絕對不會被敵方發現的位置。

「碰！」他怎麼也不會想到自己的隊友會朝他背後開槍，那一槍扎扎實實落在他背上，按下板機那一瞬間，其實我很後悔。

但還是開槍了。

「這一槍就夠了吧！距離這麼近會很痛。」謝康昊說。

「嗯。」沒有我想像中的爽快感，一股失落湧上心頭。

「不用感到愧疚，那一槍是他欠妳的。」謝康昊猜中了我的心思。「要不要跟我一起殺過去？」

「一起嗎？」

「等等我來掩護，妳只要想辦法往前跑，跑的越快越好，跑進碉堡我們就贏了。」槍聲很大，他幾乎是用吼的對我說。

爬出沙包堆，我使盡全身的力氣往碉堡狂奔，謝康昊在後方分散注意。

「碰！碰！」扎實的槍聲連續響起，我回過頭。

「跑！快跑！」謝康昊大叫。

終於在哨聲響起前，我跑進了碉堡。

「班長的隊伍勝利！」全場響起歡呼的聲音。

從碉堡裡探出頭，謝康昊揚起燦爛的笑容跑向我。「不錯喔！有臉蛋又有運動細胞。」

「十全十美就是在說她這種人。」李涵笑咪咪地跟在謝康昊後頭。「謝康昊你也中太多槍了吧！」她數著謝康昊身上的彈痕。

「還好吧！有林彤慘嗎？」

我看向林彤，正哭哭啼啼的跟宋家佑抱怨不知道是誰一直瞄準她。

「李涵不是我要說妳，妳真的很誇張欸！那樣的距離會害她受傷。」看李涵一副得意又爽快的樣子，我忍不住捏了她臉頰。

「誰叫她要害妳難過。」

我伸出手緊緊抱著她，雖然這傢伙行為很誇張，但也是出自於對我的愛吧！

「教官！有人受傷了！」遠處傳來高偉軍的呼叫聲，他拉下余佳穎的面罩，攬著一臉慘白的她。

「你跟我一起送她去醫護室。」教官接著又交代謝康昊整隊回去，兩人才離開。

謝康昊替我和李涵防彈脫下背心，我才發現他手腕上有一道深深的割痕。

「這裡怎麼會受傷了？」我拉住他的手。

「好像是拉妳進沙包堆的時候弄到的吧！」他看了傷口一眼。

「對不起。」

「沒差啦！隨便打個架都比這個痛。」他笑著拍拍我肩膀。

我拿出口袋裡的ＯＫ蹦，簡單幫他包紮。

「還真的隨身攜帶。」他露出驚訝的表情看著我。

撇過頭才發現，李涵手插著腰用怪異的眼神看著我們。

「不好意思！我還在你們旁邊，這樣的氛圍是想逼我拿槍掃射你們是嗎？」她歪著頭對我說。

謝康昊聳聳肩。「這還不及妳跟妳男朋友在我面前親密的十分之一。」

他的話惹得我噴笑，李涵瞪了我們一眼。

4

整理好隊伍，謝康昊帶著同學回到營本部，等待全體學生集合時，林彤不斷向宋家佑抱怨：「到底是誰一直針對我？一定是徐思秧。」

同學們看向我，女生們在背後議論著。
「如果真的是她我覺得做的有點太過了。」、「對啊！雖然說是不同隊，但是一直攻擊也太故意了吧！」
連宋家佑也對我露出一副「妳怎麼會這麼做的表情」，此時的我還真是體會了到什麼叫做眾矢之的。
從小我就常常被莫名的流言蜚語攻擊，莫須有的罪名，也背了不知道多少年。
一直都是因為宋家佑的鼓勵和信任，才能無視耳語走到今天，現在的他選擇站在林彤身邊，雖然並不意外，但內心卻莫名感到慌亂。
「妳們是講完了沒有。」李涵在隊伍裡大喊。
所有人安靜看向她，她起身走到林彤面前，蹲在她面前淡淡開口：「痛不痛？」
林彤慌亂地看向宋家佑，大家都在等待李涵的下一步動作，包括我在內。
「當然痛啊！」林彤挺起胸膛回應李涵。
「那真的很抱歉，我一不小心忘記控制力道了。」李涵歪著頭露出淺淺的微笑。
「是妳？」林彤瞪大雙眼。
「正是在下。」點點頭，她依舊微笑著。
一個會讓人打從心底發寒的微笑。
宋家佑走到林彤身邊，一把拉起李涵。「跟她道歉。」
「不要。」李涵看了宋家佑一眼，大力甩開他的手。
「快點跟她道歉。」轉身離開的李涵，被宋家佑一把往後拉，一個重心不穩，李涵重摔在地上。

意外來的太突然，大家全愣在原地。

「喂！」剛從廁所走出來的謝康旲看到這一幕，立刻飛奔到李涵身邊。

「還站得起來嗎？」大力推開宋家佑，謝康旲溫柔地蹲下拉起李涵，李涵點點頭，用力擦乾眼淚。

「幫我照顧她一下。」謝康旲對我招招手，把李涵交到我手中，轉過頭對宋家佑說：「你跟我來。」

宋家佑幾乎是被謝康旲拖著走掉，這是我第一次看到謝康旲這麼生氣，上次他在五樓打到別人流血，都沒有這麼氣憤。

「是妳先打我的，哭什麼哭。」林彤對著李涵大叫。

「我真的很後悔剛剛在漆彈場沒有一起打妳。」我瞪著她。

「妳就是忌妒我是宋家佑現在的女朋友。」

「林彤妳不要再講了。」看不下去的男同學出聲制止。

直到全校同學都集合的差不多，謝康旲他們才回到班上隊伍，宋家佑面無表情地走在他身後，兩個人都跟離開前一樣，看起來沒有打鬥過的痕跡。

「李涵，對不起。」宋家佑停在李涵面前。

林彤瞪大眼睛，不敢置信。

「你為什麼要跟她對不起。」

「是不是妳自己先跟李涵說，妳要把所有的子彈拿去射思秧的？」宋家佑看著林彤。

「我沒有，你要相信我。」林彤緊緊抓住宋家佑的手。

「妳有。」李涵說。

「有沒有妳自己心裡最清楚，如果妳再挑撥離間一次，下次摔在地上的，就會是妳。」謝康昊把李涵拉到身後，指著林彤的臉說。

「你們是去打架嗎？」

當謝康昊走回原本的位置上，我湊到他耳邊小聲地問。

「沒有啊！妳不是答應班導，要在她生完小孩之前看緊我嗎？。」他對我眨了一下眼睛。

「我……你……怎麼……知道？」

「……」他面無表情看著我。

「對不起啦！」我低下頭。

「妳幹麼道歉？」

「因為我又自作主張，干涉你之類的……」不自在地揉捏著衣角。

「我又沒那麼說。」他笑著撥亂我的瀏海。

我抬起頭，看見他那燦爛的笑臉，失了神。

「喂！」他靠近我的耳邊，小聲地說：「我真的很帥，但是妳也不需要這樣看吧。」

「白目。」嘖一聲，我輕輕地捶了他的肩膀。

不能否認的，謝康昊長得很好看，但是在外表之外的，是那顆勇敢又溫柔的心。

當初那個我眼中粗魯無禮的男孩，是何時開始滲入我生活的呢？

每一次的困難，他挺身而出、每一次的悲傷，他伴在我左右。

曾經我羨慕過李涵，有謝康昊這樣的騎士，能被當公主一樣的對待，不過我更喜歡現在我與他的關係，像朋友，彼此關心著。

靜靜地凝視他的側臉。

「妳再看，我就要當做妳是愛上我了。」

謝康昊看著我揚起了邪惡的笑容。

「自以為！」我回過神，接著輕拍自己的雙頰。「到底在幹麼啊！」

「嗯？」謝康昊轉過頭來看我。

「沒事。」我尷尬呵呵笑了幾聲，搖搖頭看他。

他輕輕皺眉，用懷疑的眼神看著我。「真的愛上我了？」

「靠杯喔！」我瞪他一眼。

「校花說髒話。」他大笑，便走向遠處的高偉軍。

高偉軍和教官並肩走在一起，他的臉色很差，也沒看見余佳穎跟他們一起回來。

之後的活動，高偉軍就像是失了魂，完全不是平常那生龍活虎的高偉軍，對余佳穎的擔心，老老實實全刻在臉上。

「兄弟，夠了喔！她只是貧血，不是掛了。」在一次積分賽中，高偉軍恍神到害我們慘輸敵隊，謝康昊勾住他的脖子。

「我剛剛以為她要死了。」餘光看到高偉軍慘白的臉，他緊皺眉頭看著謝康昊。

「誇張。」謝康昊嘖了一聲，推開高偉軍。

「幹你不懂啦！我剛剛真的以為要失去她了。」高偉軍說。

「我怎麼不懂，我才是真正體會到失去的人好嗎？」謝康昊一臉平淡地看著高偉軍，正走向我們的李涵，停下了腳步，抬頭凝視著。

「你們看。」她伸出手指著我們後方。

只見林彤站在攀岩的頂端，死命抓著石頭。「我不敢下去！」

「屁咧！爬得上去會不敢下來。」

謝康昊哼了一聲，無趣地揮揮手。

「對啊！她真的小把戲很多。」高偉軍翻了翻白眼。

我看著全身發抖的林彤，倒不覺得她是在演戲，那顫抖的四肢應該是演不出來的。

「宋家佑救我！」淚流滿面的林彤對著地面上的宋家佑大叫。

我看向宋家佑，他一臉為難，李涵和我對眼，一切盡在不言之中。

教官詢問宋家佑是否要上去帶林彤下來，他默默搖頭。

「靠！他還是不是男的。」高偉軍推了謝康昊一把，臉上帶著輕蔑的笑容，謝康昊笑著聳聳肩。

教官穿好裝備要上去接林彤，卻被她連聲拒絕，她拒絕了宋家佑以外的所有人。

正當所有人不諒解的目光都投在宋家佑身上時，李涵一步向前，擋在宋家佑和同學中間。「他不是故意的，他有懼高症。」

「他國小的時候從鐵皮屋上摔下來，他有陰影。」幫李涵把話接著說完，我自顧自地穿起攀岩裝備，請教官幫我拉好安全繩，一步一步朝林彤靠近。

「過來，我會抱住妳。」終於爬上林彤的身旁石頭，我伸出手。

「我不要妳。」

「妳不要鬧了，我是真的想幫妳。」再次伸出手。

「那妳過來，我的腿沒力氣了啦。」她又尷尬又無奈的對我伸出手。

我笑了，雖然她很白目很機車，又心機很重，但是她那不想服輸的樣子，倒是有那麼一點像李涵。

教官緩緩放掉安全繩，我抱著林彤，兩人從頂端慢慢垂吊下來，落到地面時，林彤拉住要離開的我。「謝謝妳，還有對不起。」

「沒關係，不過宋家佑很怕高，以後約會記得不要選高的景點喔！」我輕輕推開她的手，笑著對她說。

看見她快步走到宋家佑身旁，我也回過頭走向李涵他們。

「……不需要道歉或道謝，只要妳對他好，就好了。」話在我嘴邊，卻說不出口，雖然分開時我們都不愉快，但是曾經他對我的好都是真實的，那我也就不該太吝嗇自己的祝福了，對吧！

「妳人正人美，完美女神。」李涵浮誇地抱著我，不斷晃動著自己的屁股。

「妳在求偶是不是。」

謝康昊大力的踹了李涵的屁股，說完就離開了我的視線。

之後整個下午他都沒有和我說話，就連玩遊戲，都故意離我們很遠。害我在腦海裡不斷搜索著，我是不是哪裡得罪他了？

「他在吃醋啦！妳不用理他。」

休息時，李涵一屁股坐在草地上。

「草皮很髒。」我皺著眉頭，發出嫌惡的聲音。

「不會啊！」她索性直接躺了下來。

「妳說吃醋什麼意思？」我蹲在她身旁，看到她躺在草皮上，我的手臂起了滿滿的雞皮疙瘩。

「字面上的意思。」李涵挑眉看著我。

「不懂。」

「反正呢！他撐不了多久的，等等就會來找妳了。」李涵一派輕鬆地看著天空，我因為太害怕草地，一個人走到旁邊的樹蔭下乘涼去了。

謝康昊就坐在樹下，我開口問道。

「欸，你真的在吃醋嗎？」

「……」他沉默了一會，直到我要開口打破尷尬時。「我不知道那是什麼情緒，只知道我對妳幫宋家佑的事情，感到很不爽。」

「所以你整個下午不理我，是因為他？」我疑惑地看著他。

「對啊！」他很乾脆點點頭。

「白痴喔！我會幫他是因為，他會怕高就是我害的，我害他不能救他女朋友，只好去幫他救啊！」

「所以妳不是因為捨不得大家一直笑他，才去解圍的？」

「當然不是啊，我幹麼捨不得他。」我翻了翻白眼，他竟然因為這麼無聊的原因不理我。
「早說啊！害我剛剛都很不爽。」他一臉恍然大悟的樣子。
「不爽個頭，下次不要因為這種無聊事情跟我冷戰，我會覺得你很幼稚。」我伸手搥了他胸口。
「那時麼事情可以跟妳冷戰？」他認真地看著我。
「你永遠都不可以跟我冷戰。」我伸手捏住他的鼻尖。
「這麼任性啊！」他輕輕一笑，抓著我的手臂，彎下腰來額頭抵著我額頭。「好吧！答應妳。」
「抱歉打擾一下，要集合去吃飯了。」耳邊傳來李涵的咳嗽聲，嚇得我撥開謝康昊的手。
「喔。」他若無其事直接走掉，留下我獨自面對李涵。
她露出狡猾的笑容，惹的我頭皮發毛。

5

晚餐時刻，余佳穎總算是歸隊了。「靠，我根本花錢來經痛的。」她邊吃飯亂叫，看起來實在不像身體不舒服的人。
「妳都不知道高偉軍有多擔心。」李涵夾了一塊肉到她碗裡。
「你幹麼擔心？暗戀我喔？」余佳穎看著坐在我們對面的高偉軍，打趣說道。
喝水的高偉軍，被余佳穎的話嗆到猛咳嗽。
「自我感覺很良好。」一旁的謝康昊冷冷回應她。

吃飯的同時，教官也跟我們講解等等晚會的節目與注意事項，一想起下午的事情，我害羞得不敢抬頭。

聽旁邊的同學說，晚會有一個活動叫星空下的約定，非常浪漫，在我腦海裡閃過一道身影，但很快的被我抹去了。

余佳穎喜歡謝康昊，所以我不可以想他，更不可以喜歡上他。

不斷地提醒自己，他的身影卻愈見清晰，他很愛取笑我、他生氣就不理我、他總是奮不顧身的保護我、他就算難過也不輕易低頭。

我的腦海裡，滿滿的都是他的樣子。

「回魂了喔。」李涵的手在我面前揮呀揮的。

「嗯……」一股失落席上心頭，如果余佳穎沒有告訴我，她喜歡謝康昊，是不是我就能好好的去釐清我現在的情緒呢？

我抬起頭，對上了謝康昊目光，他揚起嘴角，對著我挑眉，臉頰微微的泛起紅暈。

「你們吃飯就吃飯，可以不要眉來眼去嗎？」坐在身旁的高偉軍不耐煩的推了他一把。

我尷尬地看向余佳穎，她正笑著跟身旁的同學討論星座速配指數，說到激動處還伸手拍打別人。

「妳為什麼要那麼在意余佳穎？」李涵放下碗筷，在我耳邊小聲問道。

看著她一臉疑惑，我倒是真的感到疑惑了。

吃飽後我拉著李涵到戶外。「我問妳，如果有一天我和妳喜歡上同一個男生，妳會怎麼辦？」

「妳是說如果我也喜歡上謝康昊？不會吧！妳腦子有洞啊！」李涵的表情先是從認真到詫異，最後以終極白眼結束我們的對話。

「我沒有特定對象，只是在假設一個問題，請妳直接回答。」我瞪了她一眼。

「那我會跟妳說，希望能公平競爭，最後決定權交給那男生。」她摸一摸下巴，看著我。

「所以，假設今天我也喜歡他，妳不會生氣，反而願意跟我公平競爭，是嗎？」

「是啊！但是妳必須要跟我坦承，這樣我才會覺得妳當我是好朋友。」

「了解。」恍然大悟的我拍了李涵的肩膀，笑著轉身。

「愛情是沒有答案的選擇題，不會有誰對誰錯，所以妳也不用想太多。」李涵站在我身後緩緩說完，接著朝我的反方向離去。

「妳要去哪裡？」

「晚會要表演，我就不回到班上了。」她背對著我甩甩手，瀟灑地消失在我眼前。

我靜靜地思考著李涵的話，彼此坦誠然後公平競爭，既不會失去友誼，也能無愧於心。只是我不確定自己的心，對謝康昊究竟是愛情還是友情。「還是先不要跟余佳穎說好了。」我小聲地說。

天色漸漸暗了下來，熟悉的聲音在我身後響起。「說什麼？」

「你來幹麼？」轉身看見謝康昊站在我身後，嚇了我一跳。

「等等有個活動，妳跟我一組，高偉軍說他想跟余佳穎一起。」他彎下腰，在我耳邊說。

「什麼活動？」高偉軍還真是愛情行動派的。

「星空下的約定。」謝康昊笑著說。

他們哥倆好應該是規畫了很久，晚會一開始，高偉軍就把余佳穎帶在身邊，讓她連靠近我的機會都沒有，少了李涵，我也只好跟著謝康昊。

看著教官們的火舞、老師們的話劇表演，狂歡的情緒沸騰到了最高點。

謝康昊拉著我跳進人群裡，不巧林彤和宋家佑就站在距離我不到一公尺的地方。「要換地方嗎？」謝康昊問我。

「沒關係！你不要走掉就好。」我下意識拉住他的手腕。

「好，我不會走。」他露出淺淺的笑容，繼續在人群裡跳舞。

隨著音樂越來越大聲，我跑到廣場中間，卻不小心和同學背對背相撞，一個踉蹌。「誰啊！」我大叫。

「對不起！」回過頭，宋家佑連忙跟我道歉。「妳有怎樣嗎？」他伸手想扶起地上的我。

「我來就好。」謝康昊撥開宋家佑的手，一把拉起我。「林彤在看你。」他對宋家佑說。

宋家佑朝我們點點頭，轉身走向林彤。

謝康昊皺著眉頭，瞪了我一眼。

「是他自己撞我的，你不會又生氣了吧？」

「有一點。」他點點頭。

「為什麼？我又沒有做什麼事？」

「因為妳叫我不要走，自己卻到處亂跑。」輕輕握著我的手腕，緩緩地靠近我胸口，揚起嘴角，抬頭說：「有點不乖。」

轟的一聲，我的腦子徹底被炸開來，失去所有生理機能。
「……」無法言語，無法思考。
身旁的熱鬧氣氛，就彷彿是在另一個平行時空裡，我的世界，只看得到謝康旲。
「各位同學，你們最期待的活動即將開始，請移駕到室外的草皮吧！」
舞台上的教官指揮著大家往外前進，我仍舊在原地動彈不得。
「傻了？」而那個始作俑者在我面前揮揮手，一臉無辜。
「欸，你不可以這樣跟女生講話。」我拉住他衣角。
「為什麼？」
「因為會讓人想太多。」
「好！我知道了。」他微微發愣，接著露出燦爛的笑容。
走得太慢，到草地時同學們都已經躺好位置了，看著讓我頭皮發毛的草皮，遲遲不願躺下。
謝康旲眉頭深鎖地看著我。「怎麼了？不想跟我一起嗎？」
「不是！是我會怕草皮，不敢直接把頭躺在上面。」深怕他會誤會，我急忙解釋。
「喔，這樣啊！」他立刻露出笑容，脫下身上的迷彩服，鋪在草地上。「這樣可以嗎？」
周圍的同學傳來口哨聲和曖昧的笑聲。
「可以。」不想成為眾人焦點，我迅速躺下。
謝康旲和我並肩躺著，雖然已經隔著他的衣服，卻還是讓我感到渾身不自在。
他轉過來看我。「頭抬起來一下。」

「嗯?」雖然疑惑，我還是配合挺起脖子。
「二層保護。」他伸出右手，要我墊在脖子下。
「沒關係！我可以自己……」來不急等我說完，他伸出左手輕輕壓下我的頭。
核電廠要爆了！
請所有徐思秧體內的細胞迅速逃離，世界級的毀滅者謝康昊又再次出擊了！
「你……不可……以……這……」
很好，看來我的語言中心已經被他摧毀了。
「會讓人想太多是嗎?」他收緊手臂，順勢讓我躺進他臂彎裡。
我雙手抱胸，驚魂未定地點點頭。
「那妳最好給我想多一點，不然我……」他的嘴唇緩緩地靠近我額頭。「就會更過分。」
「……」不知道這世界上腦充血而死的人多不多，但我絕對是其中一個。
「妳很緊張?」謝康昊在我耳邊低聲地說。
「嗯……」他一個翻身，和我面對面。
這樣我能不緊張?
「不是交過男朋友嗎?這有什麼好緊張的。」他故意湊近我鼻尖，被我一把推開。
「交過男朋友不代表你可以這樣對我啊！」
他輕蔑的口吻讓我感到很不舒服，好像我很隨便一樣。
「我要走了。」趁縫隙溜出他的懷抱，起身惡狠狠地瞪著他。
身旁的同學們都專心聆聽著台上的表演，發現沒有人注意，我一個快步跑向舞台的反方向。
「妳不要跑了。」一股力量將我拉向他，就這樣不偏不移的，跌進他懷裡。
「放開我。」我用力掙脫。
「不要！」他收緊手臂。
「……」
如果你想知道我回應了什麼，沒有，我的思考系統又再度，被他摧毀了。
「我原本不打算再去喜歡任何人的，得到了就會害怕失去，得不到又會讓人感到痛苦。」
他鬆開環抱的手，輕輕扶著我的肩膀說。
「既然那麼辛苦，你幹麼還要淌這混水，沒看到我上一段感情死的有多慘嗎？」我轉過身。
他伸出食指對我比了噓的手勢，挑眉說。「要死，我也要跟妳一起死。」
「有種你就試試看！」我推掉他的手。
從來沒看過這樣追求人的，看似玩笑，表情又很誠懇，說認真，又覺得他使用的詞彙很不正經。
看著他，我忍不住笑了出來。
「不要笑，我可能是真的喜歡上妳了。」他不悅地提醒我。
「好，那你慢慢釐清是不是真的喜歡上我了。」
我笑，是因為我覺得你很可愛。
我笑，是因為覺得能被你喜歡，是一件很幸運的事。

第四章

1

「彎彎月光下　蒲公英在遊盪
像煙花閃著微亮的光芒
趁著夜晚　找尋幸福方向　難免會受傷」

李涵盤腿坐在台上，伴隨著同學的吉他聲，輕柔地唱著。

謝康昊哼著旋律，輕撫著我的髮絲。

「難過的時候　誰在身邊　陪我掉眼淚
失敗無所謂　你在左右　月光多美」

「謝康昊。」

「嗯？」他停下動作。

「我真的很高興能夠認識你，也很慶幸難過的時候，你都一直在我身邊。」

他微笑著看我。「妳不是一直很想知道我的事情嗎？」

「嗯……不過，你不說也沒關係啦！」

「我媽在我國小的時候離家出走，我爸是個領著殘障補助，卻好賭成性的廢物，而我是被阿嬤撿回收養大的小孩。」他的語氣很平靜，身體卻微微顫抖著。

我伸手輕拍他的胸口。「不要這樣說自己，我聽過李涵提起你的童年，你很孝順也很勇敢。」

「我恨過我媽，我認為她是一個拋家棄子的壞女人，但是阿嬤告訴我，全世界的人都可以說我媽媽的不是，就我不可以，因為我是她用生命換來的孩子。」

我靜靜看著他悲傷的側臉，這些沉重的記憶，就是他一直拒絕別人了解的原因吧。

「因為子癲前症，我媽差點就死了，一個願意用生命去守護我的女人，她為什麼還會丟下我？」他抬起頭望向夜空。

「也許她真的是有什麼苦衷。」

謝康昊沒有回應，靜靜聆聽著李涵的歌聲，草地上的寧靜，讓我不知不覺地閉上眼睛。

「生下我的媽媽拋棄了我、對我好的以築也離開我。」許久後他開口。

我張開眼睛，緩緩的轉向他。

「我發誓會變成一個配得上妳的人，那妳可不可以，不要丟下我。」他那極盡絕望的眼神裡，有著濃濃的祈求，就像是個找不到家的孩子，我伸手撫摸著他的臉頰。

「好，我答應你，就算有一天你走丟，我也會站在原地等你回來。」

他立刻露出了笑容，就像個孩子一樣。

「那妳這樣算喜歡我了嗎？」眼裡漾著閃閃的光芒。

「你又還沒變成更好的人。」我笑著回答。

絢爛的煙火在夜空中綻放，教官說：「傳說，能在這場煙火結束前對喜歡的人告白，就可以永遠的在一起喔！距離煙火結束還有三十秒。」

謝康昊興奮地拉起我，在煙火下又叫又跳的。

「我不相信傳說，謝謝。」我看著他，翻了一個白眼。
「我要相信，我喜歡妳、我喜歡妳，我喜歡喜歡妳。」
眾目睽睽之下，謝康昊大聲對著我說。
煙火結束之前，他對著我大叫。「妳是要不要喜歡我啦！」
所有人的目光全投射在我身上，尷尬地望向教官，他朝我眨眨眼睛，笑著拿起大聲公。
「我是請你們告白，不是要你逼女同學喜歡你好嗎？不過你做得好，這樣講大概也沒有人敢跟你搶了。」
教官的一席話惹得同學們哈哈大笑，我瞪了謝康昊一眼，立刻坐下把臉埋進雙腿之間。
「這樣宋家佑就不會跟我搶了，ＹＡ！」
謝康昊開心地坐在我身旁，哼唱著愉快的旋律。
他輕輕拍了我的肩膀。「有沒有一點心動的感覺了啊！」
「我懷疑你剛剛的難過是拿來騙我的。」我抬起頭。
「我是真的很難過啊，可是妳答應我妳不會走了，我也就沒有難過的理由啦！」
他偏著頭，露出無辜的眼神。
「如果我剛剛是騙你的呢？」害我在大家面前那麼丟臉，忍不住想捉弄他。
「那妳可以試試看。」謝康昊瞬間變臉，一把將我拉向他的懷抱裡，他左手扣著我的下巴，輕輕地挑著眉說。「我絕對會把妳抓回來。」
李涵從謝康昊身後的舞台跑向我們。
「妳們先回去吧！男生都要留下來收垃圾。」他瀟灑地揮揮手，轉身離開。

回到房間的路上，李涵反覆地看著手機螢幕。

「怎麼了嗎？」

「沒什麼啦，就是學長一直不接電話……」她聳肩。

「可能在忙吧！不是要基測了嗎？」

「嗯……可能吧！」

遠遠的，我看見在班上跟李涵交情不錯的女同學跑向我們。

「李涵！我昨天看見妳男朋友騎腳踏車載一個女生。」她氣喘吁吁擋住了我們的去路，我驚訝地看向李涵。

她伸手輕輕地拍著女同學的背，待她緩和了呼吸，李涵才微笑著開口說：「那個是學長很要好的朋友啦！他昨天有跟我說過了。」

「但是那個女生抱著學長，給他載是沒關係，幹麼抱他啊！」女同學的話，激起我心中不安的感覺。

「我會回去好好教訓他，謝謝妳跟我說。」李涵依舊是保持著完美的微笑。

我和女同學交換了一個眼神，她點點頭便與我們道別。

看著女同學身影完全離開後，我仔細觀察李涵的表情，她不斷看著手機螢幕，臉上卻沒有任何的不快。

「我怎麼沒聽妳說過學長有很要好的朋友。」我掏出鑰匙，輕輕地扭開門把。

「他說是從小一起長大的朋友，因為一些誤會曾經失聯過，現在又和好了。」

「妳都不覺得很奇怪嗎?為什麼會蹦出一個一起長大的朋友。」我看著一進房門就開始找東西吃的李涵說。

「不會啊!如果有一天我跟謝康昊吵架了,只要他來找我和好,我也絕對會馬上答應的。」找到我包包裡的洋芋片,她開心地坐在地上吃了起來。

「妳就這麼信任學長啊?」我坐到她身邊。

她遞給我她帶來的麥香奶茶,還很貼心地幫我插好吸管。「因為我很喜歡他啊!而且他前幾天帶我去見他爸媽了,我想跟他結婚。」

「咳……」她話一出,我的奶茶也跟著噴出來了。

「幹麼啊!」

「妳才幾歲結什麼婚!」我往前去擦拭被噴得滿地都是的奶茶,不忘回頭看著她。

「年齡不是問題,只要他是對的人。」

李涵的眼神裡閃著耀眼的光芒,我隱約感覺的到她身旁正冒著滿滿的粉紅愛心。

雖然對她的言論感到驚恐,但我想起學長和她平常相處的模式,要這麼細水長流的走下去,也不無可能。

「好,那記得讓我當伴娘。」

李涵笑著點點頭,聽見手機響起了專屬於學長的來電答鈴,她一個轉身,快速飛奔到陽台接電話去了。

看著她一邊講電話一邊搖晃身體,一會露出嬌羞的表情,一會又是哈哈大笑。

她變了,曾幾何時,那個臉上永遠都只有一號表情的李涵,已經開始有了自己的快樂。

我想學長的事情是我多心了吧！畢竟他們的感情也在一片質疑聲中，走向了穩定。

想起李涵已經開始為了自己揚起笑容，我腦海裡浮現了另一個人的身影。

「妳答應我不會走了，我也就沒有難過的理由啦！」謝康昊是這樣笑著跟我說的。

我會是那個帶給他快樂的人嗎？

我有像學長一樣的能耐，去成為填補他們心中缺口的那個人嗎？

「我回來了。」身後傳來余佳穎的聲音。

「妳怎麼那麼慢？」

「突然想修一下瀏海，就跑去跟別人借了。」她開心地晃著手中的剪刀。

「妳很會剪瀏海嗎？」我腦海裡閃過了一個念頭。

她眼神堅定地對我點點頭，我鼓氣勇氣在她耳邊說了些悄悄話。

我們就這樣開心地走進浴室了。

一直到我們準備睡覺前李涵都還在陽台熱線，余佳穎在翻了不知道第幾百個白眼，才放棄要等李涵一起睡覺的想法。

「這是我人生中第一次跟好姊妹一起在外過夜，那個廢物就這樣一直講電話！」余佳穎生氣地猛捶李涵的枕頭。

「別這樣，我們國三畢業旅行還有一次機會啊！而且等我長大，就可以一起出國玩了。」

「ＯＨ！我的ＢＡＢＹ！」她誇張地對我又親又抱。

余佳穎睡著後，靜靜的看著她的側臉，我很喜歡她，也很珍惜有這麼可愛的朋友。

所以，我該怎麼跟她說「我也喜歡謝康昊」呢？

深深嘆了一口氣，我的視線和剛進屋內的李涵隔空交會。
「怎麼了？」她用氣音詢問我。
我搖搖頭，輕聲回答「等妳」。
她走到我身邊，靠近我的耳邊說。「如果妳無法對佳穎坦承，我可以幫你講，因為我比任何人都希望謝康昊幸福，知道嗎？」
我瞪大眼睛看著她，她微笑著什麼都沒有說，只是輕輕地摸了我的頭。
「快睡吧！我洗完澡也要睡了。」看著我愣在原地，她推了一下我額頭，轉身走進浴室了

2

美好的早晨，我們就被余佳穎的鬧鐘吵醒，而罪魁禍首卻依然睡得不省人事。
「他媽的，余佳穎是死人啊！」
李涵火大往熟睡的余佳穎踹了一腳。
我靜靜地看著無動於衷的余佳穎，和火冒三丈的李涵，偶像劇裡什麼閨密們互道早安的劇情，根本騙人的嘛！
這種調鬧鐘是為了叫醒別人的廢物，根本就不存在偶像劇裡。
我率先走進浴室梳洗，手機鈴聲響起。「喂？」
熟悉的聲音傳來：「早安！起床了沒？」話筒的另一端是謝康昊。
我趕緊把手機壓在胸前，先清清喉嚨，才回復他。「嗯，剛起床。」

「要不要跟我去偷聽宋家佑他們。」不知道是不是我的錯覺，他語氣聽起來非常愉悅。
「才不要，白痴喔！」我翻了一個白眼。
「那我換一個說法，因為我想跟妳約會，妳可不可以下來跟我一起散散步。」
「……」我無言以對。
「這樣也不行啊……那我只好……」我靜靜等待著他的後續動作。
「徐思秧，下來！」他竟然在我們房間樓下大喊我的名字！
一個箭步咬著牙刷衝出陽台，果不其然的，看見他露出燦爛的笑容對著我揮手。
「給我十分鐘。」我拿起手機，無奈地對他說。
快速刷牙洗臉之後，我準備出門，被一臉不爽的李涵叫住。
「我跟謝康昊出去一下。」我尷尬地笑著對她說。
她看了看手錶，一臉藐視地看著我。
「現在才六點五十分，有事嗎？」
「等一下就回來了啦！」她的眼神太銳利，我只好匆匆逃出房間。
到底是招誰惹誰，一早先是被余佳穎那白痴鬧鐘吵醒，現在又要被逼著和謝康昊去散什麼鬼步。
一出大門，就看見謝康昊笑著對我揮揮手。
「妳的頭髮？」他一臉錯愕看著我。
「我剪瀏海了，會很奇怪嗎？」他的反應太過真實，讓我不禁懷疑起余佳穎的技術，奇怪！明明昨天就還滿好看的啊！

「不會，很好看，好看得我出神了。」

「你就講話再給我浮誇一點。」我揍了他一拳。

他拉起我的手，走向某個雜物堆旁。

「幹麼來這邊？」我偏著頭，疑惑地看著他。

「我們談一談好嗎？」

看見林彤從雜物堆後面走了出來，我轉過身去瞪謝康昊。

「放心，我就在旁邊。」他在我耳邊輕聲說著。

「妳要講什麼？」看著林彤一副受傷小白兔的樣子，我不耐煩地皺起眉頭。

「對不起。」

不同以往的講話尖銳，她竟然是對我九十度鞠躬。

「妳幹麼！」突然的舉動，嚇得我不知所措。

「對不起，我當初會去告狀是因為，我看到宋家佑為了追上妳，真的太辛苦了。」她沒有抬起頭，只是看著草皮，自顧自地說下去。「所以我天真的以為是妳給不起他快樂，只要拆散妳們就好了，可是直到我真的擁有了他之後，我才知道，他的快樂其實都是因為妳。」

林彤抬起頭，眼角閃著淚光。

「他因為妳開心、因為妳難過、因為妳對我好、也因為妳對我冷淡，我可能真的做錯了，妳原諒他好不好？回到他身邊。」

「妳不是很喜歡他嗎？我原諒他了，那妳怎麼辦？」我問。

「我要的很簡單，只要看著喜歡的人開心，那就好了。」她的眼神裡閃過一絲落寞，卻努力的對我撐起笑容。

「放屁！妳別傻了。」我走近她，遞上面紙。

她和謝康昊都詫異地看著我，對我的反應感到傻眼。

「雖然我真的看妳很不爽，但是我還是要跟妳說，既然妳那麼喜歡他，就應該要努力讓他看到真正的妳。」

她終於忍不住心中的委屈哭了出來，我尷尬地伸出手，拍拍她肩膀。

「我是不可能再跟宋家佑在一起的，而且我也知道妳比我更珍惜他。」

聽完我的話，謝康昊給了我一個滿意的笑容。

「妳們好好的在一起吧！不要再來找麻煩就好。」我笑著對林彤說。

「好，我再跟妳說一次對不起。」她輕輕點頭。

我微笑著搖搖手。「沒事了！沒事了！我要先回去了。」

「好，掰掰。」林彤終於露出了一點點微笑。

我和謝康昊一起轉身離開，走回去的路上，我不斷地思索。

也許林彤的所作所為都讓我感到討厭，但是她的出發點，也只是因為想讓宋家佑快樂，這就是愛嗎？可以為了一個人，與全世界為敵？

「在想什麼？」謝康昊問我。

「在想你什麼時候跟林彤結盟了。」我又想逗他了。

「沒有結盟，是她自己昨天跟我說想跟妳道歉，要我幫忙約妳出來。」他緊張地向我解釋，深怕我會誤會什麼一樣。「誰知道她會陰我啊！還想勸妳復合。」他嘖了一聲。

「如果我剛剛答應要復合，你要怎麼辦？」
「跟他搶回來啊！不然能怎麼辦。」謝康昊一臉激動，臉上還泛著紅暈。
「騙你的啦！我就答應要等你變成一個很好的人了，哪還會復合。」我笑笑看著大步往前走的謝康昊說。
「徐思秧！」
「幹麼？」
「我覺得太不保險了。」他突然轉過身，湊到我面前。「我要先下訂金。」
他拉起我的手，溫柔地說：「無名指伸出來。」
我聽話的伸出手指，等待著他又要變出什麼把戲。
「等我長大了，再買真的給妳。」他從口袋裡拿出用紅色仙丹花串成的戒指，輕輕套在我手指上。
「我不要。」我作勢要把戒指丟在地上。
「妳敢丟，我現在就會親妳。」
那時候的他不會知道，那只他用仙丹花做的戒指，被我做成了書籤。
到現在都還靜靜地掛在我窗前，晃呀晃的。
就跟他的身影一樣，在我的青春裡，不曾消失。

※

「我收下你的戒指，但是等一下要玩遊戲，我先收起來好嗎？」

「好。」謝康昊滿意地笑著跟我揮手道別。

一打開房門，就看見余佳穎站在廁所門前，一臉哀怨看著我。

「鬧鐘魔人，妳醒了啊！」

「妳去哪裡？」

「我和謝……」李涵正好推開廁所門走了出來，余佳穎沒等我講完就衝進去了。

余佳穎關上門後，李涵雙手抱胸看著我。

「妳跟謝康昊去哪裡？去幹麼？」

「林彤剛剛跟我道歉……」

我把早晨發生的事情一五一十告訴她。

「所以妳不打算跟宋家佑復合了是嗎？」余佳穎廁所門整個打開，坐在馬桶上跟我們聊起天來。

「妳大便很臭。」我瞪了她一眼。

「我昨天晚上去借剪刀的時候，聽到那群跟林彤住一間房的人在講她壞話。」余佳穎無視我們藐視的眼光，依然故我地說著。

「她們幾個不是好朋友嗎？」李涵說。

「對啊，而且她們不知道林彤其實就站在門旁邊，全都聽到了。說來她也是滿可憐的。」

「可憐之人，必有可惡之處啊！誰叫她要欺負徐思秧。」

李涵對林彤的處境完全不以為意。

早在林彤處處針對我時，她的朋友就在背地裡對我說著她的不是，表面上卻還是維持著親膩的友誼，這就是女生口口聲聲的姊妹情……
我看著大便不關門的余佳穎，髒話不離口的李涵，我們不曾以姊妹相稱，更不會愛來愛去的叫，卻有著比別人更堅定的友誼。
「幹麼用那種眼神看我？很噁心耶。」正在偷吃我包包裡零食的李涵看了我一眼。
「沒事！」我笑著摸摸她的頭。
正因為我幸運地擁有兩個真心相待的朋友，更要坦誠以對吧！
我是指，要找一天來坦白我喜歡上謝康昊的事情。

3

吃完早餐後，我們繼續闖關玩遊戲，同學們在謝康昊有效率的領導之下，一關關順利拿下勝利，距離總冠軍，就差那麼一點點了……
「最後一關是支援前線，每一班小班長代表參賽。」
教官出了許多難題給小班長們，要收集的東西也越來越難，終於進行到了最後，剩下謝康昊與另外兩位參賽者，大夥都屏氣凝神等待教官的最後一道題目。
「這個題目不難，就考驗你們的說故事能力。」教官賣關子故意不把話說完，眼神曖昧的看著我。
「我要你們去借，校花最重要的東西。」教官伸出手指向我，所有人帶著興奮的神情，期待著他們會借走我身上的什麼東西。
我手無足措看著面前的兩位同學。

「妳很常看手錶，拜託借我妳的手錶。」同學甲雙手合十說道。

「哦……好啊！」我脫下手錶遞給他

「沒有鞋子就不能走路了，應該是最重要的吧。請妳借我鞋子。」同學乙蹲在我面前。

雖然很尷尬，我還是硬著頭皮答應了。「好吧！拿去！」

兩位參賽者都借到東西回集合地了，我卻沒看見謝康昊的身影。當其他隊伍的同學們開始嚷著謝康昊挑戰失敗時，他走過來一把拉起我。

「戒指呢？我給妳的戒指。」

「這裡。」我從口袋裡拿出他早晨送給我的戒指。

「等一下還給妳。」說完，他轉身大步朝集合地奔去。

當大家看到謝康昊手上仙丹花做的戒指全都笑翻了。

「靠！智障喔，他拿那什麼啦？」高偉軍傻眼看著台上的謝康昊。

此時台上的謝康昊正漾著無邪的笑容，對我眨眨眼。

「請問你借這個是什麼意思呢？」教官遞上大聲公給他。

「我要先嗆一下前面兩個同學，跟喜歡的人在一起，時間根本不是重點，手錶也就沒屁用了，就算沒了鞋子，喜歡她的人也可以抱著她走，鞋子也就不重要了啊！」謝康昊在台上侃侃而談。

「所以你幹麼拿花做的戒指啦！」教官翻了一個大白眼，笑著搶過他手中的大聲公。

「因為這就是她最重要的人送給她的，是我送她的定情戒指。」他就在台上，大聲說出口。

教官先是瞪大眼睛，笑著搖搖頭說：「你真的很會欸！我拜你為師啦！」

台下的同學響起的掌聲如雷貫耳。

因為大膽又荒唐他的愛情宣言，讓我們班順利拿下了總冠軍的殊榮。

我看向余佳穎，她也在笑，在我們的視線交換那一秒，她對我比了一個讚的手勢。

偏著頭看向她，不過她的視線早已回到謝康昊身上了。

如果說青春是一張考試卷，那麼余佳穎就會是一道，我永遠解不開的申論題。

無法闡述她的想法，更無法去舉例證明，她的愛情究竟是怎麼樣的存在著。

※

「晚安，我要一路睡回台中了。」

一坐上遊覽車，李涵就無情地打斷想跟她聊天的我。

「好吧！」我無奈地幫她蓋上外套，看著上車前教官幫我們拍的拍立得。

車子上一片寂靜，只剩下謝康昊他們後面傳來微微的嘻笑聲——

「思秧！」我沉沉地睡去，直到被人搖醒。

「嗯？」我睜開眼，謝康昊溫柔地站在我身旁。

「妳跟余佳穎換一下位置好嗎？她暈車了，吐得很嚴重。」他輕輕扶著一臉慘白的余佳穎。

「喔……好！」來不及回神，我趕緊起身讓她可以坐下。

「教官，麻煩幫我照顧一下她，她剛剛吐了兩次。」

謝康昊伸手拍拍教官的肩膀。

「好，沒問題。」教官朝我們比了一個ＯＫ的手勢。

走到謝康昊的座位，才發現宋家佑跟林彤就坐在正前方，林彤輕輕靠在他的肩膀上。

「妳想坐裡面還外面？」謝康昊說。

「裡面。」

「好。」謝康昊拿起包包讓我坐下，再替我關上冷氣口。

「我想睡覺了。」

「好。」謝康昊選了一個好坐的姿勢，把我的頭靠向他肩膀，貼心地幫我蓋上外套。

「嘖！這樣的待遇跟余佳穎差太多了吧！」我們後座的男同學開玩笑說道。

「廢話！余佳穎是高偉軍喜歡的人，我對她好幹麼！」

他們的對話引起我的注意，我轉頭看向高偉軍。

「對啊！她是我喜歡的，誰都不要跟我搶。」高偉軍一臉正經地看著其他同學。

想起余佳穎說她喜歡謝康昊，我勾勾手要謝康昊靠近，小聲地在他耳邊說：「你們一直幫余佳穎配對，有沒有想過她可能也有喜歡的人呢？」

「她有嗎？」謝康昊訝異地看著我。

腦海中想起余佳穎說過的「敢說出去我就跟妳絕交」。

我搖搖頭，對著謝康昊輕輕一笑。「我說，可能而已啦！」

謝康昊低著頭，幾秒過後，他摸摸下巴。「妳說得對，那如果有一天妳知道她有了喜歡的人，一定要告訴我，不然我們亂湊對會造成她的困擾。」

無奈地搖搖頭，輕輕地靠上他肩頭，看著窗外的夜色。

唉！我要怎麼說，她喜歡的，就是你。

一回到台中，睡醒的李涵，先是被身旁一臉死人樣的余佳穎嚇到罵髒話，再奮力往坐在後方的我衝刺。「見色忘友！」她大叫。

「欸！說到見色忘友，妳最沒資格謝謝！」謝康昊笑著擋在我和李涵中間，一手固定住她的頭頂，她短小的四肢不停在空中揮舞。

「你也是，有了喜歡的女生就一直欺負我，我要跟以築講。」李涵用力掙脫了謝康昊的手，狂揍他的手臂。

「妳去講啊！妳去講啊！之前是誰哭著要我幸福快樂的。」

我就站在身旁，冷靜地看著他們倆扭打在一起。

「借我過啦！兩個智障。」我們後方的高偉軍，一臉擔心推開兩人，奔向遠處的余佳穎。

高偉軍力道之大，李涵被狠狠地推倒在走道上。「我只是出來隔宿露營，到底要被推倒幾次啊！」她崩潰大叫。

大家見她那激動的反應，全都笑得不支倒地，就連我也笑到沒有力氣扶她起來。

林彤越過我們身旁，蹲在李涵面前。「我扶妳。」

「妳幹麼？」李涵驚恐地收回自己的手。

「我只是想扶妳起來。」林彤一臉尷尬地看向我。

我心裡其實是想著「看我幹麼，關我屁事」，不過我是有家教有水準的大家閨秀，思考了一下，對著李涵說：「人家只是好心，妳反應那麼大幹麼？」

喔耶！我真是完美演繹了校園女神的大氣風範。

謝康昊斜睨了我一眼，輕輕挑眉微笑。

「謝謝。」李涵輕輕握住林彤的手，大家也陸續下車。

走到校門口，就看見張毅維學長站在校門口，開心地對李涵招手，她連句再見也不說，就急急忙忙奔向愛人。

「所以我說，她最沒資格說別人見色忘友。」謝康昊笑著看向李涵，拉起我的手。「我們走吧！吃飯！」

「你剛剛在車上幹麼用奇怪的眼神看我？」

「因為我知道妳說的那句話，不是真心話。」他轉過身，露出一抹邪笑。「以妳的個性，應該會說關我屁事。」

「你怎麼知道？」我驚呼。

他笑著搖搖頭。「還記得我們第一次見面的場景嗎？」

我搖頭。

「那時候我一直捉弄李涵，她看著妳，想跟妳求救。」謝康昊停下腳步，摸摸我的頭。

「結果妳說，看我幹麼啊！還一臉莫名其妙的樣子，我就在想妳這個人怎麼那麼沒禮貌。」

「我沒禮貌？」我疑惑地指著自己。

「可是後來我發現了，冷漠是妳對待不熟的人時，會出現的反應。」他一手插口袋，和我並肩走一起。「只是妳剛剛的對林彤的反應，讓我很意外，出乎意料的善解人意呢！」
「所以我變了嗎？」
「嗯，好像是我的愛讓妳變得更溫柔了。」他低下頭，輕輕在我耳邊吐氣。
「屁啦！」我大力朝他頭上巴下去。
這傢伙太危險了，我絕對要跟他保持距離，這個變態、這個色情狂。
「我才不溫柔，我只是想假裝是一個完美的女生而已。」我補踹了他一腳。
他抱著被我狠踹的肚子，笑著湊近我的臉。「妳不要跟我耍脾氣喔，我這個抖M會受不了的。」
說完，他就自顧自地轉身走掉，只留下薄面含嗔的我。
謝康昊，這個人豈只危險，他的戰鬥值絕對足以讓我喪命。

4

回到學校後的日子，就像坐上噴射機一樣。一晃眼來到學期末，張毅維學長就要畢業了。
照慣例，三年級的畢業典禮，由二年級代表參加，這讓身為一年級生的李涵感到十分絕望。
「好了！不過是不能參加畢業典禮，妳這樣哭會不會太誇張。」謝康昊翹著腳，看著趴在桌面上大哭的李涵。
「你不懂！」

她抬起頭大叫，引來全班同學異樣的目光。

「那我們去偷看一下啊！偷看沒關係吧！」余佳穎走到李涵身邊。「可以嗎？」

「走吧！我陪妳去。」她拉起李涵，微笑地看向我。「思秧要去嗎？」

「不了！我早餐吃太飽，肚子怪怪的。」

「那我們去去就回。」余佳穎點點頭，帶著垂頭喪氣的李涵走出教室。

李涵大概是從學長要畢業前兩個星期，就這副要死不活的樣子，我曾問過她：「畢業後還是能見到面不是嗎？」

她搖搖頭。「他會有一個新世界，而那個世界裡，沒有我。」

「兩年後妳可以考上他的高中，繼續妳們的校園戀情。」

「問題是，我考不上，我也不想讀那裡。」

學長考上前三志願，一所校風自由的多元高中，是許多想讀男女合校學生的第一志願，唯一的缺點就是，他們制服真的醜到爆。

「妳不是想跟他結婚嗎？不用想那麼多好嗎？」

「但是一想到以後沒有人陪我上下課，我就很難過嘛！」說著說著，她又紅了眼眶。

「妳還有我啊，我每天都會陪妳上下學。」

我不知道這種倒數分離是什麼情緒，但我相信感情是不會因為距離而改變的。能改變愛情的，只有人心而已。

李涵她們出去沒多久，氣喘吁吁的張毅維學長出現在教室外面。
「你怎麼會在這裡？」我偏頭問道。
「李涵呢？」他雙手放在胸前，試圖平穩自己的呼吸。
「她去找你啊，沒遇到嗎？」
「那個笨蛋，我不是說會來找她嗎？」
「那你在這邊等一下吧！」
「也只能這樣了。」學長笑著搖搖頭。
微風輕輕吹過髮梢，我看著學長的側臉，李涵說過學長的側臉是一個好看的弧度，但我的眼裡，只是不斷出現謝康昊的臉。
大力搖搖頭，我甩開他的影子。
我看向遠方，李涵和余佳穎並肩走來，她一臉失落一定是因為沒找到學長吧！
「人來了！」我輕輕推了推學長，指向李涵。
學長笑著跑向李涵，李涵看見他後，隨即綻放出來的笑容，就像冬天裡的陽光，暖暖地照在我心頭。
「學長，請你一定要給她幸福。」我靜靜看著有說有笑的他們。
在最美的時光，遇見最好的人。
李涵能遇見一個帶給她幸福的人，我真心地為她感到開心，這樣程以築應該也放心了吧！

※

餘光看見謝康昊埋頭畫畫的身影，我悄悄走到他身後。

「喂！在畫什麼啊？」

他肩膀用力地顫抖，下意識闔上畫冊。「沒什麼。」

「借我看一下。」我走到他面前，伸出手。

「沒什麼啊！幹麼要看！」他眼神閃爍，快速將畫冊放進抽屜裡。

「為什麼不能借我看？」

我不是蠻橫的女生，卻不知道這一次為什麼會如此堅持。

謝康昊一臉不耐煩地說：「那妳幹麼一定要看。」

「你畫得是程以築嗎？」我小心翼翼地問道。

他面無表情地應了一聲，輕輕敲了我額頭一下，轉身走出教室。

我站在原地，目送著他離開的背影。

我以為我已經在他的心裡有一點點位置，沒想到還是輸給了那個早了一步的女孩。

我不是在跟她吃醋，我知道自己比以築幸運，才能有跟謝康昊一起長大的緣分。

只是為什麼，我的心會那麼酸。

我看著謝康昊空著的座位，鼻頭好酸，拿出用他送給我的仙丹花做成的書籤。

「思秧！可以幫我解這一題數學嗎？」宋家佑輕聲喚著我的名字。

「嗯？」我接過他手中的講義。

「A=B所以A+C=B+C，你這邊加二的話，另一邊也要代入……」我拿著筆走到他身邊，一邊解題一邊幫他複習公式。

這樣的場景讓我感到很熟悉，不久之前我們會膩在一起算數學的關係。

不過現在我的腦海裡，滿滿的都是另一個男孩的身影。

「這樣我懂了，果然還是要問妳。」宋家佑微笑著跟我道謝，對著我們前方的林彤招招手。「我懂了，過來我教妳。」

林彤喜孜孜地跑向我。「謝謝妳。」

她竟然沒有生氣，這讓我大感意外。「如果是妳想問的，下次可以直接找我沒關係。」

「可以嗎？」她張大眼睛。

「沒什麼不可以，我就是數學小老師啊。」我笑著說。

我轉身要回座位時，宋家佑拉住我手腕。「你們吵架了嗎？」

「誰？」我輕輕撥開他的手。

「謝康昊。」

「沒有啊！我們不是那種會吵架的關係。」

說完，我看見謝康昊拿著牛奶站在我身後。

「……」

「給妳。」我們沉默了一會，他遞上牛奶。

「喔……謝謝。」我緩緩伸出手。

確定我的手已經完全握住牛奶之後，他與我擦肩回到自己的座位上。

林彤跟宋家佑似乎感受到我們之間詭異的氣氛，一臉尷尬地看向我。

我努力扯出一絲笑容，對著宋家佑說：「對了！剛剛跟你說的公式，你好像每次都錯那種題型，自己注意一下。」

沒看見他的表情，我走出教室。

「妳在跟誰說話？」謝康昊的聲音，在我背後響起。

「我真的不是想要跟妳比較，但是我要怎樣才能進到他的世界裡呢？」我對著那書籤說。想到程以築，我的心沉了下來。

「……」我將書籤藏到身後。

「藏什麼藏，我都看到了。」

他微笑著把手伸到我身後，一把搶過我的書籤。

「還給我。」

「妳拿著我送妳的東西，跟前男友有說有笑。」他收起笑容。

「關你屁事。」我瞪著他。

「如果妳是因為生氣我不給妳看我畫的東西，我跟妳道歉，但是妳也要因為跟前男友有說有笑跟我道歉。」他輕輕將我的下巴抬起。

「我幹麼要道歉，走開。」沒想到心思會被看透，我腦羞地推開他，大步往教室方向走去。

「我不是在畫她。」

他溫柔的語氣，讓我停下了腳步。

「所以，轉過來。」

我這個沒志氣的人，竟然因為他的那句轉過來，紅了眼眶。

「……」我站在原地，低頭不語。

「真的很任性耶。」他從背後輕輕環住我的肩膀，在耳邊說：「這一次就原諒妳，下不為例。」

「……」總是在遇見他的時候，我的語言中心就會完全失去功能。

靠上他的手臂，我深深地嘆了一口氣。「我只是教他數學，應該說是，林彤請他來問我的。」

「真的假的。」

「真的。」

他靠在我肩膀上。「好我接受，但妳還要跟我解釋一件事情。」

「什麼事？」推開他的手，我轉過身。

「我們不是那種會吵架的關係。這一句讓我很不爽。」

他彎下腰，眼神直盯著我。

「因為我們只是朋友，本來就不是他想的那種關係。」我思考了一下，硬掰出一個理由。

「所以是在逼我現在就要確認關係，是嗎？」他慢慢逼近，我已經退到欄杆邊緣，再往後就會摔下樓了。

「不是……」我瞥見下方風景，雖然沒有懼高症，但五層樓的高度實在不是開玩笑的。

「那妳就給我識相一點。」他大手一撈，將我抱進懷裡。

把我的臉埋進他胸前，清楚的感受到了他的不規律的心跳。「你很緊張？」

「應該說，我很生氣。」他低下頭來看我。

「那幹麼還抱我，應該要掐死我的。」我笑了。

「我說過了。」他親暱的靠近我額頭。「我是抖M，妳越是這樣，我越愛。」

「……」

嗯，我再度被KO。

我推開懷抱，捏了捏他的臉頰。「你講這種話都不會害羞。」

「我講實話而已，要害羞什麼。」他笑著往前走。

我走在他身後，看著那寬厚的肩膀，和短袖體育服下古銅色冒著青筋的手臂。

身材也太好……

輕撫著自己微微發燙的雙頰，小跑步跟上他的腳步。

「可以問一個問題嗎？」拉拉他衣角。

「嗯。」他轉過頭。

「我是不是，不能跟你提到程以築？」我撇過頭，深怕他看見我臉頰的紅暈。

「為什麼這麼問？」

他皺了皺眉頭，若有所思地看著我。

「因為我每次提到她，你都很凶。」我垂下眼，語氣失落。

「對不起。」沒想過會得到這樣的答案，我的心再度沉了下來。

對不起，是因為真的無法進入他們的世界吧！因為我必須站在那之外，所以跟我道歉嗎？

「嗯……沒關係。」我微笑回應他。

「我讓妳難過了是嗎？」他的話，讓我抬起頭。「因為以築讓妳感到難過了嗎？」

「沒有……只是想……好吧……是有一點。」支支吾吾了老半天，我還是選擇說實話。

他露出淺淺的微笑，撥亂了我的瀏海。「不用吃醋，妳們兩個是不一樣的。」

「什麼意思？」我抓住他的手腕。

「喂！雖然在自習，但是你們全跑出教室也太過分了吧！」副班長氣沖沖地站在我們面前。

「抱歉啊！我這就回去。」謝康昊笑著勾住副班長的脖子，兩個人有說有笑地走回教室。

「你還沒有回答我什麼意思……」

望著他漸漸走遠的身影，我輕聲呢喃。

※

努力思考著他話中的意思，輕觸鼻尖傳來的刺痛感，一顆又紅又大的痘痘幾乎快要遮住我的視線……

「痛！」我在鏡子前，用力擠壓那頑固的痘痘，濃白色物體隨著力道加重，緩緩流出。

「妳這顆痘痘從期末長到現在，總算是解決掉了。」

躺在我床上看電視的李涵，露出了讚嘆的神情。

「妳說有事情找我們，不會是看妳擠痘痘吧！」坐在床邊的余佳穎正認真研究著最新一期的談星雜誌。

「當然不是，我是有一件事想問妳們。」我緩緩的，交代了我和謝康昊在學校最後一次交談的對話，當然還包括他說的那句「不用吃醋，妳們兩個是不一樣的」。

那句讓我整個暑假都不對勁的話。

每次練完舞經過謝康昊打工的簡餐店，他都會熱情地跑出來跟我打招呼，我卻因為心裡擱著疑惑，老是找藉口冷落他。

「妳幹麼不直接問他？」

李涵不以為意走向我身旁，順手拿起我桌上的飲料。

「很奇怪吧！都過那麼久了。」兩手拖著腮幫子，我看向窗前掛著的書籤。

「不對！不對！」余佳穎甩開雜誌，大步奔向我和李涵。「妳是假裝問我們問題，間接承認喜歡上謝康昊吧！」她大力搖晃著我的肩膀。

「是認真發問，但也算是在承認喜歡他沒錯。」我說。

「噗——」

「李涵妳幹麼啦！」余佳穎看見自己衣服上的果汁痕大叫。

「抱歉！我太驚訝她會這麼平靜又坦白的，跟我們說她喜歡謝康昊的事情。」李涵隨意抽了幾張衛生紙，塞到余佳穎手中。

「我可以喜歡他吧？」和余佳穎的視線相交，我不安地摩擦著手掌。

「當然可以。」余佳穎點點頭，表情很平靜的撿回雜誌。「果然，水瓶座這個月會紅鸞星動。」

「妳有病啊！現在是妳看星座的時候嗎？」我一把搶過她手中的雜誌。

「不然呢？」

我偏著頭，一臉疑惑。

「我跟妳喜歡上同一個男生欸！我們是情敵欸！」

「兩個人搶同一個男生，是情敵，但是我又沒有要搶，所以不是。」她摸了摸下巴，煞有其事地說著。

我說過，我搞不懂余佳穎，她這些奇怪的思想絕對是從火星來的。

李涵和我交換一個眼神，默默走到余佳穎身後。「雙魚座，這個月會遇到感情上的另一個課題，要試著多讀點書，腦子才不會像進水一樣。」

「好準喔！感情上的課題，在哪裡我剛剛怎麼沒看到？」

「在我心裡。」李涵對她吐了吐舌頭，遭到她一陣毒打。

終於跟她們坦白了我的心意，心中也算是落下一塊大石頭，可那句困擾我的話，始終還是找不到解答啊！

我煩躁地撥亂頭髮。

看著他和我在隔宿露營的合照，輕輕勾住我的脖子，張大嘴巴，作勢要咬我的滑稽樣子，啞然失笑。

也許我明天下課可以去找他。

5

上課前我特地繞到謝康昊打工的地方，他忙著應付著絡繹不絕的客人。

「妳找我？」他從吧檯裡探出頭來看我。

「這先給你，我下課再來找你。」

我將削好的水果擺在桌上，就先離開了。

很久沒有好好跟謝康昊說話，我撐住欄杆，看著鏡子裡紅著臉的自己。

「妳今天上課很不專心喔！」

老師拉著我走到一旁的休息區。

「對不起。」我看著老師，微微點頭。

「因為樓下那個小帥哥嗎？他常常來問我，妳是不是發生什麼事，妳們吵架了嗎？」

「他？」

「是叫阿昊嗎？我總是記不住他的名字。」

「我們沒有吵架啊！」只是一直逃避他而已，我心虛的撇開眼。

老師輕輕撥了瀏海，淡淡的髮香滲入我鼻息。「女生不要太愛鬧小脾氣，也不要總是認為男生懂我們的心思。」

我抬頭看著老師清瘦的側臉。「什麼意思呢？」

「有什麼疑惑，直說無訪，直率的女生更容易得到幸福喔！」老師的笑容很淺，小小的梨渦很讓人動心。

「就算是對方很敏感的疑惑，也可以直率發問嗎？」
「當然，除非妳可以永遠跟那個芥蒂相處在一起。」老師一席話讓我豁然開朗。
是啊！既然已經認定自己的心意，要往下走就要先解開心裡的結。
我坐在最熟悉吧檯邊的座位，拿出數學講義靜靜等待謝康昊下班。
「妳終於想到我了。」他疲憊地趴在我身邊的吧檯桌上。「每次我都期待妳來學跳舞，可是妳卻總是急著要走。」
「我要接著補習嘛！」下意識的，我又對他扯了謊。
「騙人，妳寧可跟李涵她們看漫畫也不來找我。」
他伸了一個懶腰，面無表情地看著我。
「誰跟你說的？」
「余佳穎啊！李涵也有。」
我先是低下頭罵了那兩個叛徒好幾聲髒話，才緩緩抬起頭對他說：「好吧！我因為一些因素，是在逃避你沒錯！」
「如果說是因為程以築……」聽到關鍵字，我身體僵硬，雙手不自覺捲曲在一起。
「就是因為程以築。」我低下頭。
「我就知道。」看不見他的表情，平靜的聲音也讓我讀不出他的情緒。「不是說過了嗎？不要吃醋，妳們是不一樣的。」
「為什麼又是這句話！到底哪裡不一樣？你究竟用什麼心態在看待我，你可以滾出我的世界嗎！」我激動地抬起頭，對上他錯愕的眼神。

這不是我的本意，我知道跟程以築吃醋是一件非常幼稚的事，只是我一想到謝康昊的心裡永遠會把她擺在第一，就不願妥協。

「你當初不應該陪我一起記過、更不應該在我哭的時候，替我擦乾眼淚，最可惡的是你在我開始喜歡你之後，才說這些莫名其妙的話。」

我跳下椅子，搥打謝康昊的手臂。

身旁的客人們，全都對我投以異樣的眼光，謝康昊拉起我的手，往店外走去。

「我原本是想跟你好好談談的，可是我覺得沒有必要了。」我甩開他的手。「因為不管我說什麼，你永遠都是那一句話。」

「妳確定我們談了嗎？妳有給我講話的機會嗎？」他看著我。

「那你要講什麼？」我屏住呼吸，等待著他的回應。

他伸出手想擁抱我，被我不著痕跡地閃開了。他不放棄再次伸出手，這一次，他只是輕輕地搭著我的肩。

「我好想妳。」他把下巴輕輕靠在我頭上。「我不知道自己做錯了什麼，我真的不知道。」

「……」

「妳這樣罵我，其實我很高興，至少，妳是願意跟我講話的。」他哽咽地說。

「你不要裝可憐……」

「以築的存在，撫平了我童年的創傷，是她給了我動力去變成一個勇敢的人。」

「我不要聽……」我掙脫他的雙手，緊緊摀住自己的耳朵。

「我感激她的善良慷慨，如果不是她，我不知道自己現在會變的怎麼樣。」他溫柔拉下我的手。

「我說了，我不要聽。」我瞪他。

「妳讓我自卑，讓我恨自己為什麼不能像宋家佑一樣優秀，讓我想變成一個更好的人，才能把妳搶過來。」

他放下雙手，退到我身旁。

「以築對我來說是欣賞是感謝，可是妳對我來說是愛啊！我做了那麼多努力，好不容易才能站在妳面前，妳卻要我滾。」

「你愛我？」這什麼情形？

「寒假時妳每天都會來找我聊天，就算妳話題總是圍繞著宋家佑，只要能解開妳的煩惱，我就滿足了。宋家佑在生日會上放妳鴿子，妳一個人衝出去，我在後面追著妳跑，我等到他去找妳，才放心離開。」

謝康昊撇過頭去，不讓我看見他的表情。

「為了不讓我打架，而緊緊抱著我，妳明明很愛賴床，卻每天不厭其煩的叫我起床，妳難道不是喜歡我的嗎？」

豆大的水滴落在我臉頰上，手伸出屋簷，下雨了。

「我以為，你心裡只裝得下程以築。」

我走到一旁的傘架，隨手撐開一把愛心傘。

「曾經妳問我為什麼不喜歡李涵，因為我早在那時候就喜歡上妳了，只是我沒發現而已。」他依舊是背對著我。

「我問你是不是不能提起程以築的時候，你為什麼要跟我道歉？」

謝康昊的喜歡完全沒有脈絡可循，他就像陽光一般的存在，照耀了我的世界，卻是那麼自然的讓我理所當然。

「因為我讓妳難過了，只要是任何讓妳難過的事我都願意跟妳道歉，因為妳的笑容，是我最想珍惜的東西。」我撐著傘走到他面前，豆大的淚水滑落，他那顫抖的雙肩，像是在指責我的無知。

我嘆了一口氣。

「我是不是太搞不清楚狀況了。」

「……」他沉默點了點頭。

「對不起，那我應該怎麼做才好？」我拉了拉他的衣角。

「讓我抱一下。」他撒嬌地朝我伸出手。

我放開握住傘的手，沒有猶豫的，投入了他的懷抱。

「抓到妳了。」他收緊手臂，在我耳邊輕輕地說。

李涵告訴我，謝康昊只有在親近的人面前，才會展現出脆弱的一面，當他可以毫無顧忌地像個孩子一樣哭泣，就是我走進他心裡的時候。

很久之後的我們才會知道，要走進彼此的心中只需要帶著一顆純淨透明的心，所以當我們要離開彼此世界的時候，才會有那樣撕心裂肺的痛楚。

第五章

1

「要喝什麼？」謝康昊貼心地為剛下舞蹈課的我，遞上濕紙巾。

「一樣。」和寒假時一樣，那杯湛藍可爾必思，同樣的我們，卻已經是不一樣的心情。

「妳老是喝同一杯飲料都不會膩啊！」他趁著送餐的路程，偷偷走到我身旁。「余佳穎每天來都喝不一樣的。」在我耳邊輕輕地吹氣。

余佳穎每天來？

我心裡冒出許多問號，我也是每天來這裡報到，為什麼從來沒碰見她，也未曾聽她提起過？

謝康昊在吧檯與座位區裡忙進忙出，不想打擾他工作，我只好埋首進書堆裡，怎知道……等我回過神時，已經把謝康昊三個字寫了滿滿的隨堂考試紙了。

「不要這麼想我，我這不就回來了嗎？」他趴在我面前，微笑挑眉。

「我哪有。」我嘟起嘴，大力地抽走他手中的隨堂考試紙。

「忘記跟妳說，余佳穎來找我是為了教我讀書，不要想太多喔！」他伸手輕輕敲打我額頭，又轉過身去工作了。

額頭彷彿還殘留著他的溫度。

我又看著他失神了。
喜歡打工時的謝康昊，不同於學校那吊兒郎當的臭跩樣，他很專業也很親切。
他曾經跟我說過，他天生就是做服務業的料，喜歡與不同人接觸，更喜歡在聊天的過程中，聽到不一樣的人生故事。
以前，我總覺得自己很厲害，遇見了謝康昊之後，才顯得自己有多平凡，我除了成績好，似乎也沒有特別在行的東西。
連最愛的舞蹈，也總是放不開，每次遇到性感的動作，就會肢體僵硬得如石化般。
想到這裡，忍不住低下頭嘆了口氣。
「怎麼啦？垂頭喪氣的。」下班後換好裝的謝康昊坐到我身旁。
「我的舞老是跳不好，而且下個月就要發表會了。」我看向他。
「妳是不是給自己太大的壓力了，我覺得妳跳得滿好的啊！」他摸摸我的頭。
「你看過？」
「就之前妳不理我的時候，我去偷看過好多次。」他尷尬地抓了抓頭髮，臉頰浮上一抹紅暈。
「那你想來看我的發表會嗎？如果你在，我可能會安心一點。」
「好。」他點頭，走向櫃台和老闆確認班表。
謝康昊不斷雙手合十的拜託，我見老闆一臉為難，緩緩走到他們身旁，搭上謝康昊的肩膀。「不行也沒有關係啦！」
「不行也要行。」他語氣堅定地看向老闆，過了一會，老闆微笑著搖頭說。「原來我的小幫手遇到愛情就是這麼任性啊！你去吧！」

他大喊了一聲ＹＥＳ，拉著我走了出店面。

橘黃色的夕陽倒映在白色襯衫上，搭配上簡單俐落的短髮，我看著他挺拔的背影，多希望時間能幫我好好記住這一刻，那個在我十四歲的時候，這麼喜歡的一個人。

「妳看！余佳穎幫我做的單字本。」謝康昊轉過身來，從口袋裡拿出一本手掌大小的書。

「她幫你做的？」我伸手接過，那是一本包裝簡單，內容卻很細心製作的單字本，不只有單字，還有示範例句。

「高偉軍也有一本，因為妳說我要考進前三十五名才當妳男朋友，所以她就自告奮勇要幫我了。」他一臉得意地朝我眨了眨眼。

「所以她每天都來幫你補習啊？」

「也不算吧！她會來是因為，要等高偉軍一起去學校參加輔導。」謝康昊拉起我的手，輕輕的放在他手臂上。

原來是要去參加學校的科展輔導，也難怪我來的時間都碰不到她。

想起她曾經說過：「因為他是不可能會喜歡我的，只要能幫他做些什麼事，我就很滿足了。」現在的她，就是這麼想的嗎？

如果有一天我真的跟謝康昊在一起了，她難道不會有那麼一點點的失望或不甘嗎？

「吃醋了？」謝康昊彎下腰來看著。

「才沒有，我吃好姊妹的醋幹麼。」我翻了一個白眼。

「我喜歡的女生就是這麼的大愛，還會抽空幫前情敵做數學重點。」他微笑地繼續往前走。

「這你也知道。」不意外，絕對是李涵或余佳穎通風報信的。

「因為我前幾天遇到林彤，她跟我說的。」我們在最愛吃的小吃店前停下腳步，這家店是我們的晚餐首選。「我很好奇，妳到底為什麼會原諒她？」

「因為如果不是她……」話沒說完，我就興沖沖跑去點餐，回到座位後，看見謝康昊一臉期待。「如果不是因為她，我就不會遇見你。」

也許我們的初相遇不是那麼的浪漫，我甚至還有點討厭他，但是我會很珍惜以後的日子，因為我不知道錯過了一個他，還會不會有下一個，這樣讓我心動到快要無法呼吸的人。

他親了我的臉頰。

在這一點也不浪漫的小吃店裡、在乾麵的上面、在手拿豆干的老闆面前……

「咳！」老闆清了清喉嚨。

一種害羞又莫名其妙的感覺席捲我全身的細胞，我低下頭。

「抱歉！抱歉！她太漂亮。」謝康昊是這樣回應的，老闆笑著說：「比我們家樓上那個大學生還會把妹。」

我把頭低到不能再低，聲音也是用小聲到連螞蟻都聽不到的音量開口。

「你為什麼要偷親我，我又不是你女朋友……」

他湊到我身旁。「什麼？」

「我說你幹麼偷親我！」用力抬起頭，不偏不倚地撞上了他的鼻子，痛得他哇哇大叫。

「你活該！」我笑著推了他一把。

他痛得趴在桌上，一動也不動，而我則淡定的吃著自己的麵。
「嗨！徐思秧！」
傳來一個熟悉的聲音，我和謝康昊同時望向店門口。
「欸！高偉軍！」謝康昊起身走向高偉軍。
一個小小的身影從他們身後走了出來，是余佳穎！
「嗨，佳穎！」我興奮地朝她揮揮手，她露出詫異的笑容。
我們四人坐在一起，聽高偉軍講述著我冷落謝康昊那陣子，他有多沮喪多難過，還懷疑是宋家佑偷偷把我搶回去，罵得宋家佑莫名其妙的。
「妳就只會笑，不知道那時候我有多可憐啊！」謝康昊一臉哀怨地看著我。
「還好我喜歡的是余佳穎，不然我也會被妳搞死啊！」高偉軍親暱地摟著余佳穎的肩膀。
「妳們……」謝康昊指著他們尖叫，不只是他，連我也很想尖叫。
「不是你想的那種關係。」
余佳穎急忙推開高偉軍的手，雙眼直盯著謝康昊看。
「嚇我一跳。」雖然還沒從驚嚇中甦醒，但我眼角餘光看見了高偉軍錯愕的表情。
「不過我老實說，高偉軍很不錯，妳幹麼不跟他在一起？」謝康昊似乎沒有發現異狀，自顧自的推薦起自己的好友。
我看著余佳穎的臉色，一陣青一陣白的，想幫她做點什麼，卻又不知道能做什麼。
「你不要亂點鴛鴦譜，吃你的飯。」我趕緊把小菜推到謝康昊面前。
成功轉移了他的注意，卻挽救不了當前這詭異的氣氛，高偉軍低著頭不說話，余佳穎死盯著謝康昊看。

「對啊！你不要亂幫我配對。」許久後，余佳穎笑瞇瞇地開口。

「之前我們怎們亂說都沒關係，該不會妳有喜歡的人了吧？」謝康昊問道。

「沒……沒有啊！」

「既然沒有，那就喜歡高偉軍啊！」謝康昊幾乎是用逼迫的口氣在對余佳穎說話。

她緊皺著眉頭，一臉為難。

「我對妳的好，妳應該看得出來，難道沒有考慮過我嗎？」高偉軍抬起頭，靠近余佳穎輕聲地說。

「我……我……」余佳穎困難地吐出了一個字，她不斷靠深呼吸來平靜自己的情緒，對上我的目光，好似在向我求救一般。

謝康昊和高偉軍對著余佳穎連番攻擊，要不是今天晚餐是我指定要吃這間店，我會懷疑現在的情況，是他們蓄意安排好的。

身為女生，看見被喜歡的人，逼迫著跟別的男生在一起這種情況，肯定都會感到一陣心酸，更何況她還是我的好朋友。

我心一狠，指著他們說：「你們是吵夠了沒？她有喜歡的人了，你要對她好是你的事，她要喜歡誰是她的事，關你們兩個屁事啊！」

「所以妳有喜歡的人了？」

高偉軍轉頭看向低頭不語的余佳穎。

「是誰啊？」我不可置信地看向謝康昊，他那一派輕鬆的口吻，燃起我心中熊熊的怒火，怎麼會有如此不看場合說話的傢伙。
「她喜歡你啦！白痴！」我放聲大叫，余佳穎抬起頭，瞪大著雙眼看我。
高偉軍和謝康昊傻眼的表情，至今都還迴盪在我的腦海裡。
我們彼此沉默著，沒有人開口，也沒有人敢去看余佳穎此刻的表情。
「妳喜歡我？」謝康昊開了口，望向余佳穎。
「……」她緩緩地抬起頭，露出淺淺的微笑。「以前是有啦！我不是常常鬧你要娶我嗎？」
「然後呢？」
「我早就不喜歡你了！你那麼愛欺負我。」她噗嗤地笑了出來。
腦海中想過千萬種余佳穎的反應，卻沒想過她會用這樣的方式回應。
「妳確定？」謝康昊逼近余佳穎，眼神銳利的看著她。
「我騙你幹麼！」余佳穎伸手推開謝康昊，高偉軍見狀走到余佳穎身旁，輕輕扶住她的肩。
「不要……喜歡我。」謝康昊緊緊皺著眉頭，伸手摸了余佳穎的頭。「妳比任何人都知道，我有多喜歡她，對嗎？」
謝康昊看向我。
「就說是很久以前的事了啊！」余佳穎報以一個淺淺微笑，她的表情在笑，但我覺得不對勁。
她的笑容看起來很勉強。

就好像，所有的情緒將要傾瀉而出，而她正努力的壓抑著自己。

「我不是說妳不好，是因為我們太好了，我覺得有點怪。」謝康昊伸手拍了一下余佳穎的手臂。「過去就過去了，妳要放眼現在啊！」

謝康昊用眼神示意了站在一旁的高偉軍。

「妳不是……」我偏著頭望向余佳穎。

「我不喜歡他很久了啦！只是不知道怎麼跟妳和李涵說而已。」她表情平靜地對我說。

「妳……不要逞強……我……」

不知道該不該在謝康昊面前跟她說這些，但是我心裡很清楚，她還是喜歡謝康昊的，而且是非常非常喜歡。

我們本來就是要公平競爭的，基於我們的友情，不管最後結果如何，都不應該是現在這種半強迫她放棄的局面。

我是不是做錯了，一開始就不該把她的感情攤在謝康昊面前。

「妳要說什麼？」謝康昊拉起我的手。

「我想說……佳穎……妳……不用……」我努力在腦海裡搜尋，適合使用的字眼。

「其實我喜歡的是高偉軍。」不等我說完，她轉過身。「我喜歡你任何事情都先想到我、我喜歡你的全部，你要不要跟我在一起？」

高偉軍一臉錯愕的看向我們。

我和謝康昊倒吸了一口氣，瞪大眼睛看著余佳穎。

「啊……我……我要。」高偉軍愣在原地，隨著泛紅的雙頰緩緩點頭。

「這什麼情況？」我拉住余佳穎的手。

她轉過身來。「其實我喜歡高偉軍很久了，但是我不曉得該怎麼跟妳們說，妳老是問我會不會吃妳的醋，我不是說不會嗎？」

她一直對著我笑，我卻感覺不出來她的快樂。

「真的嗎？」我用力看著她的雙眼，想看清楚她的真心話。

「真的啦！妳一直懷疑會阻礙我的幸福欸！」她笑著推了我一把。

「既然他們配對成功了，那我們快閃人吧！祝福兩位永浴愛河。」謝康昊揚起笑臉，輕輕拉起我的手。

「余佳穎啊！妳要幸福啊！」謝康昊說完，轉身離開，發現我沒跟上腳步，一把拉著我往外走。

最後一次看向余佳穎，她目光黯淡地看向謝康昊離去的背影。

那是一個跟喜歡的人告白該有的表情嗎？

她是因為太感動所以才哭的嗎？

高偉軍輕輕把她擁入懷中，給了我一個肯定的眼神。

在愛情裡，選擇愛自己比較多的人，就是通往幸福的捷徑嗎？

還是讓愛自己的人走向另一段不快樂的開始呢？

其實我們都不知道，卻奮不顧身的往死裡跳。

「我覺得她根本不喜歡高偉軍。」

李涵躺在我床上，翻閱著雜誌。

「是我親耳聽到的，她說她喜歡高偉軍。」我拿掉面膜，輕拍著自己的臉頰。

「有一種可能，是她不想要謝康昊為難，所以選擇了放棄自己的感情。」

李涵的話在我心裡激起了一陣漣漪。

「是不是我害的？如果我不說出來，她就不用這麼做了。」

「妳不說，她遲早也會被發現的，謝康昊問過我了。」李涵走到我身後，我們的視線在鏡子裡交會。

「謝康昊？」

「嗯，他問過我余佳穎是不是喜歡他。」李涵點頭。

「妳怎麼說？」

「我說，不知道。」李涵聳聳肩，走向窗檯。「謝康昊說誰喜歡他都可以，就余佳穎不可以，因為在他發現余佳穎的感情之前，已經告訴她太多太多，關於妳的事了。」

「關於我？」

「妳想想看，妳喜歡的男生，跟妳的話題都圍繞著他喜歡的人，妳感冒了，他去看妳只是為了要妳幫忙照顧他喜歡的人，妳會好過嗎？」

「不會。」我搖搖頭，眼淚無聲地落下。

「謝康昊雖然很喜歡妳，但他也不希望余佳穎受傷。」李涵輕輕撥了一下瀏海。「因為他也曾經有著和余佳穎相同的心情，將心比心的，他想把傷害降到最低。」

我懂李涵的意思了。

余佳穎一直在我們的愛情裡，扮演著犧牲者的角色。我的幸福，原來是成就在她的痛苦之上。

「但這不是妳的錯。」李涵抱著我，擦去我的淚水。「既然佳穎選擇了高偉軍，就代表這一切都結束了。」

「謝康昊也是這麼想的嗎？」我看向李涵。

「其實他是打算這幾天找佳穎把話說開的，看來計畫總是趕不上變化。」她摸摸我的臉頰。「佳穎有高偉軍在身邊，一定會很幸福的。」

余佳穎。

妳值得一段完完整整為了妳存在的愛情，不用委屈，不用小心翼翼。

因為真的很喜歡徐思秧，我只能和妳說對不起，對不起我那麼晚才知道妳的心意，對不起讓妳難過，妳永遠是我的朋友。

很久之後，高偉軍才告訴我，他在余佳穎手機裡，看見那天晚上，謝康昊傳給她的這封簡訊。

一直都被她小心收藏著。

2

謝康昊真的為了考進前三十五而努力在讀書，每天放學我們都會到市立圖書館讀書，雖然他總是會用呼呼大睡來做結尾。

用盡全身力氣才背起來幾個單字，然後一邊讀文言文，一邊說髒話。

他真的不是讀書的料，雖然我並不在意他成績的好壞，考前三十五名也是當初隨便說出的標準，但他本人卻是非常介意。

他說過：「我不能只有帥，腦子還是要有點東西。」

不過，心有餘而力不足，大概就是……

「其實你盡力就好了，這次真的很難。」看著他考四十三分的試卷，我輕輕搭上他的肩。

「妳考幾分？」

「九十八。」尷尬地看向他，這次真的很難，但是我就不小心剛好都會寫。

「靠！好高分喔！」李涵搶過我的考卷。

「那妳幾分？」

謝康昊眼裡透出一絲曙光，彷彿在期待著什麼。

「白痴喔！你那什麼眼神，我考再差都不會跟你一樣低分好嗎。」李涵秀出考卷上大大的七十八分。

「靠，分數跟妳個性一樣，超級七八的。」

他們倆扭打在一起，看著他一點都不憐香惜玉的打法，我有點懷念，以前那個對李涵處處呵護的謝康昊了。

李涵說，這才是他們真正的相處模式。

隨著時間流逝，程以築離開時的傷痛，也慢慢被他們給接受了，雖然還是會在某一個時刻，看見他們眼底的失落，不過他們都已經能為自己開心的笑了。

「你們兩個給我坐回位置上。」大腹便便的班導走進教室，用力捏了李涵和謝康昊的耳朵。

「在我發考卷之前，我要先表揚一個人。」老師揚起滿意的笑容。「謝康昊，你這次國文考得很不錯，連作文都有五級分，老師很以你為榮。」

謝康昊激動地轉過身來看著我，又叫又跳往講台前進。

「繼續保持喔！我很開心，總算可以放心去生小孩了。」老師伸出雙手，給了他一個大大的擁抱。

「因為妳教得好啊！」他拋了一個飛吻，逗得老師哈哈大笑。

「不敢當喔，是思秧比較會教。」老師看向我。

我害羞地低下頭，其實國文是李涵教的，我唯一的功勞就是坐在他身旁耍美，給他動力而已。

天啊！我怎麼會說出這麼不要臉的話，這不是余佳穎跟李涵在才說得出口的話嗎？真的是，近墨者黑。

※

「我們今天不用去科展小組，一起去吃飯慶祝考完試吧！」余佳穎背著書包走向我們。

「你們去吧，我今天要去幫學長慶生。」李涵說。

「去哪裡慶生？大家一起去啊！」余佳穎拉住李涵的手。

「他家。」

聽完李涵的答案，我和謝康昊交換了一個眼神。

「不好吧！妳單獨去他家嗎？」我先開口。

「我知道妳在擔心什麼，不用擔心，我知道自己在做什麼。」

李涵露出微笑，拍拍我的手。

「妳知道，不代表他知道。」謝康昊走到李涵身邊，伸出手。「把他家地址給我。」

他們對視了一下，李涵放棄似地嘆了口氣，拿出紙筆。「好啦！這邊。」

「我們打電話給妳要接，不然我殺去他家。」

李涵離開前，謝康昊口氣嚴厲地對著她說。

「你到底把我當什麼女生啊？不過就是慶生。」李涵翻了一個大大的白眼。

「我沒有把妳當什麼女生，是把張毅維當變態。」謝康昊面無表情回答。

李涵笑著對他比了一個中指後就轉身走掉了。

「不用擔心啦！」高偉軍搭上謝康昊的肩膀。「不要忘了，李涵是學跆拳道長大的。」

高偉軍的話惹得我們哈哈大笑，上次有個男生在福利社裡，想偷摸我屁股。被李涵過肩摔到輕微腦震盪。

嗯，我真的是擔心太多了，她可是武林盟主。

「你們幾個是沒別的地方可以去了是嗎？」推開大門，老闆笑著揶揄我們。

沒錯，我們又到了謝康昊打工的餐廳聚會了。

「沒辦法，只有你會打折啊！」謝康昊一臉正經地坐下。

「你這個寒暑假才來打工的好意思一直讓我打折。」

整個聚會氣氛都很歡樂，除了高偉軍一直放閃以外……

「我下次不會再跟你們出來了，你們好煩。」我對著高偉軍翻了一個白眼。

他一直分享他帶余佳穎去哪裡玩，還有他的親親寶貝余佳穎有多可愛，之類的……

「我怎麼不記得我印象裡的余佳穎，跟可愛有什麼關聯。」沉默許久的謝康昊終於開口了。

「靠杯喔！」余佳穎拿薯條丟向謝康昊的頭。「你們不是要打給李涵嗎？已經有一段時間了耶！」

我看了看時間，拿起手機，撥打給通話紀錄永遠的第一個號碼。

「您撥的號碼未開機，請稍後再撥。」我看向謝康昊。

「怎麼了？」

「未開機……」我不死心，打了好幾通，都是制式化的語音回應著我。

謝康昊臉色一沉，拿起書包，對著高偉軍說：「錢給你，我們先走了。」

「我知道小路，我帶你過去。」

拔腿狂奔，一股不安的感覺席捲全身。

李涵是一個鈴聲響不到一聲，就會接起的人，就算在約會也一樣。

腦海中突然閃過，之前學長跟李涵說，他可是很努力等她長大的話，我雙手不自覺的顫抖。

謝康昊不斷按著學長家的門鈴，瘋狂且歇斯底里地捶打著。

而李涵的手機，依然是關機的。

「張毅維你給我開門——！」

謝康昊用力踹了學長家的大門。

大門由內側緩緩被開啟，等不及裡頭的人了，我一股作氣把門推開。

迎面而來的是一個面容慘白的女生。

「李涵，她跑掉了。」

「妳哥哥呢？她對李涵做了什麼？」謝康昊抓緊女孩的雙肩。

「你……先放開我……很痛。」女孩痛苦地看向我。

我伸手拉開謝康昊，看見女孩身上明顯的抓痕。「對不起，他不是故意的，妳可以告訴我們發生什麼事了嗎？」

女孩跟我們同年，也因為李涵的關係，我們也見過幾次面，逛過幾次街。

「我哥哥……做了對不起李涵的事。」她低著頭。

「他到底做了什麼事？他強暴她是不是！」謝康昊憤怒地踹了門邊的花盆，巨大的聲音響起。

「不是！他沒有……他不敢！」

女孩的雙手不斷發抖，努力搖著頭，否決掉了謝康昊可怕的想法。

聽到她的回答，我鬆了一口氣。「那他們到底怎麼了？李涵手機關機了。」

「我哥他……劈腿了。」女孩緩緩抬起頭。「他帶女生回家，做了一些不好的事……然後李涵……全都看到了。」

轟的一聲，我愣在原地，無法思考。

謝康昊像是被抽去全身精力一樣，沿著牆面緩緩蹲坐在地上。

「對不起……我也不知道為什麼會發生這種事，他們感情明明很好，我媽媽也很喜歡李涵的。」女孩擦了擦眼淚，蹲下身來撿拾著謝康昊踢碎的花盆碎片。

「不要用手撿，會流血的。」謝康昊說。

「手受傷了，至少還會流血，李涵的心呢？受傷了怎麼辦？」女孩自言自語撿著碎片。

「如果我不要提議她給哥哥生日驚喜，今天就不會發生這種事了。」

「她在哪裡？」想起李涵正一個人獨自面對著心碎，我忍不住紅了眼眶。

「我剛剛追過去，她說，想靜一靜。」女孩嘆了一口氣。

「李涵那麼愛面子，妳現在不要出現，對她來說比較好。」謝康昊走向我們，對女孩九十度鞠躬。「對不起我不該遷怒於妳。」

「沒關係。」女孩搖搖頭。「對了！李涵應該還在藍洋公園。」

「知道了。」我點點頭。

我們站在不遠處，看著盪鞦韆上的李涵，她沒有大哭大叫，只是靜靜地吃著水煎包，雙眼失神地看著前方。

李涵把頭靠在鞦韆的鐵鍊上，緊閉著雙眼，緩緩地讓眼淚滑落，沒有伸手去擦拭，我想，此刻的她連抬起手的力氣都沒有了吧……

無能為力的我，隔著不到一百公尺的距離，陪著她傷心、陪著她哭。

「妳陪她，我去處理一下那男的。」

「你要去打他嗎？」我拉住他的手。

「這一次就算妳不答應，我都一定要打他，我真的太不爽了。」謝康昊輕輕推開我的手。

我大力搖搖頭說：「記得不要太小力。」

謝康昊輕輕扯出一抹苦笑，轉身離開。

我一直陪著李涵，直到天黑，連路燈都亮起了。

她始終保持著一樣的姿勢，我看了看手錶。

八點三十分，原來已經過了三個小時。

「我想回家了。」

「妳怎麼……？」抬起頭，我看見李涵就站在我面前。

「長那麼高，妳以為妳藏得住啊！」她露出一抹淺淺的微笑。「早知道會被劈腿，那些水煎包我就應該要趁熱吃掉啊，冷掉超難吃的欸！」

「妳還好嗎？」她的反應太過平靜，讓我很擔心。

她揮揮手。「死不了，不過是被劈腿而已，又不是世界末日。」

看著她的背影，我知道她一直很愛面子，只是我不知道的是她連心痛到快要死掉了，都不願意在別人面前落下一滴眼淚。

「他不愛就不愛，反正妳還會是好好的，對吧！」我打起精神，輕輕拍了她肩膀。

「是啊！他說不愛就不愛了，哪怕我還是那麼喜歡他，都要放手了呢。」李涵低下頭。

「他可以說他不喜歡我了，可是他不可以說他會這麼做，都是我的錯啊。」

「……」

「我看見他親著抱著那個女生的時候，心已經痛得快要不能呼吸了，他怎麼能在做完後，還來怪我不給他，怪我配不上他呢？」李涵望著我。

「李涵……」我緊緊的抱住她。

「我到底做錯了什麼？我成績沒有不好，我也沒有不乖。」

「妳很棒，妳比任何人都好。」我抱著她輕輕搖晃著，像是在哄著受傷的小孩。

「不管他說什麼，我都很努力做到了，他說過，距離不會改變我們的不是嗎？」

忍不住心疼的感覺，我抱著李涵不斷啜泣，也許是我的情緒太過失控，讓李涵卸下了心防。

她終究還是在我的懷裡放聲大哭，像個徬徨無助的小孩一樣，不斷抽搐的雙肩，洩漏了她太多祕密。

謝康昊說，李涵最後一次這樣哭，是在程以築的告別式上，而在她好不容易重拾笑容時，張毅維學長卻又再次把她推向離別的痛苦深淵。

在那個大雨滂沱的夜晚，我看著窗外的雨徹夜難免，再大的雨都會有停止的時候，那受傷的心，什麼時候才能完全癒合呢？

「張毅維的右手骨折了，聽別人說是他不小心摔傷的。」

上學時，和學長在同一間補習班的高偉軍告訴我們。

謝康昊不置可否的聳聳肩。「他都說是摔傷了，跟我沒關係喔！我只是問他哪一隻手先摸那臭婊子的身體而已。」

「嗯，真可惜你有問，兩隻手一起打石膏比較符合平衡的美感啊！」我補充說道。

3

李涵請了三天病假，連著周休二日一起算的話，那傢伙打算五天不來上學。

第一天，我和謝康昊提了滿滿的漫畫到李涵家。

「阿姨好！」

「她已經躺在那一整天了。」李涵的媽媽嘆了口氣，而那個傢伙，躺在床上一動也不動的，背對著我們。

「漫畫放在桌上，是最新的抓狂一族，記得要看喔！」我輕輕關上門。

「不過就失戀而已，她這樣要死不活的，是想逼死誰。」

謝康昊坐在客廳的沙發上，不耐煩地說著。

阿姨從廚房裡端出一盤水果。

「失戀是青春的一大難題啊！」

「阿姨妳知道李涵交男朋友？」我看向阿姨。

她一派輕鬆地聳聳肩。「昨天知道了，那個不孝女半夜給我衝出去淋雨，還忘記帶鑰匙把自己反鎖在門外，最後只好按門鈴要我開門。」

「靠！腦殘沒有極限。」聽見謝康昊傳來一陣爆笑聲，我瞪了他一眼。

雖然我也很想笑，但餘光瞥見出來上廁所的李涵，我很用力地把笑意忍了下來。

「沒有人在成長的路上不受傷的，重點是能不能變得更勇敢。」廚房的燒水滾了，阿姨急忙跑進去。

「我們先回家吧！明天再來。」我拉起謝康昊，跟阿姨道別。

第二天，我們帶著肯德基的蛋塔到了李涵家。

「阿姨好！」

「欸雕像！思秧康昊來看妳了！」

推開房門，看見李涵坐在床上，一動也不動的，背對著我們。

「不錯喔！今天坐起來了。」謝康昊大力地拍拍手，一屁股坐到李涵床上。

她稍微移動了位置，仍舊是背對著我們。

「妳看我們帶了什麼？」我把蛋塔遞到她面前。

「……」她眼神呆滯地看著我，時間像是靜止一樣，我們對視著。她緩緩開口說：「……我想吃炸雞腿。」

「她剛剛說話了是嗎？」

「對！她說想吃炸雞腿。」我眼泛淚光看向謝康昊。

「我去買！」謝康昊拿著錢包手刀衝出房間。

「妳們好誇張。」

李涵起身走向窗邊，雙手一拉，終於解放了緊閉的窗簾。

「妳比較誇張。」我躺在床上模仿她，一動也不動的樣子。

「靠杯。」她踹了我一腳，露出了淺淺的微笑。

「女孩們，我可以進去嗎？」阿姨從門後探出頭來。

「歡迎。」我微笑著點頭。

「阿姨，為什麼妳看李涵這麼意志消沉，好像都不太在意？」

阿姨抱著一疊衣服，走向李涵衣櫃。「因為她自己不勇敢一點，誰能替她堅強呢？」

「媽，請妳不要說一些月曆上的語錄，那都是廢話。」李涵翻了一個白眼。

她們母女的對話逗得我哈哈大笑，如果今天失戀的是我，媽媽她會怎麼想呢？

第三天，李涵依舊是請病假在家裝死。

「我今天不過去看她了！我要跟高偉軍他們打球。」謝康昊說。

「好，那我自己去。」

「思秧。」林彤從書包裡拿出一堆滋露巧克力，宋家佑微笑地看著我。「我聽說李涵的事情了，這個是我們想要給她的。」

「她下星期一就回來上課了，妳們可以自己拿給她啊！」

「她不會收吧！她那麼討厭我。」林彤一臉尷尬看向宋家佑。

我想了想，李涵的確沒有很喜歡她，而且以李涵現在的心情狀況來說，她很有可能會當場拒絕。

「好吧，那我先替她跟妳們說謝謝了。」我笑著接過，那滿滿一疊的巧克力。

這一定是宋家佑的主意，因為他國小時只要惹李涵生氣，就會買這個賠罪，李涵也會立刻原諒他。

想一想，他們之間的友誼，似乎是因為李涵選擇了我，而結束了。

「小公主，妳看我帶了什麼來看妳！」我微笑著推開李涵的房門。「妳……怎……麼了……妳為什麼在哭？」

李涵全身癱軟在地板上，身旁放著一個白色盒子，不斷地啜泣。

「妳怎麼了？誰欺負妳？」我一把拉起她。

「學長他……剛剛把這個給我。」

李涵靠在我懷裡，無力地指著身旁的白色盒子。

「這裡面是什麼鬼東西，憑什麼讓妳哭啊！」我把盒子用力掰開之後踢飛出去，散落一地的是李涵和學長的合照，還有那些她熬夜做出來的卡片。

「他說新女友要他丟掉，但我也算是東西的主人，應該交給我處理。」

「他媽的什麼爛東西啊！賤男人！畜生！廢物！人渣！」我緊握拳頭，渾身發抖的抱著李涵。

「我要怎麼辦？那些東西要像鬼一樣的，跟著我到什麼時候？」她絕望地看著我。

我看向窗外的夕陽，突然靈光乍現。

「妳知道超渡鬼都要辦法會嘛！」我忍不住笑意。

「知道……所以？」她偏著頭。

「我們把這幾樣鬼東西都燒了吧！」

我興奮拉起她，順便將被我踢飛的照片撿進盒子裡。

「燒？去那燒？」她瞪大眼睛。

「妳家樓下啊！不是有燒金紙的。」

我拉著她到窗邊，指著一樓的紅色燒金爐。

她微微發愣，接著開始放聲大笑。「靠杯喔！那是我阿嬤燒給好兄弟在用的啦。」

「就是這樣才要用那個燒啊！」我看著搖手拒絕的她。「燒不燒，一句話。」

她緩緩抬起頭，一臉認真地回答。「燒，他媽的把張毅維的東西，給我當屍體燒。」

得到滿意的答覆，我微笑著對她豎起大拇指。

「棒！這才是我的李涵。」

我們興奮地站在爐前，李涵拿著噴槍，手微微發抖著。

「要不要我幫妳？」

「不用，我需要親手燒掉他。」她靜靜的看了照片一眼，深呼吸、吐氣、深呼吸，用力一按，強大的火力，讓她手上的照片燃燒成捲曲狀。

眼淚猛然滑落，我立刻抓住她的手腕。「難過就不要燒了，不要逼自己。」

她搖搖頭。「我可以。」

我們將照片一張又一張的放進火堆裡，看著那甜蜜的畫面漸漸化成灰燼。

消失的不僅是一張張的相紙，還有李涵那曾經美好的初戀。

再見了，張毅維學長，再見了，天真爛漫的李涵。

「夭壽喔！妳怎麼拿阿嬤的金爐燒東西！」買晚餐回家的李涵媽媽，看見院子裡的我們，放聲大叫。

「安靜啦！妳不要害阿嬤跑出來罵我。」李涵趕緊摀住阿姨的嘴巴。

「妳燒什麼？」阿姨小聲問道。

「回憶啊！」她笑著說。

「回妳個頭，神經病！」阿姨一副我女兒真的有病的笑臉看向我。「思秧妳說，她在燒什麼？」

我揚起微笑，輕輕地回答：「回憶啊！」

阿姨張大雙眼用力搖頭。「慘了！我要怎麼跟妳媽媽解釋，從我們家回去腦子就壞了。」

李涵翻了一個大大的白眼，拉著我走進屋內。

「抱歉！我媽總是那麼浮誇。」

「妳媽媽真的好可愛。」

我時常聽謝康昊提起李涵的媽媽有多有趣，沒想到見到本人之後，真的跟形容的一模一樣。

「她媽媽是我看過最猛的。」謝康昊的笑聲從傳話筒裡傳來。

「你今天沒跟我去真的很可惜，我們一起把學長的東西都燒掉了。」

「燒？妳們也太極端了吧！」他的聲音聽起來很驚訝。「欸！妳從窗戶看出去，路燈亮了沒？」

「還沒吧！幹麼？」

「去幫我看一下啦！」雖然覺得很莫名其妙，但我還是乖乖走到窗邊，往下一看。

謝康昊就站在路燈下，正在用力朝我揮手。

「快下來！我想妳了。」

我遮住不想讓媽媽看見的泛紅雙頰。

「我出去買明天要的美術材料喔！」

經過她身邊時，我雙手還因為緊張而微微顫抖。

「嗯，不要太晚回來。」偷瞄了一眼，媽媽依然埋首於資料堆中，沒有抬頭。

這還是我第一次這麼慶幸她如此不關注我。

我小跑步到謝康昊身邊。

「你怎麼會來？」

「我不是說了嗎？因為我想妳啊！」

「有什麼好想的，早上不就見了一整天了。」嘴上是這麼說，但是我的嘴角卻是上揚到眼角了呢！

「我們去附近的公園坐一下好嗎？」他輕輕地拉著我的手腕。

路程很短，我卻能在短時間內，把放學後所發生的事情通通告訴他。

「以築離開的時候，我很擔心李涵，因為那個最了解她的人走了。」

我們並肩坐在盪鞦韆上，謝康昊握住我拉著鐵鍊的手。

「謝謝妳的出現，讓她這一次能復原得那麼快。」

「能帶給你和李涵快樂，是我的榮幸。」從他的眼睛裡，我看見了自己的倒影。

「妳還會介意，我一直跟妳提起以築嗎？」

我搖搖頭。「不會，因為我知道她對你來說有多重要，而且你也跟我解釋過啦！」

「嗯？」他偏著頭。

「以築對你來說是欣賞是感謝，可是我對你來說是愛啊！」我笑著說。

「知道就好，看來妳已經準備做好要當我女朋友了！」他寵溺地摸摸我的頭。

「所以要跟我告白了嗎？」我握住他的手，滿心期待看著他。

他嘆了一口氣。「對不起，我現在還不夠資格站在妳身邊。」

「什麼意思？」

他的話讓我疑惑了，緊皺著眉頭看他。

「我這次只考了三十八名。」他失望地垂下肩膀。

「其實我根本不在乎你的成績的，真的。」我激動地起身，站到他面前。

看見我的反應，他露出訝異的神情。「思秧妳聽我說，我很喜歡妳，但是我們兩個是不同世界的人。」

「所以你要說什麼？」我們不是同一個世界，難道他是住在陰間嗎？

「因為我想跟妳在一起很久很久，所以我必須要努力進到妳的世界裡，這樣妳懂我的意思嗎？」

「不懂，為什麼我喜歡你，你也喜歡我，而我們卻不能在一起？」我承認我有點生氣，但更多的是想哭的情緒。

「因為我還配不上妳。」他在我耳邊大聲地說。

我抬起頭。

「再給我一點時間好嗎？我絕對會成為一個配得上妳的人。」

「我從來沒有看不起你。」

「我知道，所以妳一定要等我。」他緊緊將我抱在懷裡。

緩緩抬起雙手，環抱住他。「好，但是你不可以讓我等太久喔！」

「我答應妳。」

謝康昊從口袋裡拿出一條閃亮耀眼的項鍊，昏暗的燈光下，我一眼就看出來那是一隻迷你的小狐狸。

「送給妳，我的小狐狸。」他拿著項鍊在我面前晃呀晃的。

「為什麼我是狐狸？」感覺狐狸不是什麼好東西。

「妳不是小王子的書迷嗎？難道我被李涵騙了？」他露出錯愕的表情。

「我是啊！」我笑著轉過身，要他替我戴上。

「李涵說，妳是宋家佑錯過的玫瑰花，卻是教會我愛的狐狸。」

「這很貴吧！」我低下頭，輕輕撫摸著小狐狸。

謝康昊沒有回答我，只是把頭輕輕靠上我肩膀。「如果我再聰明一點就好了，我就可以大大方方牽著妳的手了。」

「這兩者根本沒有關聯啊！」

「我跟妳說一個故事。」他朝我伸出微微顫抖的手。

「有一個很優秀的女孩，在她高中的時候，愛上了一個在工地打工的男孩，他們感情一直都很好，只可惜女孩的家人非常反對。」故事被他斷在一個像是開始，又像是結束的地方。

「然後呢？」

「男孩帶著女孩私奔了，那時候女孩已經懷孕三個多月，男孩每天打兩份工，雖然很累但他覺得很快樂。」他嘆了一口氣，接著說：「女孩看著租屋處附近的高中生，偶爾會埋怨男孩害她無法繼續讀書，但是她還是拚了命的生下了他們的孩子。」

我腦海閃過許多謝康昊曾說過的話。

「一次的意外，男孩從鷹架上摔了下來，變成了半身不遂，一輩子都只能領殘障手冊的廢人。」

「是你爸爸嗎？」我小心翼翼看向他。

「嗯……那之後他開始賭博，想著總有一天會一夜致富，讓女孩過著幸福快樂的日子，只可惜……」他吞了吞口水。「沒能致富，女孩也離開了，留下了他們的兒子，還有一屁股的債。」

我將他攬進懷裡，輕拍著他的背。

「從一開始，他們就不應該在一起的，不同世界的兩個人，是不可能幸福的。」他挺起身。

「不是每個人的命運都是這樣的，我爸媽彼此條件都很適合，但他們在一起並不快樂啊！」我激動地拉住他的手。

「至少我們之間的的差異不要這麼大，才能去面對以後除了愛以外的事。」他扶著我的肩膀，溫柔說著。
我望著他，是一種陌生的感覺，那是我沒有看過的他。
「我聽不懂。」
「妳只是相信我就好了，相信我真的很喜歡妳。」
「嗯。」我笑著點點頭。
雖然我一點也不懂他口中的差異，和我們究竟為什麼現在不能在一起。
但我想起跟宋家佑分開時，林彤說過的話。「宋家佑你敢說徐思秧不是讓你那麼辛苦的人嗎？因為你害怕自己考差了，別人就會覺得你配不上她。」
到底什麼是配不上？成績好的宋家佑害怕、多才多藝的謝康昊也害怕。

4

寧靜的早晨被一道朝氣蓬勃的聲音劃破。
「各位同學！我回來了！」
同學們紛紛看向站在教室門口，精神抖擻的李涵。
「強勢回歸啊。」高偉軍放下課本起身鼓掌。
李涵對他眨了眨眼，很自然地走到宋家佑身旁，搭上他的肩膀。「巧克力謝啦！」
「是我跟……」李涵沒等他說完，就朝著前方走去。

最後在林彤的位置停了下來。「如果妳都已經請別人轉交了，就麻煩不要偷偷署名。」李涵笑著從書包裡拿出一張便利貼，上面有林彤的英文名字。

「我……」林彤不知所措地看向我。

思索著記憶裡，我沒看過那張紙條啊！

「騙妳的啦！這我自己寫的，謝謝妳。」李涵揉掉字條，微笑著跟林彤道謝。

「妳沒事就好了。」

「雖然我很討厭妳，但是妳這樣讓我有點感動，我可能會當妳是朋友喔！」

真是口是心非的傢伙，想跟人家當朋友還廢話一堆。

李涵變了，她把心力全投入在校刊社，我常常看著她空蕩蕩的座位發呆，她說：「既然愛都可以是假的了，那就要好好充實自己，只有內涵才是真的。」

謝康昊也變了，他遠離了曾經會一起蹺課打架的朋友。

「靠！你不要裝了啦！你才不會讀書咧！」雖然他們還是不放棄，一直到班上找他。

「是兄弟就不要觸我霉頭。」他用手肘撞了一下對方。

「你不會是為了女生吧？」最靠近窗戶的男孩跟我的目光交會。

「不要亂講啦！滾啦！」他笑著搖搖頭。

謝康昊從來沒把我介紹給那群朋友認識。

「他們不需要認識妳，他們不重要。」他總是這樣跟我說。

「但是我想多了解你。」

「妳所認識的，就是真正的我。」他瞇起眼，湊到我耳邊。「還是妳還想要更多，像是……」他把我的手貼到他胸口。

「去死啦！」我害羞地收回手，用力朝他後腦勺拍下去。

「今天妳放學有空嗎？」

「有啊，幹麼？」

「我家今天晚上沒人……」他害羞地低下頭。

「你想幹麼？你要對她做什麼？」李涵一個箭步衝到我身後，緊緊把我抱住。

謝康昊翻了一個白眼，雙手抱在胸前。「我要請她幫我把頭髮染黑，可以嗎？」

「白痴喔！染頭髮跟你家有沒有人有什麼關係。」

「我怕我奶奶以為我帶她回家做壞事啊！」謝康昊紅著臉，瞪了李涵一眼。

聽到他的話。我害羞地低下頭，只剩下李涵狂妄的笑聲，迴盪在我們之間。

「妳要一起去嗎？」我問。

「不要，我不喜歡看到情侶恩愛。」她搖搖頭，一個華麗轉身離開我的視線。

「我們又還不是情侶。」我低頭呢喃。

「但是我們很恩愛啊！」

謝康昊從身後勾住我的脖子，摸了摸我鎖骨前的小狐狸。

我轉過頭，差那麼一點點，就一點點，我們就要接吻了。

我瞪大眼睛，他緩緩地抬起頭，伸手摸了摸我的頭。「妳真的很漂亮耶！」

他說這不是廢話嗎？

李涵失戀之後，我們一直都是三個人一起走回家。

「曖昧讓人受盡委屈，找不到相愛的證據……」

「妳閉嘴好不好！」謝康昊踹了李涵一腳。

這次我不想幫李涵，因為她實在太吵了，已經唱了大概十分鐘，還是這兩句歌詞。

「為什麼你們兩個不在一起？」她停下腳步。

「關妳屁事！」

謝康昊瞪了她一眼，繼續往前進。

我想，謝康昊始終不願意，說出我們還沒在一起的理由，是因為他愛面子。

就算是一起長大的李涵也不能說。

所以，我很努力替他守著這個，只有我們兩個知道的祕密。

「是妳太難追嗎？」李涵突然湊到我身邊，從頭到尾的把我檢視一遍。「也不是啊！妳感覺就是超喜歡他，喜歡到滿出來了。」

「妳不講話沒人當妳是啞巴。」

只見她呵呵一笑，就往我們的反方向走了。「我還有事，先走了。」

「她每天都到這裡跟我們分開走，她到底要去哪裡？」我伸手拉住謝康昊的書包。

「她只是不想走，以前跟學長一起走過的路而已。」

「你好像真的很了解她。」我佩服地看著他。

「妳是在吃醋嗎？」他挑眉。

我搖搖頭，與其說吃醋，倒不如說我羨慕謝康昊可以那麼了解李涵。她是我最好的朋友，我卻老是摸不清她這個人，有時候我覺得她很依賴我，但大多數的時間，我都認為是我在追隨著她的身影。

「進來吧！我家到了。」謝康昊拉起鐵門。「妳在客廳坐一下，我去房間拿染髮劑。」

我放下書包，悄悄地跟上他的腳步，上了二樓。

「可以進去參觀嗎？」我把頭塞進門縫裡。

一抬頭就看見謝康昊裸著上半身。「啊！抱歉！」我趕緊用雙手遮住眼睛。

「我不知道妳對我身體這麼有興趣耶！」他輕輕拉開門，我偷偷張開指縫，確定他已經穿好衣服，才緩緩地把手放下。

「對不起，我不知道你要換衣服。」

「沒關係，我以後再看回來就好。」他彎下腰，湊到我面前。

「去死！」我朝他胸口搥了一拳。

他輕撫著自己的胸口走向床頭。

一進門我就深深被他的相片牆給吸引。「跟李涵房間的好像。」

「當然啊那是她做的。」他看了我一眼，繼續埋頭找東西。

上面全是他們國小的生活照，和好幾張程以築的獨照，我私心以為會有我的照片，只可惜，一張也沒有……

「程以築如果能跟你們一起長大的話……一定也很漂亮吧！」我輕輕拿起她的獨照。

「應該吧！她本來就長的滿好看的。」他驚呼了一聲。「找到了！」

他走向我，拉著我的手往門外走去。

「走吧！我們去染頭髮。」

「喔！好！」我趕緊把照片放回牆上，快步跟上他。

他很認真地告訴我該怎麼幫他上染劑，我卻心不在焉的，不斷把染劑擠到他臉上。

「小姐，我是要染頭髮，不是染眉毛。」他笑著指向眉尾的染料，還搭配著俏皮的挑眉。

「哈哈！抱歉！我真的很沒染頭髮的天份。」我笑著搖搖頭，輕輕地替他擦去染料。

「妳在想什麼嗎？」隔著鏡子，謝康昊皺著眉。

「沒有啊！」不知道是不是因為心虛，我回答的音量特別大。

雖然知道這麼做很沒意義，心裡卻還是感到一絲的酸意，我總是介意程以築在謝康昊心裡的位置。

所以我非常在乎，他沒有放我照片這件事情。

他沒有說話，只是靜靜看著前方發呆。

終於在我全部都上好染劑時，他微笑地看著我說：「妳不只沒有染頭髮的天份，也沒有說謊的。」

「嗯？」我歪著頭。

「妳啊！真的是把所有心事寫在臉上的女生。」他起身，輕輕地推了一下我額頭。

還沒來得及反應，他已經走遠了，留下我一個人坐在客廳的沙發上。

於是我從書包裡拿出李涵借我的愛情小說，開始讀了起來。

最近我們不約而同的，愛上了總裁系列的小說。剛剛好是可以放進口袋的大小，每次老師檢查書包時，都能安全過關。

一連串的震動聲，打斷了我看小說的情緒。「謝康昊！你的手機響了！」不見他回應，我拿著手機走向二樓。

「謝康昊！謝！康！昊！」我大叫。

「我在洗頭啦！妳幫我接一下。」他的聲音從浴室裡傳了出來。

我低頭看見手機上面顯示的來電是，余佳穎。

「欸謝康昊！不是說六點要上線嗎？現在都幾點了？」電話一接起，就是余佳穎一連串的抱怨。

「佳穎，我是思秧，謝康昊他在忙。」

「思秧？妳們在外面喔？」聽見我聲音，余佳穎遲疑了一下。

「沒有耶！我在他家。」

「是喔……」

「那我等等請他打給妳。」

「不用啦！沒什麼事情，掰掰。」

「掰掰。」

一掛上電話，謝康昊就包著毛巾坐到我身旁。「誰打的？」

「佳穎。」我將手機放到他腿上。

「糟糕，我忘記有約她要學英文了！」

「學英文？」

「對啊！我上次段考要是英文考及格，就有可能三十五名了。」他放下手機，若無其事地開始吹著頭髮。

不是應該要先回撥電話嗎？我疑惑地看著他。

「幫我吹一下。」他轉過頭來，把吹風機遞給我。

我點點頭，他拿起手機，看起來是要傳簡訊給佳穎。

「好了！還我吧！」他朝我舉起手。

「我來吧！沒有染頭髮的天份，至少要讓我證明，我是會吹頭髮的。」我笑著對他說。

看著他這一頭烏黑的髮色，整個人感覺……又更出色了！

和眼珠的顏色一樣，給人一種冷漠的距離感，他不是個愛笑的男生，配上一頭黑髮，更突顯出他的孤傲。

「妳口水要滴下來了。」他笑著推了我的下巴。

「亂講。」我瞪了他一眼。

「妳還在吃醋嗎？」他起身，接過我手上的吹風機。

「什麼？」他拉著我的手往二樓走去。

「我不是變態，沒有收集妳照片的癖好，以築的照片是李涵之前貼的，那時候我還不認識妳。」跟著他的腳步，我們停在書桌前。

他伸出食指，指向前方。

那是一個別緻的相框，放著我和他隔宿露營時，教官替我們兩個拍的拍立得。

「這個才是我自己擺的，我可是為了妳才去買這麼做作的東西。」他不自在的摸了摸頭。

我輕輕地拿起相框。「照片好像太少了，還有很多空間耶！」

「我就只有這一張啊！」他一臉無辜看向我。

「所以我們這禮拜六去約會吧！去拍很多很多的照片。」我笑著說。

他先是張大雙眼，回過神才對我露出了燦爛的笑容。

「要多到你整個牆壁都是我的照片。」我說。

「好啦！女生的忌妒心真是可怕啊！」他笑著從背後環住我肩膀。

樓下傳來了開門聲，我緊張地看向他。

他緊皺著眉頭。「我先下去看，妳在房間等我。」

明明沒做虧心事，雙手卻不受控制地顫抖著，靜靜坐在床上不斷扭著自己的衣角。

「思秧！樓下的是我奶奶，介意跟她打招呼嗎？」謝康昊輕輕推開門說道。

我搖搖頭走向他，到樓梯口時突然想起一件事。「妳奶奶會不會以為我是不良少女？來你家跟你做壞事？」

他噗哧一聲。「不會，她剛剛才誇妳很有家教，鞋子擺得很好。」

「那就好。」我吐了一口氣，拍拍胸口。

看見他摀著嘴在笑，我瞪了他一眼。

「我不是故意笑的，只是覺得妳很可愛。」他摸摸我的頭。

一下樓就看見和藹的笑容，奶奶比我想像中的年輕很多。

「奶奶您好，我叫徐思秧。」禮貌地朝奶奶鞠躬。

「妳好啊！長得很漂亮。」奶奶主動牽起我的手，帶著我到廚房，我不知所措地看向謝康昊。

「奶奶妳好像很喜歡她喔！」他卻一臉看好戲的說。

「當然喜歡，妹妹啊！奶奶很喜歡妳喔！」奶奶的眼睛都笑成一彎明月了。

謝康昊有一雙漂亮的眼睛，我想就是遺傳自他奶奶吧！

※

「所以妳昨天見家長了？」一大早的，李涵就對著我放聲大叫。

「噓！」我用力摀住她的嘴巴。

「我奶奶超喜歡她的，而且還留她吃晚餐。」謝康昊一邊哼著歌，一邊走向我們。

李涵發出嬌嗔的聲音。「妳好厲害！連謝康昊的奶奶都搞得定。」

「奶奶怎麼了嗎？」雖然只是短短一個小時的相處，但是我感覺得出來奶奶是一個很慈藹的人。

「她應該是想說，我奶奶很討厭以築。」

「為什麼？」我看向李涵。

「因為奶奶說以築都不會打招呼，很沒禮貌。」李涵奮力吃著早餐，還不忘跟我解釋。

「那奶奶喜歡妳嗎？」我幫她擦掉了嘴角的醬油膏。

「超愛！因為我很有福氣，又很能吃。」李涵露出閃閃發亮的眼神。

「是長得很胖，又很愛吃。」謝康昊卻冷不防的潑了她冷水。

「早安啊！」余佳穎和高偉君一起走進教室。

「欸！昨天抱歉，我真的忘記了！」謝康昊看向余佳穎。

「沒關係啦！」

高偉軍湊到謝康昊耳邊，也不曉得是說了些什麼，被謝康昊狠狠巴了一下後腦勺。

「謝康昊你幹麼染黑髮啊！」余佳穎指著謝康昊的頭髮怪叫。

「想當乖學生啊！怎樣帥吧！」他朝我拋了一個媚眼。

我笑著回應他，餘光瞥見余佳穎的表情。

應該……不會吧？不可能會吧？

我轉過頭去，她已恢復以往的笑臉。「看到你們感情越來越好我真的好開心。」

「妳說我跟謝康昊嗎？」我再次向她確認。

「嗯啊！大家都幸福了，真的太棒了！」她依然笑著。

「不好意思！我一點都不幸福。」站一旁的李涵冷冷說道。

「妳一定也會有，遇到白馬王子的那一天。」

「這世界才沒有白馬王子，只有賤人臭婊子。」李涵拋下這句話，就華麗地走出教室。

高偉軍看著李涵的背影，忍不住嘆了一口氣。

「她真的被傷的很深耶！」

「她這樣真的沒事嗎？」

余佳穎看向我，我無奈聳了聳肩。

「死不了的。」謝康昊嘴上是這麼說，卻追了上去。

如果時間可以重來，我絕對不會讓李涵跟學長在一起。

我會站在謝康昊那邊，就算被李涵討厭，我也要阻止他們在一起。

只可惜人生不是電影，它無法倒帶，所以我只能告訴自己，當下一次李涵的戀愛來臨時，我一定要用盡全力幫她把關。

班上同學拿著掃把衝進教室。

「班長！謝康昊和李涵在跟別人打架！」

「什麼？」我從座位上跳了起來。

「妳快跟我來。」我邁開步伐，和同學在走廊上狂奔。

最後的腳步落在南校門，李涵一頭亂髮坐在地上。

「李涵！」我飛奔到她身邊，拉起一身狼狽的她。

「我沒事！妳去救他！」順著李涵的手指向前方。

一個穿著體育服的男生捲曲在地面上，痛苦的呻吟著，謝康昊拿著斷掉的木椅，一步步朝著男孩走去。

「謝康昊！」我大叫奮力跑向他。

「妳走開！」他看了我一眼，殺紅眼一般舉起手。

「不可以！」我從側面緊緊抱住他，用盡了吃奶的力氣，直到他放下手中的木頭。

「你為什麼又打架！你不是答應我不會打架鬧事了嗎？」

「因為我……」他伸手拉住我。

狠狠的，我朝他搧了一個大耳光。

「你說我跟你是不同世界的，你的世界除了打架鬧事，到底還剩下什麼！」我甩開他的手。「說你多努力，你根本就沒有打算要變更好的人。」

他瞪大雙眼，什麼話也沒說，只是靜靜看著我。

「這就是你離開我們的原因？」被謝康昊打趴在地上的男孩緩緩起身，經過我身邊時，冷冷一笑。

「已經跟你沒有關係了吧！」謝康昊的視線仍舊停留在我身上。

「靠！」男孩用力撞了他肩膀，那力道之大，讓他往後退了幾步。

我伸手去拉住他。「對不起……」想起剛剛那一巴掌，我除了道歉還是道歉。

「放手！」他狠狠甩開我的手，離開前他深深地看了我一眼。「妳真的連解釋的機會都不給我，上次是這樣，這次也是。」

看著他離開的背影，我想做點什麼，卻不知道該怎麼去挽留。

我想起了剛才坐在地上的李涵，一轉身，她就在站在我身後。

「雖然打架是他不對，但他是為了妳，才動手的。」李涵拉了我的衣角。

「那妳又是怎樣？」我指著她的一頭亂髮。

「還不是要拉住謝康昊，不小心被他們巴到頭。」李涵從鏡子裡看見自己的慘樣，忍不住笑了出來。

「妳說謝康昊是為了我打人？」我替她綁好馬尾。

「嗯……」李涵欲言又止的樣子，讓人感到一陣寒意。

「我怎麼了？我不記得我惹過那個男生？」應該說，我根本不認識那個男生。

「反正他就是講一些難聽的話，妳不用聽啦！」

李涵看了看手錶，拉著我教室跑去。

回到教室，謝康昊坐在位置上，讓余佳穎正細心的幫他包紮傷口。

「你的手……還好嗎？」我走到他身邊。

輕輕抬起頭看了我一眼，把視線拉回桌面上。

他無視我。

余佳穎尷尬地清清喉嚨。「沒什麼！就是一點擦傷。」

「喔。」我點點頭，坐回自己的位置上。

原本以為謝康昊只是單純的在生我的氣，一下就會跑來找我和好，沒想到他是鐵了心的，不想理我了。

「今天我們……」放學鐘聲響起，我飛奔到他座位旁。

「……」他看都不看我一眼，就直接從我身邊擦肩而過。

我尷尬地看向李涵，她露出淺淺的微笑。「電燈泡不在，就跟我一起回家吧！」

她牽起我的手，湊到我耳邊說：「或許現在去跟他道歉還來得及喔！」

「可是他連甩都不甩我。」我無奈地搖搖頭。

「雖然妳今天是比較過分了一點，但是他不至於會氣那麼久啦！」李涵用眼神示意我看向漸漸走遠的謝康昊。

「真的嗎？」我遲疑了。

「真的。」李涵點點頭。「不然我跟妳一起去，陪妳壯膽。」
她拉起我的手，小跑步到謝康昊身後。
「謝康昊！」李涵大叫。
謝康昊停下腳步，緩緩轉過身。
「……」他的視線停留在我身上，看不出他的情緒，也說不出半句話。
「我們一起走吧！」李涵走到我們中間，輕輕挽起我們的手「我今天決定要走以前跟學長一起回家的路了！陪我好嗎？」她看向謝康昊。
「嗯。」謝康昊點點頭。
等等送完李涵回家，就會剩下我和謝康昊兩人，到時候一定要好好的跟他道歉。
經過每次李涵跟我們分開的叉路時，她停下腳步。「其實我會自己走這條路，是在懷念我和學長剛在一起的時候。雖然路途比較遠，卻讓我們有更多的相處時間。」
謝康昊伸手摸摸她的頭。「不要再想他了。」
「我不是想他，是想好好完結自己的初戀，結束的實在太慘烈了。」李涵輕輕擦拭眼角的淚水，揚起微笑。「我會記住他以前的好，然後勇敢的說再見。」
我抱著她。「妳很棒！幸福會一定找到妳的。」
她搖搖頭。「幸福是要靠自己去創造的，它從來不是在任何一個身上，或是有誰可以成為它的代名詞。」
我偏著頭，思索著她的話。
「勇敢一點，去創造自己的幸福。」李涵湊到我耳邊，把我推向謝康昊身旁。

「我要去幫我媽買東西，你們還是先走好了，掰掰。」說完，李涵就頭也不回的離開了。留下我和謝康昊在一個尷尬的氛圍裡。

「今天的事……對不起。」我朝他九十度鞠躬。

「沒關係了，走吧！」

我抬起頭，只見他轉身的瞬間。

「要怎麼做你才願意原諒我？」我伸手拉住他。

「原諒？」他露出一抹苦澀的微笑。「妳真的知道我在氣什麼嗎？如果今天換成是宋家佑，妳會這樣對他嗎？」

「你提他幹麼？」我疑惑地搖頭。

「妳會聽他解釋、妳誤會他會立刻跟他道歉、妳更不會動手賞他巴掌，就是因為妳比較喜歡他，所以妳懂得尊重他。」他對著我大吼。

「我承認我打你是我不對，我誤會你是我太衝動，可是你不能說我不喜歡、不尊重你。」看著他離去的背影。

他從來沒有對我大聲講話過，害怕的情緒將我吞噬，我害怕他這一走，就會走出我的生活。

我跑到他背後，緊緊環抱住他。「對不起！對不起！對不起！」

「思秧。」他轉過身，拉下我的雙手。「我想妳並沒有想像中的喜歡我，也許是習慣，也可能只是依賴。」

「我是真的喜歡你。」

「但是今天妳的表現讓我遲疑了，我是氣不過別人罵妳才動手打人，妳卻質疑起我這些日子所有的努力。」他表情冷漠地對著我說。

「我是真的喜歡你，真的。」我緊緊著握住他的雙手。

「我不知道……妳讓我想一想。」他搖搖頭。「我送妳回去吧！」

一路上他默默地走在我身旁，沉默包圍著我們。

「再見。」推開門前我看向他。

他站在原地輕輕地揮手，面無表情的好似在道別什麼。

躊躇著不敢走向他，也不想回家；我討厭這樣的情緒，更討厭不再對我笑的他。

「快點進去吧！」

「嗯。」轉開門鎖，迎接我的是一片寂靜。

坐在書桌前的我，看著謝康昊的離線圖示發呆。

「我一定會證明給你看我有多喜歡你。」下意識地按下ＥＮＴＥＲ鍵。

「我到底在幹麼啦！」

我放聲尖叫，崩潰的拍打著桌面。

人生不像電影可以倒轉，即時通訊息也是，就像潑出去的水，難收回。

5

從小到大我都沒有裝過病，這一切的一切，都是跟李涵學的。

聽見她在話筒另一端哈哈大笑，大聲讚美我是她的得意門生。

「放心，謝康昊那邊我來搞定。」李涵語氣興奮。

「妳要是敢說，我是因為不知道怎麼面對他所以裝病，妳就死定了！」

「不要汙辱我的智商，我絕對會讓妳們和好的。」她掛上電話，我才想起一件重要的事，

李涵有智商？

躺在床上不舒服，看電視也不對，最後裝病的我，還是默默坐到書桌前讀書了。

媽媽中午傳了訊息說來不及回來，打給爸爸也是轉語音信箱。

沒關係，我意料之中的事。

牆上的時鐘指向四點三十五分，他們差不多放學了吧！

謝康昊會來看我嗎？我心裡是這麼期待的。

手機鈴聲響起，我興奮地按下通話鍵。「喂？」

「是我啦！」

「可惡！怎麼是妳。」我失望大叫。

「靠！失望個屁，妳快開門，我帶了吃的給妳。」李涵不爽地飆罵了一串髒話。

我看了看鏡子裡的自己。

嗯……頭髮很亂、臉色很差、衣服也是領口鬆到爆的睡衣。

不過是李涵應該也沒關係吧！

「廢物！不是說會幫我搞定……」推開大門，我才發現站在門口的，是謝康昊。

「搞定什麼？」他偏著頭看我。

「你怎麼……會在這裡？」
「李涵說妳感冒還沒去看醫生。」他緊皺眉頭。
「嗯。」我點點頭。
「走吧！我帶妳去。」
「你是原諒我才來的嗎？」看著他自然地說出要帶我去看醫生，我大膽假設。
「不是。」他緩緩地朝我靠近。「因為李涵她家有事我才來的。」
失望襲上心頭，我勉強露出微笑。「也對，你昨天都說那麼白了。」
謝康昊還真的只是帶我去看醫生而已。「記得要吃藥，掰掰。」
「謝康昊！」我看著他。
「幹麼？」
「沒事了，回家小心。」看見他冷漠的表情，千言萬語都化成了短短七個字。
我朝他揮揮手，轉身走進屋內。
「昨天晚上偷偷傳訊息跟我告白，今天早上卻裝病不來上課的，妳知道我為了等妳，整整遲到一個小時嗎？」
我驚訝地轉過頭，看見他揚起一抹邪笑。
「等我？」
「對！我像個笨蛋一樣，在妳家門口苦苦等了一個小時。」他搖頭。「結果妳只打電話給李涵。」
「你不是討厭我嗎？幹麼等我？」我關上家門，腳步輕快地跑向他。

「我從來沒有討厭妳，是懷疑妳並沒有那麼喜歡我。」他伸手摸了摸我的頭。

「那你現在還懷疑嗎？」我親密的勾起他的手。

他聳聳肩，露出一抹詭異的笑容，拿出手機遞到我面前。

「謝康昊我幫你問過宋家佑了，思秧從來沒有主動說過喜歡他，所以你大贏一回，請勿再生氣了。」簡信的內容是這麼寫的，而發信人，就是我的親親寶貝，李涵。

「李涵……這是哪門子的搞定。」我努力忍住想罵髒話的衝動。

「她做得很好啊！昨晚看到她的簡訊，我巴不得馬上衝到妳面前。」

「那你剛剛在演什麼啦！」今天的劇情太展開，我忍不住委屈，哭了出來。

「妳昨天那麼壞，不整妳一下，有損我的男性尊嚴啊！」他笑著將我摟進懷裡。

「大笨蛋。」我用力的搥了他一拳。

他笑著接住我的手。「我就是笨，才會喜歡妳這麼久。」

「不要學小說台詞！」我大叫。

謝康昊，你是第一個讓我破涕微笑的人，雖然你滿腦子壞主意，但是我，還是好喜歡、好喜歡你。

※

「我就說會幫妳搞定謝康昊的對吧！」

李涵躺在床上一臉得意地看著我。

「我怎麼覺得是被妳出賣了。」我瞥了她一眼。
「中間的過程都不是重點，結果才是一切啊！」她一個轉身，拉起被單。
「妳不准睡。」我大力掀開被單。「幫我挑一下明天約會的衣服。」
「讓我睡一下啦！」她哀怨地轉過身來。
「拜託啦！明天是我第一次跟謝康昊單獨約會。」我雙手合十，跪在她身旁。
「看在妳帶我走出失戀陰霾的份上，我就答應妳吧！」
整個下午，我們都站在鏡子前，仍舊選不定約會服裝。
「不對啊！妳長那麼漂亮，他又那麼喜歡妳，妳穿什麼都沒關係吧！」李涵放下手上的洋裝。
「這是一個感覺的問題，妳懂得女生就是想呈現最好的自己，在喜歡的人面前。」我激動拉住她的手。
她露出一抹狡猾的笑容，牽起我的手大叫。「抓到了吧！我就知道妳很喜歡他！」
我尷尬地將視線轉移到一旁，李涵用力扳過我的頭。「妳為什麼都不跟我實話！」
「什麼實話？」我看向她。
「就是妳們明明互相喜歡，為什麼還不快點在一起的原因。」她一臉認真。
我看向她，努力思索著她的問題。
她看著我，認真地期待著我的答案。
許久之後，我緩緩說出：「我也不知道。」
「什麼叫妳也不知道！」她高音頻的叫聲，震得我趕緊摀住耳朵。

「真的，我到現在還不知道原因，因為我也還在等他啊。」
「妳知道自己在說什麼嗎？」她不屑地瞥了我一眼。
也許在李涵眼中，這樣的回答是個藉口，但我確實是在等待謝康昊開口的那一天，在等他覺得已經足夠站在我身旁的那一天。
「我們是最好的朋友對吧？」李涵站在我面前，雙手抵住我的肩膀。
「對啊！」我用力點頭。
「那妳告訴我，是不是謝康昊叫妳這樣跟我說的。」
「不是，絕對不是！」我搖頭。
「那到底為什麼你們不在一起？」李涵加重手上的力道。
「因為……因為……謝康昊覺得他配不上我啦！」我閉著眼睛大喊。
緩緩地張開眼，只見李涵若有所思的摸著下巴，靜靜看著我。
「我就知道……」李涵轉過身。
「妳知道？」我按住她肩膀將她轉向我。
「謝康昊因為家庭背景的關係一直很自卑，這幾年他總習慣用無所謂的態度去面對，可是當他遇見妳之後，我就漸漸的覺得，他不是我認識的那個謝康昊了。」
「什麼意思？」
「對妳，他做任何事都很認真。」李涵伸出手，輕輕地環抱住我。「如果他自卑，請妳給他滿滿的勇氣。」
「我會的。」

「他真的很努力，妳一定要給他機會，拜託。」

「我會的。」我點點頭。

李涵露出淺淺的笑容，伸出手指。「我敢發誓，謝康昊絕對是世界上最後一個好男人。」

「妳這麼說不怕以後的男朋友聽到生氣啊。」我笑著輕推她額頭。

「我不想再談戀愛了！什麼男朋友、什麼真命天子的，都跟我無關了。」

每次李涵一聽到關於戀愛的話題，就會像變了一個人一樣，她不耐煩地推開我的手。

我想，她總有一天會遇到新對象的。

6

謝康昊穿著白色素踢搭配著黑色窄管褲，緩緩放下手機，笑容滿面地站在我面前。

「你也太準時了吧！」我看了看手錶。

「其實我很早就到了，因為我連一秒都不想讓妳等。」他朝我伸出手。

「就這麼確定我不會放你鴿子。」我輕輕握住他的手。

「妳不會，因為這次約會是妳提的。」戲謔般的朝我吐了舌頭，被我踹了一腳。

「白目。」我瞪他。

「對不起啦！那請問小公主妳今天想看什麼電影？」

我抬頭看著戲院的時刻表，伸出手指向最熱映的那部電影。「海角七號。」

「跟我想的一樣。」他滿意地點點頭。

「聽說這一部看完會大哭。」我興奮地走向票口。

「所以昨天李涵就特別交代我帶一包衛生紙給妳了。」他默默從背包裡拿出一包全新的衛生紙。

「好丟臉喔！」我趕緊笑著把它塞回背包裡。

故事裡一封封相隔了六十年的情書，是多少無奈的分離，直到心愛的老師已經離世，才飄洋過海到女學生手中，找到他們相愛過的證明。

電影落幕後，眼淚撲簌簌地落下，我伸手向謝康旲要衛生紙。

「……」遲遲等不到他的回應，我轉過頭。

「我……我好難……過。」他哭得一把鼻涕一把眼淚地轉向我。

「你怎麼……哈哈哈哈哈哈！」所有悲傷的情緒，在看見他哭得梨花帶淚的表情之後全消失了。

控制不住想爆笑的衝動，我努力不讓自己笑出聲，但是顫抖的雙肩卻不客氣地取笑著謝康旲。

「不要笑，我真的很難過。」他瞪了我一眼，默默又抽了幾張衛生紙拭淚。

我輕輕地搭上他的肩。「乖！別哭了！那都是演出來的。」

「如果妳是那個女學生，妳會不會等六十年。」他一邊問，一邊哽咽，害我又不小心笑了出來。

「不會，六十年太久了，但是我會永遠把老師放在心裡面。」

「我也是，就把最愛的人放在心裡面。」說完，他的眼淚又再度潰堤。

我輕輕將他攬進懷裡。「你猜，要是李涵知道你哭成這樣，她會笑得有多開心。」

謝康昊緊張的推開我，用力摀住我的嘴巴。「不可以跟她說，妳要把這個祕密帶到棺材裡，不然我這輩子就毀了。」他誇張的舉動惹得我哈哈大笑。

全場充斥著悲傷的情緒，唯獨我一人是笑著走出場外的。

「妳絕對不可以告訴李涵，絕對不可以喔！」走出戲院時他拉住我的手。

「知道啦！」

「如果她知道的話，我會去自殺，我說真的。」謝康昊像是懷疑我耳聾一樣，在我耳邊大吼。

「我知道啦！這是我們的祕密。」

見他一臉懷疑，我嘆了一口氣。「我發誓，我絕對不會告訴李涵，你剛剛在電影院大哭特哭，哭掉半包衛生紙。」

「後面那些不用說出來。」他腦羞的掉頭走掉。

看他頭也不回的往人群裡走，我揚起笑容。「謝康昊，你如果不回來，我就要馬上打給李涵。」

他停下腳步，緩緩轉過身。「妳怎麼這麼無恥啊！」

看著他無助的表情，我露出燦爛的笑容。「跟你上次假裝生氣比起來，真的還好而已。」

他垂下雙肩，走到我面前。「果然小人與女子難養也。」

「喂！李涵喔！」我拿起手機。

「對不起啦！對不起！」他飛快抽掉我的手機。

那個傻瓜可能到現在都不知道，我當天晚上回去就跟李涵講了。李涵還笑到尖叫。

「我帶你去一個地方，在後火車站附近。」我牽起他的手。

「後火車站不是都開賓館嗎？」他曖昧的看著我，還緊緊抓住自己的衣領。

「拜託你不要秀下限。」我翻了一個白眼，鬆開他的手，自顧自地往前走。

他跑到身旁，輕輕地牽起我剛才鬆開的手。

「就是前面那座天橋，它叫心鎖橋。」我指向前方。

「要做什麼？」

「要去鎖住我們的愛情啊！」我拿出口袋裡早就準備好的鎖。

「我們的……愛情……」他遲疑了一下。

「不然我是你的什麼人？」我偏著頭，表情嚴肅的看著他。

「妳是我未來的女朋友啊！」他瞥過頭，卻藏不住雙頰上的紅暈。

「那就走吧！」

心鎖橋有一個美麗的傳說，只要和心愛的人一起在這裡繫上一個鎖，透過火車急駛瞬間的力量，衝擊N度空間，就能願望達成。

看完海角七號，更堅定了我要帶著他來的決心。

也許有一天我們會分開，也或許我們不小心就白頭到老。

但未來太遙遠，沒有人可以去證明永恆它真的存在。

至少此刻的我們是相愛的，那麼鎖住心願的瞬間，就是我們的永遠了。

這裡有我們愛過的證據，那就夠了。

「在這邊寫上我們的名字好嗎？」我遞上立可白。

「好啊！」他小心翼翼的在鎖上，寫著我們名字的縮寫。

小小的昊、小小的秧。

曾經我說過這麼好聽的名字跟他一點也不配，但是此刻我才發覺，這麼好聽的名字，就是為了這麼美好的他而存在的。

「等一下火車經過時，我們要一起許願喔！」我興奮的拉住他的手。

「快來了！快來了！」他又叫又跳的指向遠方的火車。

「十六點四十五分往七堵方向區間車旅客，請在1A月台上車。」

車站內的廣播響起，我們緊握住彼此顫抖的手。

就在火車通過天橋的瞬間。

「我們要永遠在一起！」

我的心，從那一刻起，就留在那和我異口同聲說要永遠在一起的謝康昊身上了。

「等我們結婚的時候，一定要到這邊拍婚紗照。」謝康昊拿著相機，在屬於我們的鎖旁自拍。

「這個。」我拿出鑰匙。「如果我們結婚了，就把它丟掉；如果我們分開了，擁有它的人可以來把鎖解開。」

「給我吧！」謝康昊朝我伸出手。

「放你那邊嗎？」我輕輕的把鑰匙放在他攤開的手心上。
他用力一拋，鑰匙呈拋物線的飛出了我的視線。
「你幹麼啦！」我往前追，只可惜鑰匙已消失在遠方。
他笑著走向我「丟掉它，就沒有分開的可能了！我和妳，會永永遠遠鎖在這裡了。」
「嗯，好啊。」
我笑著點點頭。

※

「所以你們去了心鎖橋？」話筒那端傳來李涵誇張的音調。
「對啊！怎麼了？」
「我恨不得把當初繫上的鎖用鐵鎚敲斷。」李涵情緒激動的罵了幾句髒話。
「你們的鑰匙呢？」我笑說。
「找不到。」
很多年之後，我們才知道這支鑰匙的下落，它一直靜靜地躺在張毅維學長的抽屜裡。
學長一直用它來提醒著，自己曾帶給李涵的傷害。
每當他想起李涵，心鎖橋上就會多了一個落寞的身影。
心鎖橋很重，不僅僅是因為那大小不一的鎖，還有我們的回憶與哀愁。

7

一早謝康昊把熱牛奶放在我桌上。

「謝謝，這真是我的救命仙丹啊！」我抱著肚子，微笑看著他。

過沒多久，李涵抱著厚厚的書本走進教室，班導跟在她後頭，手上拿著一疊資料。

「等下我叫到名字的出列，你們是這次獲選學校菁英課程的學生。」

雖然這間學校奇怪的計畫沒少過，但這什麼菁英的，我還是頭一次聽到。

「徐思秧、宋家佑、余佳穎、高偉軍。」

「老師這是做什麼的？」高偉軍立刻舉手發問，深怕會被賣掉一樣。

「就是全學年前一百名的學生，集中一起上課的實驗班級。」老師把通知單遞到我們手中。

「很高興你們就占了百分之四的名額。」

集中上課的意思是……我們要離開原班級是嗎？

「老師！那他們不就不能回班上了。」李涵一邊發作業簿，一邊望向我們。

「是這個意思沒錯，但是他們午餐時間會回到原班級的，妳不用擔心。」老師輕敲了李涵的頭，而她的目光卻是停留在謝康昊身上。

謝康昊，一臉失落。

「李涵妳給我努力一點，我特地去查了妳的名次，妳偏偏就是那個一百零一名。」

「我才不想進那種可怕的班級，裡面的人全是讀書怪物。」李涵聳聳肩，坐回位置上。

「對了！謝康昊這是你的技藝班參加辦法。」

我順手替他拿了通知單，發現上面有很多有趣的學程，比起死板的學科內容，這確實非常適合他。

「給你吧！感覺很好玩喔！」我輕拍他的肩。

「嗯。」他點點頭收下通知單。

「心情不好嗎？」我偏著頭蹲在他身旁。

他面無表情地搖搖頭，我對著一旁發呆的李涵發出求救訊號。

「他在擔心要跟妳分開，但是不知道該怎麼講，講出來感覺太娘砲。」李涵給了我一個肯定的眼神。

我恍然大悟的喔了一聲。

「喔妳個屁！聽她在亂講。」謝康昊紅著臉，用力的朝李涵的臉頰捏下去。

「而且妳是不是還沒跟他說我們要開始補習了？」李涵甩開謝康昊的手。

「什麼補習？」謝康昊停下動作看向我。

「今天起我和李涵放學都要去補習，不能跟你一起回家了。」我低下頭，不忍心看到他失落的表情。

不見他回應，我緩緩抬起頭，對上他的視線。「對不起……」

他露出淺淺的笑容。「難怪我覺得妳好像一直有話想跟我說。」

「就是要講這件事沒錯。」我嘆了口氣。

如果我真的進了菁英班，再加上放學後的補習時間，幾乎沒有時間可以跟謝康昊相處。

搖搖頭，情緒跌落谷底，曾經我認為自己是個把課業擺第一的人，直到遇見了謝康昊，我才體會到巴不得一天二十四小時，都能膩在他身邊是這種感覺。

「告訴我，妳擔心的是什麼。」他拉起我，緩緩走出教室。

「擔心見不到你。」在謝康昊面前，我總是能輕易坦白說出內心的想法。

他微微一愣，笑著撥亂我的瀏海。「看來我們擔心的是同一件事，那就很好解決了！」

我偏頭看向他，等待著他的下一句話。

「我每天陪妳上學、下課可以去菁英班找妳、等妳補習完我再去接妳回家。」謝康昊輕輕拉起我的手。

「不要！這樣你會很麻煩！」我搖搖手，雖然我也很想一直見到他，但是這麼做只會造成他的困擾而已。

「對他來說，見不到妳，才是真正的麻煩。」不知從哪裡蹦出來的李涵，搭上謝康昊的肩膀。

「況且我們長這麼美，要是晚上回家被壞人跟蹤了怎麼辦，有他接我們比較安全啊！」李涵對我眨了眨眼。

「我又沒有要接妳。」謝康昊翻了他一個大白眼。逗得我哈哈大笑。

「你好壞喔！偏心啦！」李涵誇張地跳到謝康昊背上，嚇得謝康昊手足無措，接住她很奇怪，不接她也不對。

「李涵妳給我下來！好朋友玩也要有分寸。」生教組長走到李涵身後，用力敲了她的頭頂。

李涵吐了吐舌頭，確定組長離開後才說：「下次談戀愛拜託看場合，如果我沒來鬧，你們那麼曖昧的舉動，絕對被當戀愛現行犯抓走。」

李涵緩緩走進教室，又補了一句。「最近主任又發神經在抓情侶，你們自己小心一點。」

「李涵，謝謝！」我說。

「謝屁啊！臭三八！」她笑著睨了我一眼。

謝康昊瞪大雙眼看著我。「你們平常都這樣講話嗎？」

「嗯……會再更難聽一點。」

我和李涵就是，妳跟她講話客氣，她會覺得妳有病的好朋友。

「那妳跟余佳穎會這樣講話嗎？」

「倒是不會。」

謝康昊點點頭，看向前方。

曾經我和李涵、余佳穎是無話不談的朋友，不知從什麼時候起我和余佳穎之間，彷彿隔了一層紗，她總是對著我笑，卻不是發自內心，她對李涵一如既往的關心，卻對我保持著安全的距離。

第六章

1

「思秧，聽說妳要到我們補習班？」走進教室時，宋家佑叫住我。

「對啊！我最近數學成績有點危險。」我的視線停留在走廊上的謝康昊身上。

謝康昊發現我的目光，用脣語回應我。「怎麼了？」

我微笑著搖搖頭，這才想起來，我正在跟宋家佑講話呢！

「抱歉我剛剛恍神了！你說什麼？」

「沒有，就一些不重要的話而已。」他笑了一下，轉過頭看向我的視線方向。

謝康昊正在跟其他女同學聊天，自從他不再跟其他壞學生鬼混之後，他的女人緣就明顯的好起來了。

常常有其他班的女生遞情書，或是學妹送的小點心，雖然有點吃醋，但他總是會交給我處理，也就沒特別放在心上了。

「妳變了。」宋家佑說。

「嗯？」我看向他。

「妳現在才是戀愛該有的樣子，原來也會有人讓妳那麼牽掛啊！」他搖頭，像是認輸般地笑了。

「我以前有不牽掛你嗎？」我笑說。

「就是……」

謝康昊快步走向我，一把勾住我的肩膀。「你在跟她說什麼？」他瞪了宋家佑一眼。

「我在跟她聊以前的事，你知道的，我們曾經是……」宋家佑的眼裡閃過一絲調皮。

「管你什麼曾經，她現在是我的。」

此刻的謝康昊，就像是害怕珍愛的玩具被搶走一樣，緊緊地把我護在懷裡。

「以前她還是我女朋友的時候，你偷牽她我都沒說什麼了。」宋家佑聳肩，看著滿臉通紅的謝康昊。

是啊！還記得當初我逼問他，到底喜不喜歡李涵時，他緊緊握住我的手說：「我喜歡妳還比較有可能。」

他是在那時候，就喜歡上我了嗎？還是再更早一點呢？

「我們是在說，比起他，我更在乎你啦！」我寵溺地摸摸他的頭，而他回應我的，是一個燦爛的笑臉。

「謝康昊，你現在看起來活像隻徐思秧養的狗。」站在我們身後的李涵發出嘖嘖的聲音。

「如果說變成妳的狗，就可以一直待在妳身邊了。」謝康昊一臉認真。

「不要說這麼沒志氣的話！」我笑著搥打他胸口。

這樣打情罵俏的舉動，不意外的換來李涵一個大白眼，還外加一個雙手中指。

每一個人的戀愛模式都不同。

高偉軍和余佳穎是甜蜜的如影隨形。
宋家佑和林彤是看起來像朋友的情侶。
我和謝康昊是將對方考慮進未來的關係。
大人總愛說：「你們年輕人根本不懂愛。」
可是愛，不就是在跌跌撞撞之後才會知道，誰是最適合在一起的人嗎？

※

下課鐘聲響起，我收拾好桌面，拿起餐盒往教室外走去。
「嗨！小美女要不要跟我一起回教室吃飯啊！」謝康昊單手撐在門邊，笑著擋住我的去路。
「不是說好每天早自習結束要來找我嗎？」我雙手抱胸。
明明就約定好每天都要來找我，才剛開始就學會爽約了。
「對不起啦！我早自習跟李涵講話太大聲，被老師罰站了。」
我瞪了他一眼，拉著他的手離開，以免擋住後面要出來的同學。
「謝康昊為什麼會來？」身後的女同學們竊竊私語。
「因為徐思秧吧……」被別人指指點點的感覺很糟，我回過頭去看了她們一眼。
快速的將眼神移開，她們若無其事地從我身旁經過。
「就是因為她，妳們有什麼意見嗎？」謝康昊伸手拉住剛才開口的女生。

「沒有……」她甩開謝康昊的手，拉起身旁的朋友離開我們視線。

「我以為你懶得走來找我了。」

菁英班和原班級，整整隔了兩棟大樓的距離，他必須在十分鐘內繞過兩個深不見底的長廊。

「永遠不可能。」他笑著接過我手上的東西。「等下吃飯時，我要跟妳討論關於高職學程的東西。」

「好啊！」我走到他身旁。

聽李涵說，謝康昊變了很多。

他成為一個認真的代理班長，下課除了來找我，就是專研高職的課程。

「你有考慮讀美術班嗎？」

我們面對面坐著，李涵則是拉了張椅子，在我身旁坐了下來。

「太貴了讀不起。」他搖搖頭。

「美髮或廣告設計呢？」李涵看向他。

「我也是在這兩個中間考慮。」他一手拿著簡章，一手摸下巴。

看著他思考的表情，就像李涵所說，謝康昊真的不一樣了。

他很努力在找尋未來的方向，相較之下，我就是一個只會讀書，對其他事物毫無頭續的傢伙。

「思秧！妳有決定要讀哪所高中了嗎？」李涵夾了一塊我碗裡的滷肉，大口往嘴裡塞。

「沒有，那妳呢？」

「我要考明科高中。」李涵信誓旦旦的回答，讓我和謝康昊同時噴飯。

「屁啦！妳根本考不上。」謝康昊大叫。

「妳知道明科高中分數有多高嗎？」我伸手摸了她額頭。

「我一定會考上的，我要讓張毅維知道，配不上我的人，是他。」李涵眼神堅定地握住我的手。

「好，妳加油。」我敷衍地拍拍她的手。

曾經我對李涵的話不以為意，直到後來我才知道，仇恨支撐一個人往前的力量有多強大。

她不只考上明科高中，還考進了語文資優班。

2

「謝康昊我覺得你要讀美髮。」

李涵咬著牙刷走向正在洗碗的我和謝康昊身邊。

「怎麼說？」

「因為這樣我才可以免費用頭髮啊！」她一臉理所當然的樣子，讓我忍不住發笑。

「妳可以不要消費自己的朋友嗎？那可是他的人生耶！」我笑著推了她一把。

「那思秧妳覺得我要讀什麼科？」

「嗯……其實也是美髮啦！」我瞇起眼。「因為我也想用免費的頭髮，」

謝康昊翻了一個白眼。「兩個廢女人。」

他拿起裝滿水的餐盒往李涵身上倒，她快步跑到我身後，來不急閃躲。

潑了我一身濕。

「啊！」雖然水量不大，但是從頭上灌下來的感覺，還真不是開玩笑的荒謬。

「哈哈哈哈哈哈！」只見李涵從我身後跑出來，指著一臉錯愕的謝康昊。

「幹！妳笑屁喔！」謝康昊拉住李涵，抓起洗手台的水往李涵身上灑。

李涵抓到時機開溜，只留下一頭濕髮的我，和罪魁禍首謝康昊相望著。

「我們去保健室吹頭髮吧！」我開口。

「好。」

保健室的阿姨去吃飯了，我靜靜地坐在椅子，享受著謝康昊的吹髮服務。

「我好像真的挺適合做美髮的。」他的手勢很輕，動作卻很快。

「是啊！如果你變成設計師，我一定要當你的麻豆。」

「我是比較希望妳當我老婆啦！」他笑著在我臉頰，偷偷留下一吻。

「你都是這樣追喜歡的女生嗎？」

「不知道啊！我從小到大就只追過妳！」一股暖流從我心頭劃過。

「對了！我想問你，你把我在無名小站裡設定ＬＷＫＵＴ是什麼意思？」

「Love will keep us together.」

「老梗啦！你寫給以築也是英文句子的縮寫。」我笑著拉住他的手。

面對以築，我已經學會接受她的存在，更感謝她讓我遇見了這麼美好的謝康昊。

「但是那是抄小說的，妳的是我自己想出來的。」他激動地反握住我的手，努力想證明我是多麼的與眾不同。

「好啦！只要你不交女朋友，我永遠會等你，我們總有一天會在一起的。」我輕輕靠上他肩膀。

如果時間可以停留在這時候，那該有多好呢？

下課的鐘聲不要響起，我就不用回到那充滿書臭味的地下室，更不用跟謝康昊分開。

「你們也在啊！」背後傳來腳步聲，我猛然回頭。

高偉軍拿著女生的體育褲走了進來。

「你幹麼拿女生的褲子？」謝康昊說。

「喔！這個是佳穎MC突然來，我去幫她借褲子啦！」高偉軍臉上洋溢著幸福的笑容，拉開離我們最近的簾子。

「妳怎麼了？妳為什麼哭？肚子還很痛是嗎？」高偉軍著急地擦去余佳穎臉上的淚痕。

「止痛藥要等阿姨回來才能拿，康昊妳去幫佳穎裝熱水袋。」我從櫃子上拿出熱敷袋。

「妳不要嚇我，怎麼會痛到哭啊！」高偉軍緊緊抓住余佳穎的肩膀。

「這樣抓她會更不舒服，你先出去一下，我陪她換褲子。」看著余佳穎臉色蒼白的虛弱模樣，我趕緊把動作粗魯的高偉軍推出簾外。

「我應該……可以自己……」余佳穎伸手接過褲子，想起身卻又使不上力的跌坐回床上。

「我來吧！妳屁股抬高。」我笑著摸摸她的頭。

她的手輕輕的攀在我肩上，我身體靠近想幫她拉高褲頭時。「思秧……思秧……」

「怎麼了？」

「……」她緊緊抱著我，泣不成聲。

「妳到底怎麼了？」我輕輕回抱住她。

「為什麼……為什麼……」

「熱敷袋來了喔！」謝康昊站在簾外。

「妳乖，我先去幫妳拿熱敷袋。」我轉頭起身。

她拉住我的手。「我要高偉軍，我要他來陪我。」

「好。」

那天下午余佳穎並沒有回教室上課。

「佳穎還好嗎？」我問。

「剛送她進保健室時還好好的啊！妳們進去有發現什麼異狀嗎？」

「沒有。」我搖搖頭。

其實我很想問佳穎她那時候究竟想跟我說些什麼，但是那天過後，她卻絕口不提。

唯一值得慶幸的是，我們的感情又恢復了。

※

老師的寶寶出生了。謝康昊和李涵成功帶起了同學們一同努力的風氣，讓我們班的排名大大往上提升。

余佳穎和高偉軍朝著相同的目標前進、而宋家佑則是一直為林彤的爛成績煩惱。

只有我，成績不停退後……

「徐思秧，妳這次掉出了前十名，憑妳現在的成績，別說第一女中了，連明科高中妳都考不上。」菁英班的導師將我的考卷，狠狠地丟在地上。

「抱歉，我會多注意的。」我向她鞠了躬，默默撿起散落一地的試卷。

實在不懂，我成績退步了，為什麼要跟她道歉？

這是我的試卷、往後也是我的人生。

「我有聽到一些不好的傳言，希望妳知道自己在做什麼。」

我疑惑地抬起頭，對上導師的視線。

「妳現在最重要的是考上第一志願，而不是跟那種亂七八糟的普通班學生談戀愛。」

我瞪大雙眼看向她，這是一個為人師表該說的話嗎？

「老師，我們沒有在談戀愛，他也不是什麼亂七八糟的學生。」我緊握拳頭，被揉成紙團的試卷發出沙沙的聲音。

「我是不了解他的為人，但是妳因為他而成績下降是事實。」導師不以為意的雙手抱胸。

「既然老師不了解，就麻煩老師不要妄下定論。」離開辦公室前，我轉過頭對著導師說。

「希望妳不要拿你們的未來開玩笑，聽說他懲處紀錄一堆，還想進技藝班是嗎？」導師語氣冰冷。

我，大力，甩門。

回到教室的路上，緊握的雙手沒有鬆開過，憤怒指數度不斷攀升。

這就是我為什麼會如此討厭這所學校的原因，狗眼看人低。

十年前才華洋溢的哥哥是這樣被對待，十年後認真上進的謝康昊也還是被貼上了標籤。都已經是二十一世紀了，還存在著萬般皆下品，唯有讀書高的想法。可恥。

「嗨！小美女妳臉很臭喔！」謝康昊站在我面，笑臉盈盈地遞上牛奶。

「因為我超級不爽。」

「那我跟妳說一個好消息。」他湊到我耳邊。「我這次段考考了第三十名喔！」

「真的嗎？」我拉著他的手又叫又跳。

「對啊！所以我們……」他雙手按住我的肩膀，一臉認真的說。

「咳……徐思秧，妳忘記剛剛我們在辦公室的談話內容了是嗎？」導師的聲音在我身後響起。

我輕輕嘆了一口氣，接過謝康昊手上的牛奶。「謝啦！回去幫我謝謝李涵的牛奶，跟她說我很開心，更開心她這次考那麼好。」

謝康昊一臉錯愕看著我，我朝他使了個眼色。

「李涵說記得要趁熱喝喔！那我先回去了。」

他點點頭，轉身離開。

經過導師時，導師輕輕拉了他胸前的學號。「謝康昊。」

謝康昊停下腳步，靜靜地看著導師。

「快回去啊，這裡不是你這種學生該來的地方。」

謝康昊張大眼睛看向老師。「我是哪種學生？」

「像你這種不讀書的學生，不要來影響徐思秧這種有大好前途的人，她現在要做的是考上好學校，不是跟你這種人浪費時間。」

「老師！您說這話是否太過分了！」一道熟悉的聲音響起，是李涵。

「這不是廖老師極力想用關係，塞進來菁英班的李涵嗎？」我很討厭菁英班的導師，她那藐視人的態度，真讓我感到噁心。

「我可一點都不稀罕。」李涵大步往前走。「我們走！」拉著謝康昊離開我們的視線。

謝康昊受傷的表情在我眼前一覽無遺，我的心好痛，想伸手擁抱他，卻無能為力。

如果我是李涵該有多好，我就能正大光明地拉著謝康昊離開這裡、我就能待在他身旁一起慶祝這次的好成績。

可惜我不是，我是那個本身存在就讓他感到自卑的，徐思秧。

3

「謝康昊今天心情還好嗎？」我完全無心在白板上的畢氏定理，滿腦子都是謝康昊那難過的表情。

「不用擔心啦，我已經幫妳好好安慰他了。」李涵輕輕搭上我的肩。

「妳確定不是嘴砲他？」我斜眼看她。

「是有嘴一下啦！不過他心情沒什麼被影響到。」李涵笑了一下，繼續埋頭抄筆記。

「那就好……」我看了看手錶，這時間謝康昊應該差不多在樓下等我了。

「今天就不當電燈泡了！妳好好給他愛的鼓勵吧！」李涵一下課就背起書包朝大門跑去，好不容易穿過人群，我一眼就看見謝康昊了，他帶著淺淺的微笑站在對向馬路，朝我招招手。

「怎麼站在這邊？」

「這邊很多菁英班的同學啊，不想害妳被他們說閒話。」謝康昊聳聳肩。

「今天下午的事情……」我勾起他的手。

「沒事的，我不會放在心上。」

「恭喜你考第三十名，只是我想……交往的事情，我們先緩一緩好嗎？」

他聽下腳步，轉過頭來看我。「為什麼？」

「因為我們導師最近盯很緊，如果她去主任那邊告狀，我怕你進不了技藝班。」

「進不了就進不了啊！」他激動地撥開我的手。

「不行！那是對你來說最好的升學管道。我們都可以等這麼久了，晚一點在一起也沒關係啊！」我試圖想安撫他的情緒，他卻轉過身去背對我。

「我不要，我都已經那麼努力了。」

「你乖，這樣對你比較好。」我從身後輕輕地環抱他。

他低著頭小聲的說：「可是我……沒有安全感……」

我跑到他面前，雙手捧住他的臉，踮起腳尖。吻了他。

「在這個世界上，沒有任何人可以取代你。」

「……」他傻楞楞地看著我。

「我們會在一起的，不急著現在。」我再一次湊到他面前。這一次，他緊緊環住我的腰，用十分生疏的技巧，親吻著我。

鑽進他懷裡，感受著他的心跳。「我喜歡你。」

「那現在就跟我在一起。」他低下頭來看著懷中的我。

「吼！我真的不想再經歷一次，因為被老師抓到而分開了。」

「我不會像宋家佑那樣讓妳一個人獨自面對。」

「但是我不想要你再被記過。」收緊環抱著他的手臂。「我想看著你順順利利的朝夢想邁進。」

「好吧！遇到妳，我永遠都只有妥協的份。」他輕輕地笑了。

一道刺耳的煞車聲將我們拉回現實。

「天啊！」聲音的來源，大概是在離我們不遠的地方。

「剛才那撞擊聲好大。」

謝康昊牽緊我的手，選擇了與聲音反向的路。

洗完澡之後，發現我的手機有二十幾通的未接來電，是謝康昊。

「喂！你怎麼打那麼多通？」

「剛剛那個車禍……是李、李涵。」他努力讓顫抖聲音，拼湊出一段完整句子。

「什麼！那她現在在哪裡？」我抓起外套往家門口狂奔。

「在市豐醫院的急診室……」

「我馬上到。」

從剛剛聽到的聲音，就能感受到那力道之大。

我們都是一起回家的，她是為了讓我們獨處才會自己繞路，李涵若有個三長兩短我該怎麼辦……

跑進急診室大廳，只見李涵的媽媽癱軟在謝康昊懷裡，醫生正在和李涵的爸爸哥哥講話。

「她現在怎樣了？」我蹲在謝康昊面前，眼淚模糊了視線。

「手腳有骨折，不過醫生說沒有生命危險。」李涵的哥哥輕輕扶起我。

「怎麼會這樣……」我緊緊握住李涵哥哥的手。

隨著謝康昊的目光，我看見了一個熟悉的身影。

「為什麼你會在這裡？」我緩緩地走向他。

「叔叔、阿姨、哥哥，對不起。」他深深九十度鞠躬。

「張毅維……到底為什麼李涵會出車禍？」我大吼。

「我想找她談談，可是她一直跑，我追了上去……」他吸了一口氣，困難的開口。「然後車子就從巷子裡衝了出來，撞到了她……」

張毅維拖著沉重的步伐，雙手緊握著書包。「對不起，我真的不是故意的。」始終低頭不語的李涵爸爸緩緩抬起頭。「叔叔拜託你，不要再靠近我女兒了。」

張毅維點頭，嘴裡不斷道歉。

「思秧，時間不早了，妳先帶康昊回去吧！」直到李涵的哥哥開口，我才發現謝康昊蒼白著臉，用不斷發抖的手安撫著李涵的媽媽。

「那李涵手術結束之後，再麻煩哥哥跟我講一下。」哥哥朝我點點頭。

雙腳一踏出急診室，謝康昊就伸手緊緊住我。「我差點以為李涵會跟以築一樣，就這樣死掉了……」

「沒事！沒事！哥哥不是說沒有生命危險嗎？」我輕拍他的背。「李涵不會有事的，她生命力比蟑螂還強。」

也許是經歷過生離死別的苦，謝康昊才會如此害怕失去，我靜靜地牽著他的手走在回家的路上，這是第一次由我送他回家。

「洗完澡趕快睡，我們明天再一起去看李涵。」

「好，那妳到家打給我。」

那一夜，我輾轉難眠，直到凌晨接到了李涵哥哥的電話，才放心闔眼。

「手術很成功喔！不用擔心。」話筒傳來哥哥疲憊的聲音。

「那我們明天可以去看她嗎？」

「她的臉上有擦傷，我不確定她要不要讓你們看。」哥哥的笑聲傳來，我才真的鬆了一口氣。

「也是，她那個死愛面子的。」
後來，她還真的不讓我們看……
等我們見到她，已經是傷口結痂的時候了，除了臉上的擦傷，還有她那如木乃伊般的石膏。
謝康昊貼心地將她左腳的石膏畫上了靴子、左手畫了刺青圖騰。
而那個瘋癲的女人，還有心情跟隔壁病床的人炫耀「我是史上最時髦的車禍病患」。

※

少了李涵的日子，耳根子特別清淨，卻也特別孤單。
我和謝康昊依然一起上學、補習下課了一起去看李涵。
雖然我們還沒在一起，卻也像情侶一般相處著。
「徐思秧妳男朋友好像在外面。」早自習結束時，座位隔壁的同學拍拍我的肩膀。
「喔！謝謝！」我立刻起身。
「等等！」他伸手擋住我的去路。「導師在看妳。」
「靠……」我低聲咒罵。
他看了導師一眼。「還是我去幫妳跟他說，妳現在不太方便。」
「好啊！麻煩你了。」我從抽屜裡拿出便利貼，快速地寫了幾個字，請同學幫我轉交給謝康昊。

我餘光看見謝康昊對同學點點頭，便失落的轉身離去。

「對不起……」我鼻頭一酸，靜坐在位置上哭了起來。

「他說這是給妳的。」同學將巧克力放在我桌上。「喔，對了！他說沒事的，妳不要放在心上喔！」

聽到謝康昊說的話，我心裡泛起一股暖意，他始終是這麼的了解我。

「謝謝你的幫忙，抱歉，我還不知道你的名字。」我揉揉鼻子看向他。

「我叫徐浩。」

「你也是單名啊！跟我最好的朋友一樣。」我拆開謝康昊給我的巧克力，大口的往嘴裡塞。「抱歉，這個我不想分你吃。」

「嗯？喔……沒關係，我也不喜歡吃。」他輕笑。

我將視線轉移到桌面上的講義，打算結束我們的話題。

「妳說的朋友，是李涵嗎？」他說。

「你認識她？」我抬頭。

「她的前男友是我表哥，所以我認識她，但是她不認識我。」

聽到李涵的前男友，我不禁皺起眉頭。「原來是因為那個垃圾啊！」不小心脫口而出，我趕緊摀住自己的嘴。「對不起。」

「哈哈沒有關係，我多少知道一些他們的事情。」他搖搖手。「那李涵車禍的傷還好嗎？」

「她復原得滿快的，但是你不要問我她在哪裡，因為我怕你會告訴張毅維。」我眯起眼，提高緊覺。

「好吧！果然行不通。」他聳聳肩，翻開課本，我們結束對話。
終於讓我等到午餐時間，興高采烈的跑到，我和謝康昊約定好的轉角，等待他的出現。
「那麼開心還哼歌啊！」謝康昊的聲音在我身後響起。
「因為吃到你的愛心巧克力。」我笑著轉過身，對上他燦爛的笑臉。
「今天幫妳傳紙條的是新朋友嗎？」他接過我手中的餐袋，並肩走回教室。
「不算吧！他只是順手幫我一個忙而已。」我搖搖頭。「不過，你知道世界有多小嗎？」
「難道他是誰的親戚嗎？」
「你怎麼知道？」我瞪大眼睛看向他。「好聰明！」
「不然妳是要真的跟我說世界有多小嗎？」他笑著輕推我額頭。
「那個男生，他是張毅維的表弟。」
「那妳有告訴他李涵現在在哪裡嗎？」
我大力搖頭。
「很好！還有，記得不要跟他太好。」他伸手攬過我的腰。
「為什麼？你怕他會套我話是嗎？」我抬頭看他。
他彎下腰，湊到我面前說：「因為我會吃醋。」

4

「早安。」徐浩朝座位上的我點點頭。

「早。」我微笑面對他。

打開今天的早餐，是我最愛的起司蛋餅，謝康昊總是罵我吃這沒營養，卻還是會替我準備。

「妳好像很喜歡吃這個。」徐浩的目光停在我的早餐上。

「嗯，因為是我喜歡的人買的啊！」

他點點頭，拿出吐司，一邊吃一邊讀書。

「思秧，妳過來一下。」坐在最後方的宋家佑對我招招手。

「怎麼了？」我小跑步過去。

「昨天林彤在辦公室打工的時候，看到導師在跟徐浩講話，有提到妳跟謝康昊的名字。」宋家佑小聲地說。

「靠……他該不會是出賣我吧？」

我看向前方徐浩悠哉的背影瞪大眼睛。

「我不確定，因為林彤說他講話很小聲。」宋家佑拍拍我肩膀。「還是我現在去幫妳問他。」

「沒關係，我自己可以。」我深深的嘆了一口氣。「他們那一家子，果然都沒好東西。」

「可以談談嗎？」我點點徐浩的肩膀。

我們走到教室外的走廊，他輕輕倚靠在欄杆上。「我們有什麼好談？」

「你是不是有跟導師說我跟謝康昊的事情？」

「不是我說，是她自己問我的。」他背過我。

「那你說了什麼？」

我用力扳過他肩膀。鼓著腮幫子，死命瞪著他。

「徐思秧！妳紅杏出牆喔！」遠處的高偉軍大叫。

「才沒有，我只是有很重要的事情問他。」

我朝高偉軍比了中指，轉過頭看著徐浩。

「那你跟老師說了什麼？」

他聳了聳肩。「我說，張毅維想去探望李涵，但是因為李涵她爸拒絕，所以只好託我幫忙拿東西給謝康旲，由謝康旲轉交，跟妳一點關係也沒有。」

我瞇起眼。「真的嗎？」

「不相信也沒差，反正那是妳們的事。」他瞥了我一眼，轉身回教室。

「欸！謝謝！算我欠你一次人情。」

「沒關係。」

5

「思秧我跟妳說，最近有一個女生很常來班上找謝康旲，她總是問一堆畫畫的事情，但是我覺得她根本是想接近謝康旲而已。」下課時，余佳穎快步跑向我。

她因為段考退步太多，被趕回原班級了。在這即將迎接三年級的時刻，老師們決定集中管理大家，我們已經無法再回原班級吃飯，每當打掃時間余佳穎就會跑來跟我們閒聊。

「她常常去班上是嗎？」

「對！而且我勸謝康昊要跟她保持距離，他都說我想太多了吧！」余佳穎憤憤不平地緊抓著我的手。

我點點頭。

「會不會妳真的想太多了，謝康昊不是會跟女生搞曖昧的人。」高偉軍站在我們身後。

「可是真的很奇怪啊！而且他是不是都沒跟妳說。」余佳穎看著我。

因為最近爸媽吵著要離婚，我已經無暇顧及謝康昊，就算他仍是每天接我上下學，我們談論的也都是我家裡的情形。

我似乎，忽略他很久了……

「我再找機會問問他吧！」我微笑著回應余佳穎。

「高偉軍！班導找你。」徐浩對我們招手，高偉軍快步跑向他。

看著高偉軍離開的背影，余佳穎湊到我耳邊。

「雖然高偉軍說不要告訴妳……」

第七章

1

放學時分，我拖著沉重的步伐，緩緩走向美術教室。

「這邊不太對，要再加一點陰影。」一個漂亮的女孩站在謝康昊身後，伸手指導他如何畫畫。

窗戶的角度讓我看不到他們畫的內容，不知道謝康昊說了什麼，那女孩露出一股幸福的笑容。

「真的畫得很漂亮耶！」女孩驚呼。

「那當然，因為我的麻豆很漂亮啊！」謝康昊笑著說。

「你好會講話。」女孩睨了他一眼。

我記得那個笑容，就是那樣燦爛溫暖的笑容偷走了我的心。

不敢相信這樣的畫面會出現我的面前，曾經聽李涵說過，背叛，會讓人心臟痛到像被千刀萬剮，想哭又沒有力氣哭。

我現在就是這樣。

「他們這樣已經有一陣子了。」余佳穎在我耳邊說。

「……」我連說話的力氣都使不上來，靜靜地看著教室內和諧的畫面。

那個女孩都跟他一樣會畫畫是嗎？他們是普通朋友嗎？還是已經是情侶呢？

「他如果被別人搶走了呢？」腦海裡閃過高偉軍的話。

如果他被別人搶走了，沒道理再對我好啊？

他的女朋友也不可能讓他接送我上下學不是嗎？

「我要去問清楚。」我鼓起勇氣。

「等一下！」余佳穎用力拉住我。「如果他們真的在一起了，妳現在進去只會更難堪。」

「那我要怎麼辦？」我無助地看著她。

「單獨約他出來談談，就只有你們兩個。」余佳穎環抱住我。「我幫你跟他約，妳先去補習吧！快遲到了！」

「好吧！」我點頭，離開。

走出補習班已經是天黑了，我剛剛傳了簡訊騙謝康昊今天家裡有事，不用來接我了。

「今天怎麼一個人走？」才走一段路就遇到了宋家佑。

「沒什麼。」我搖搖頭。

沒打算再搭理他，我直直地往前，他走到我身旁。「妳和謝康昊吵架了是嗎？」

我搖搖頭。

「但是他在對面等妳。」宋家佑拉住我的手，指向不遠處。

看見謝康昊路燈下的背影，我鼻頭一陣酸，淚水濕了眼眶。

「妳怎麼了？」宋家佑不知所措地從書包裡拿出面紙。

「你幫我一個忙好不好？」

「好，妳說。」

我請宋家佑去跟謝康昊說，我已經被我爸接回家了……

隔天一早我推開家門，就看見謝康昊站在門前，打了一個大大的呵欠。

「早安！」我說。

「早啊！我已經幫妳買好早餐了！」他微笑著遞上早餐，眼下的黑眼圈十分明顯。

「你最近很忙嘛！」他為了那女孩熬夜了嗎？我冷笑。

「妳為什麼是這個口氣？」他不悅地皺起眉頭。「而且很忙的是妳吧！」

他沒有等我，便自顧自的往前走，我伸手摸了一下早餐，已經有點冷掉了。

他很早就來等了是嗎？

會不會昨天的事情是一場誤會呢？

「你最近是不是有什麼事情瞞著我？」我說。

他停下腳步，緩緩轉過身。「沒有。」

「那你……」我正準備開口。

「徐思秧？」徐浩騎著車從我旁邊經過。「這是妳的嗎？掉在回家的路上，昨天妳走得太快，我來不及還給妳。」

他將我書包上的吊飾還給我。

「是我的，謝謝。」

「嗯，掰掰。」

他踏上腳踏車飛快離開我的視線。

謝康昊冷冷地說：「妳不是給妳爸載嗎？為什麼會掉在回家的路上？」

「……」我低下頭，淡淡說出口。「其實我想自己走。」

「那真是抱歉，我果然真的造成妳的困擾了。」謝康昊瞥開眼，雙手握拳。

「我為什麼聽不懂你在說什麼？」不明白他這樣的反應，該生氣的人不是我嗎？

他為什麼一副受害者的樣子？

「妳當然不會懂，因為就像妳說的，我們是不同世界的人。」說完，他快步跑出我的視線。

「謝康昊已經蹺課三天了，妳知道他去哪裡嗎？」剛回到學校的廖老師問我。

「不知道。」我搖頭。

「你們吵架了嗎？」

「算是吧！」我深深嘆了口氣。

如果我們真的吵架也就算了，至少道個歉也就好了。

問題是我們兩個之間似乎有個解不開的結，而這一次，誰也都不願讓步。

「謝康昊說他明天就會來上課了。」高偉軍走向我們。「他好像去台北找他姑姑。」

「那他也要跟我講啊！這個死小孩。」老師不悅地皺起眉頭。

確定他不是跟那群混混在一起之後，我鬆了一口氣。

答應我的事情，他還是有做到的，那麼這一次就讓我先破冰吧！

我默默地轉身退出辦公室。快步跑回班上，正巧碰上從廁所出來的余佳穎。
「佳穎！佳穎！」我抓住她，努力的平緩呼吸。
「怎麼了？有話慢慢說。」她輕拍我的背。
「明天……明天謝康昊會回來上課，妳幫我跟他說，我放學在南側門等他。」
「好，放學南校門，收到！」余佳穎笑著對我比出ＯＫ的手勢。
確定佳穎收到我的請託，我放心轉身離開。
在回教室的走廊上和林彤擦身而過。「思秧！」
「嗨！」
「妳最近是不是謝康昊吵架了？」她拉住我。
「應該說是有誤會吧！我會找他講開的，不用擔心喔！」我微笑著。
「我是想跟妳說……」看見余佳穎從走廊的另一端開心的走來，林彤快速湊到我耳邊說：「有些話真的要兩個人當面講比較好。」
我疑惑地看著林彤，她只是用力將我往前推。
「不確定的事情我不敢說，但是你們兩個人一定好好講開。」
上課鐘聲響起，我奮力的往教室跑去。
終於趕在最後一秒進到教室，卻也忘了林彤對我的叮囑。
距離約定好的時間，過了一個小時。
我已經不知道是第幾次舉起手錶了，謝康昊還是沒出現。

蹲坐在校門邊，我逗弄著身旁的含羞草。「他會不會等錯門口了呀……」

三年級的學長姊都走出校門，我連謝康昊的影子都沒看見。

「如果上學可以帶手機就好了，去你的校規！現在還要不要等啊！」我不耐煩打算起身。

「思秧？妳怎麼還在這裡？」余佳穎驚訝地走向我。

「我不是有說要等謝康昊嗎？妳沒跟他說嗎？」

「有啊！我當然有說！只是都幾點了！妳怎麼還在？」看見她穿著便服提著晚餐，我才意識到，原來已經那麼晚了。

「他可能忘記了吧！」我聳聳肩，失落地看向她。

「難道他沒有來跟妳說嗎？」

「說什麼？」

「上次和他一起畫畫的那個女生，今天身體不舒服早退了。」余佳穎緊緊皺著眉頭。「謝康昊好像要去看她，我以為他會先跟妳說的。」

瞪大雙眼我用力搖頭，不敢相信我聽到的。

「早知道我就直接妳說了，妳看妳在這邊養蚊子養多久了！」她拉起我，氣憤地說：「笨蛋！他沒來就不要傻傻地等了啊！」

我不記得余佳穎後來還說了些什麼，只記得回到家時，媽媽對著沒去補習的我氣得大吼大叫。

2

「喂！」我無力的按下通話鍵。

「北鼻最近還好嗎？」電話那頭傳來李涵的嘻笑聲，至從她的手機在車禍報廢後，這是我第一次接到她的電話。

「我可能快自殺了。」

「不要！千萬不要！我明天就回去拯救妳了！」沒聽出我的異狀，她笑著說。

「妳要回來了？」

「對啊！強勢回歸！」李涵興奮地大叫。

「太好了！」我語氣平淡說。

「妳怪怪的。」

「發生了一些事情，等妳回來講。」

隔天我特別起了一大早在校門口等待李涵。

「思秧！」宏亮的聲音從遠處傳來。

謝康昊扶著李涵，她拄著拐杖一步一步的走向我。

「妳們菁英班也太沒人性了吧！竟然那麼早上學。」李涵嘟著嘴嚷嚷。

「什麼？」我偏著頭看她。

「謝康昊說的啊！我想說妳怎麼沒跟他一起來接我。」

「喔……對啊……」

我看了謝康昊一眼，他撇開了視線。
他輕輕把李涵交到我手上。「我先幫妳拿東西進教室。」轉過頭對著李涵說。
謝康昊離開之後，李涵瞇著眼一臉八卦湊到我身邊。「你們吵架啦！」
「妳可不可以幫我問一件事，我需要知道答案才能告訴妳，我們是不是吵架了。」
「雖然我車禍沒有撞到腦，但是我為什麼聽不懂？」
「李涵，拜託妳，這個答案對我來說很重要。」我緊握住她的手。
「好吧！妳要我問什麼？」
「就是……」

※

我全身癱軟地趴在桌面上，又是那該死的經痛。
「妳還好嗎？」徐浩輕敲我桌面。
「死不了。」我閉著眼說。
「那李涵在外面等妳。」
聽到關鍵字我快速起身，直奔教室門口，看見拄著拐杖的李涵，笑盈盈地拿著一瓶牛奶。
「我很努力的把妳要的答案帶來了！」
「妳幹麼特地跑來，放學去補習班再說就好啦！」我輕推她額頭。

她搖搖頭遞上牛奶。「這瓶牛奶的主人可等不到放學。」

「妳真貼心。」我笑著接過，牛奶還是熱的。

「不是我，是謝康昊。」她朝我揮揮手。「妳要我的答案啊……」

「話不要說一半，快點！」我不耐煩地推了她一把。

「他說他去探病，探完病就回家了。」

轟的一聲，我的腦袋像被炸開一樣。

原本還抱持著一絲絲的希望，是余佳穎弄錯了，或是她根本忘記告訴謝康昊，所以才編了一個謊言搪塞我。

不過現在看來，她所言不假。

「妳臉色為什麼那麼差？肚子很痛嗎？」李涵緊張的看著我。

「妳說……這牛奶是他給我的，對嗎？」我看著手中熱到發燙的牛奶。

「是啊！他說妳臉色很差，應該是好朋友來了！」李涵點點頭。「快上課了！我要先回去了！」

「嗯，掰掰。」

之後的每一天，李涵都會帶著熱牛奶來找我，卻沒有一次提起過謝康昊想對我說些什麼。

如果他真的喜歡上那一起畫畫的女孩，又為何要送我牛奶？

「妳有心事？」目送李涵離開後，徐浩站到我身旁。

「果然很明顯，但那個笨蛋怎麼都看不出來呢？」我看著李涵一拐一拐的身影。

「我倒不覺得她看不出來，應該說是，她也很無奈。」

我轉過頭看向徐浩。「不懂。」

「妳和謝康昊吵架，她夾在你們中間，選哪一邊都是在為難她。」說完徐浩便轉身回教室了。

我靜靜思考著徐浩的話。

沒有錯，我和謝康昊的冷凍氣氛，李涵她是絕對不可能沒發現的。

我竟然還自私的希望她能發現，然後替我好好處理。

「思秧，我可以問妳一個問題嗎？」

某天補習下課時，李涵拉住我的衣角。

「當然啊！該不會是剛剛那題，老師講解三次的題目妳還聽不懂吧？」

她面無表情地搖搖頭。「妳跟謝康昊，到底發生了什麼事？」

「我們……沒事啊！」

「騙人！你們兩個都說沒事！如果沒事為什麼會變現在這樣？」她語氣激動起來，一個重心不穩差點摔到地上。

我用力拉起她，讓她能倚靠在我身上。「李涵，我們不要提他好嗎？」

李涵驚訝地抬起頭說：「為什麼……」

徐浩說得對，不管要選擇誰，都是在為難李涵。

如果我告訴她，這一切都是因為謝康昊喜歡上別人了，她一定會很生氣的。

也許她會像曾經對待宋家佑那樣，和謝康昊老死不相往來。

但她是謝康昊很重要的人，不能因為我，就讓他們的關係改變。

我靜靜凝視著李涵。「因為他不能沒有妳這個朋友。」伸手將李涵抱在懷中。「而我也是。」

「為什麼我都聽不懂？為什麼我一回來事情就都不一樣了？」李涵的眼淚就快要奪眶而出了。

我輕拍她的背。「對不起，但是我真的不知道怎麼跟妳說。」

「妳還當我是朋友嗎？」她輕輕推開我。

「就因為我當妳是朋友。」我看著她。「所以不要逼我好嗎？」

「好吧！我尊重妳。」她點頭，牽起了我的手。

如果當時的我，沒有自以為成熟的做了決定，那麼也許我們的故事就會有轉機。

可惜我就是這麼自以為。

水瓶座該死的，對自己的想法太有自信。

3

「這次模擬考完，相信大家發現走了很多同學，當然我們也會讓這次考進百名榜的同學進來！」導師朝著門外的同學們招招手。「適者生存，不適者淘汰，在基測之前，全部都給我繃緊神經。」

李涵站在講台邊對我揮揮手，導師給了她一個離黑板最近的位置。

「李涵成績這麼好？」徐浩瞪大眼睛看著我。

「託你哥的福。」我笑說。

不過她本人表示：「我他媽才不想進來這個鬼地方咧！」

※

「思秧！佳穎找妳喔！」高偉軍說。

「喔！」自從李涵回來學校之後，佳穎就很少來找我。

「今天午休在木工廠，謝康昊他有事情找妳。」

我疑惑地點點頭。「喔……了解。」

午休鐘聲一響，我便從後門偷偷溜了出來，沿途上不停地東張西望，深怕一個不小心會被巡邏的糾察隊抓到。

我站在木工廠門前，卻怎麼也找不到謝康昊的身影。

「該不會是被整了吧……」我長嘆了一口氣。

「妳怎麼會在這裡？」

謝康昊的聲音在身後響起，我用力地回過頭。

「不是你……」我看見謝康昊身旁，站了一個陌生的女孩。

謝康昊看了她一眼。「我先跟她講個話，妳等等我。」

女孩默默走到一旁，謝康昊將目光轉移到我身上。「妳為什麼會在這裡？」

「不是你叫余佳穎約我來的嗎？」

「我沒有啊！」他搖搖頭。

「那你又為什麼會在這裡？」我心裡滿是疑惑，疑惑著余佳穎要我來的用意，但是我更在意的是他跟那女孩來這邊的目的。

「跟妳有什麼關係嗎？」謝康昊冷漠的語氣讓我感到心寒。

說什麼喜歡我、說什麼我很重要，不過都只是說說。

「是沒有，那我走了。」調頭，轉身。

「她是要來跟我告白的，在這裡，在妳離開之後。」

我握緊拳頭，深呼吸一口氣。

腦海中閃過無數種阻止他的話語，只可惜最後，我仍是緩緩地吐出了一句。

「關我屁事。」

「嗯。」

落荒而逃，應該是此刻對我最好的形容詞。

經過那女孩身邊時，我瞧了她一眼便加快腳步離開。

「雖然很過分，但是我相信妳的告白會失敗。」我是這麼想著的。

眼淚模糊了視線，來不及閃開眼前障礙物，我就這樣不偏不倚的，摔進了花圃。

狼狽地跌坐在泥土上，用著滿是泥巴的手，擦著怎麼也停不了的淚。

「思秧。」一隻白皙的手朝我遞上了面紙。

「妳為什麼騙我？」我抬頭看她。

「對不起。」余佳穎蹲在我身旁。「因為我覺得與其跟妳說，倒不如讓妳親眼看到。」

「看到什麼？看那女的對謝康昊告白嗎？」我氣憤地推開她的手。

「因為這樣妳才會放棄，才不會繼續受傷。」

她輕輕地替我擦拭臉上的汗漬。

「就像妳曾經要我在謝康昊面前，放棄自己的喜歡一樣。」她臉上似笑非笑的表情，讓我感到害怕。「我真的放棄了，選擇高偉軍。然後得到幸福。」

「妳到底在說什麼……」

「妳也可以的，只要放棄謝康昊，妳就不會再難過了。」她伸手想擁抱我。

「妳讓我看到這一切，都只是想報復我嗎？」我閃開了

「不是！我是真的希望妳不要再為他難過了，他是不會去同情，他不喜歡的女生，我就是過來人，所以我不希望妳跟我一樣受傷。」余佳穎淚流滿面地看著我。

此時此刻我的大腦完全無法思考，這一切到底是在哪個環節出了差錯？

好想，靜一靜。

「妳不要過來。」聽見余佳穎的腳步聲，我大吼。

我邁開步伐，一路往頂樓狂奔，用力推開鐵門，一道黑影閃過我面前。

「誰？」門被一股強大力量壓制著。

「抱歉！」我快速收回手。

正當我轉身下樓時，一個熟悉的聲音響起。「徐思秧？」

「誰？」我轉過身，看見了徐浩，手上還叼著一支菸。
「妳在這裡幹麼？」他面無表情看著我。
「那你又在這裡幹麼？」
「抽菸。」說完，他熟練地熄掉菸蒂，拉開鐵門讓我進去。
「裡面還有其他人在抽菸嗎？」我站在門邊。
「只有我一個。」
我輕輕推開門，門外是一個可以遠眺外面世界的空地。
緩緩地走向圍欄，徐浩伸手拉住我。「妳不會是想跳樓吧？」
「只是想吹吹風。」看了他一眼，有那麼一秒，就一秒，謝康昊的影子重疊在他的身上。
伸手拉住我的那一刻，我以為，是謝康昊回到我身邊了。
「那妳慢慢吹，我去旁邊抽菸。」他放開手，朝反方向走去。
「你會拒絕她的，對吧？你只是在鬧脾氣，對吧？」我望著晴空萬里的天空，心裡卻是烏雲密布。
「走了！快要上課了！」徐浩點點我的肩。
「嗯。」跟著他的腳步，我緩緩走下樓。
「所以妳上去頂樓幹麼？」
「靜一靜。」我說。
他聳聳肩，沒有要接話的意思。
「你為什麼會抽菸？」

「因為我爽。」他轉過頭來，對我挑眉。
我停下腳步，看著他的背影發楞。
為什麼？為什麼他會這麼像以前的謝康昊？
「抽菸死得快。」
「失戀是不會死啦！但是妳的臉看起來跟死人沒什麼兩樣。」他輕笑。
「我才沒有失戀。」我瞪了他一眼。
努力假裝一切都沒有發生過，依然每天和李涵講屁話、偶爾到頂樓吹吹風。
很多人都說徐浩沒有朋友，但我想，只是徐浩不想交朋友罷了！

※

「他交女朋友了。」我困難的吐出這句話。
「誰？」李涵一頭霧水看著我。
「謝康昊。」
「屁啦！怎麼可能！妳聽錯了吧！」李涵激動地從椅子上跳起來，用力地抓著我的雙肩。
「我也，以為……可是剛剛……他親口跟我承認了。」
「不可能！絕對不可能！」李涵拉著我。「我們去問清楚。」大步往門口走去。
我甩開她的手，站在原地。「他是真的，走向另一個女生了。」
李涵愣在原地，她不知所措的表情，就是我此刻心情的寫照。

「李涵……」我朝她伸出雙手。

「嗯……」她走到我面前，一把將我抱住。「妳說，我在這邊。」

「我是不是做錯了什麼？」如果我做錯了什麼，他可以生氣、可以不理我、可以罵我，可是為什麼，他什麼都不說，就不愛了？

「妳沒有錯，妳是最好的，一定是有什麼誤會而已，愛是不會說變就變的。」她輕輕地拍著我的背。

「可是學長呢？不也是，說他不愛就不愛了嗎？」我看見她臉上的受傷，我們緊緊抱著彼此。

李涵深深地嘆了一口氣，輕輕抹去我眼角的淚水。「或許妳真的沒有做錯什麼，但是一個人的離開，是妳再多眼淚都換不回來的。」

「我只是想要一個理由。」不斷滑落的淚水，模糊了我的視線。

「再多的理由，都只是包裝過藉口。」李涵雙手捧著我的臉頰，曾經，謝康旻也是這樣的阻止我哭花了臉。

那時的他說：「不要為了宋家佑哭花了漂亮的臉。」那現在我為他流的淚，他還會同樣的珍惜嗎？

「他是不會去同情，他不喜歡的女生。」余佳穎的話猶如在耳。

我都忘了，我已經是那個，他不喜歡的女生了。

「不哭了！妳哭的我心都碎了。」我看著李涵淚流滿面的樣子。

曾經滄海都已難為水，又何況是我們這麼不成熟的愛情。

我們都以為這份愛會是永恆，卻忘了，也許都只是我們的以為罷了。

4

謝康昊交女友的事情，很快就在校園裡被傳開。

因為他的女朋友，是學校數一數二的美女，當然，那排行榜裡不包括我在內。

「因為妳是女神，神跟校園美女是不同等級的。」李涵翻了一個白眼。「況且謝康昊他女朋友一點也不漂亮。」

正如我所想的，李涵果然在謝康昊交女友之後，完全不跟他講話了。

「其實妳不需要因為我的關係跟謝康昊絕交的。」

「我討厭花心的男生，就算是謝康昊也一樣。」

她搶過我手上的零食，大口塞進嘴裡。

「我一直想不通一件事。」李涵湊到我面前，一臉正經地說。

「什麼事？」我輕輕捏著她越來越厚實的臉頰。

「妳是因為看到謝康昊跟女生在畫畫所以生氣的，可是為什麼跟他在一起的，不是那個一起畫畫的女生，而是一個不知道哪裡蹦出來的花痴女？」

我看著她許久。「我也……不知道。」

「很奇怪對吧？妳都沒有想過這中間是不是出了什麼差錯嗎？」

「有什麼好奇怪的，謝康昊現在的女朋友比那個畫畫的女生還漂亮。」我揉揉鼻子。「是男人都會選漂亮的吧！」

「那也應該選妳，妳才是最漂亮的。」李涵皺著眉頭。

「這我就不知道了。」我聳聳肩，看向窗外。

莫名其妙結束了與謝康昊的關係，我才發現自己連受害者的角色都不成立，因為我一直都不是他的女朋友，也沒有能證明我們愛過的證據。

李涵蹲在一個大鎖前，小心翼翼地捧著，我悄悄走到她身後，鎖上面寫著。「毅董子，愛李到老。」

「對！就是心鎖橋。」

我在心中大叫一聲，怎麼會忘了我們也曾經在那許過願望了呢？

「是妳跟學長的嗎？」我蹲在她身旁，輕輕搭上她的肩。

她點點頭，長嘆了一口氣說。「愛這個東西是有期限的，說出口的當下被製造出來，對方轉身離開後就會立刻過期。」

「至少你們都已經愛過了，不像我……」

站在屬於我跟謝康昊的鎖前，彷彿看見了，他把鑰匙丟掉的身影。「丟掉它，就沒有分開的可能了！我和妳，會永永遠遠鎖在這裡。」

可是謝康昊，你知道嗎？

被鎖在這裡的只有我，那個還喜歡著你的我。

「還好你把鑰匙丟了，若是拿著鑰匙的我，連轉開它的勇氣都沒有，那才是真正可憐。」我輕聲的說。

「有什麼辦法可以拆掉它們。」李涵靠上我的肩膀。

「用一些破壞性工具吧！」我笑著看向她，但是她的表情看起來不是在開玩笑就對了。
「我認真會找一天來拆爆它。」李涵態度堅決地瞪著她與學長的鎖。
這時候的她不會知道，幾年後的某一天，真的會有一個喜歡她的人，來替她拆爆這個鎖。

「今天我又替妳收到了幾封情書。」
回家的路上，李涵從書包裡拿出幾封信給我。
「丟掉會不會很過分？」我看著她。
「還好吧！感覺滿猛的。」她笑了笑。
然後，我們就真的一起把那些情書都丟了。
很多人想透過李涵認識我，只可惜他們不知道李涵有恐男症，還不到我這一關，就先被她的惡劣態度給嚇跑。
有些大膽一點的會直接搭訕我，不過他們也只會感受被我無視的威力有多猛烈而已。
「幹麼失戀就一副冰山臉。」
我無視所有男生，除了徐浩，那個常常在頂樓上跟我一起吹風的男子
「因為不想再談戀愛了。」我瞥了他一眼。
「我知道妳可能不想知道，但是我有點想講。」他若無其事地翻閱著課本。
「那你就講啊！」我翻了一個白眼。
「謝康昊進技藝班了，大概是第一名進去的吧！」然後輕輕把書闔上，看著我。

「是喔……」輕哼一聲，我將視線轉回桌上的考試卷。

雖然都已與我無關了，但心裡還是很替他開心，隨手從抽屜裡拿出一張便條紙，在上面寫了短短的恭喜與祝福。

「可以幫我交給謝康昊嗎？」我放在徐浩的桌上。

「妳以為我跟他很熟啊！」他把便條紙丟回我桌上。

「靠！我自己去。」我朝他比了中指，拿起紙條往外走。

技藝班的教室就在我們樓下，但是那段樓梯卻怎麼也走不完。

謝康昊站在距離不到五十公尺處，我緊緊握住手中的紙條，躊躇著不敢向前。

「昊！」謝康昊的女友親暱勾住他手臂，我快速轉身，撞到了後方的人。

「幹麼逃？妳都已經走到這裡了。」李涵緊緊抓住我的手臂。

我看著她，用力搖頭。

「徐思秧？」謝康昊的聲音在我身後響起，我轉過身。

「我聽說你進技藝班了，恭喜你。」我看著他，雙手輕輕地顫抖。

「謝謝。」他點點頭，對我露出微笑。

「她是誰？」謝康昊的女友宣示主權一般主動牽起他的手，冷冷看我。

「一個以前班上的同學。」他說。

一個、以前、班上的、同學。

我們視線交會，委屈又無奈的情緒湧上，我狼狽地瞥開頭。

「講完了就走吧！等等還要考試。」李涵點點我的肩膀，我們轉身上樓。

「徐思秧！徐浩真的是妳的新對象嗎？」謝康昊大喊。

停下腳步，正當我要回應他時，李涵拉住了我。

「你現在的立場，好像沒有資格問她。」李涵冷冷地看著謝康昊。「而且你女朋友就在你旁邊！」

話說完，她用力拉著我的手腕往樓上跑，腳步太急太快，好幾次我都差點要摔倒了。

「李涵！妳為什麼要這樣跟他講話！」我死命地瞪著氣喘吁吁的李涵。

「他說妳只不過是一個班上的同學，妳甘心嗎？」

「那是因為他要顧慮他女朋友的感受啊！」她的那句甘心嗎，逼得我眼淚失控。

「難道他有顧慮妳的感受嗎？」李涵鬆開我的手。

我抬頭，鼓起勇氣朝她大吼。「對！我就是不甘心！不甘心又怎樣！他都交女朋友了！」

「不甘心就下去嗆他！不要在這邊遷怒我！」李涵伸手指向樓梯。

「我……」眼前突然一片漆黑。

在失去意識之前，只聽見了李涵大喊我的名字。

第八章

1

像是睡了一個好覺，有溫暖的被窩，我輕輕握住一隻軟軟的手。

「李涵……」我輕喚著趴在我床邊睡著的李涵。

「妳終於醒了！有沒有哪裡不舒服？」她著急地起身。「妳剛剛昏倒嚇死我了。」

「是誰把我送過來的？」我揉了揉太陽穴，又是一陣暈眩感。

「原本是謝康昊……但是中間被徐浩接走了……」李涵替我倒了杯水。

「什麼情況？」聽見謝康昊在第一時間趕來救我，心裡燃起了一股希望。

嘆了一口氣，伸手摸了摸我的頭。「謝康昊抱著妳往保健室跑，她女朋友說……如果他往前走一步……就要分手……」李涵沉默了。

「然後呢？」

「然後……他停在原地遲疑了……徐浩不知道是從哪裡跑出來……把妳背走了。」

「謝康昊終究是選擇了……」我緊抓著被單。

李涵一把將我抱進懷裡，輕聲地說。「他女朋友。」

眼淚不聽使喚地往下流，我靠在李涵胸前。「我真的要放棄了。」

「妳早該在他選擇別人時就放棄了。」她下巴輕輕靠上我的頭。

「得到他萬千寵愛，卻終究又是一個人了。」李涵很溫柔地拍著我的背。
「妳不是一個人，如果友誼也是愛情的一種，那我絕對比任何人都愛妳。」
「妳才沒有我愛妳那樣愛我。」我笑著擦去淚水，捏了她臉頰。
「一樣好不好！不然妳說說看啊！妳多愛我哪一點！」她不甘示弱往我胸部攻擊。
「妳上次車禍，我擔心到唸了一整晚的般若波羅密多心經。」
李涵瞪大雙眼，一副不可置信的樣子。「靠！那下次妳車禍我要唸兩晚。」
「靠！妳才走路走一走被撞飛，死烏鴉嘴。」李涵就是有讓人把煩惱都忘記的魔力。
雖然她滿口垃圾話，但是我真的好喜歡聽。
我不能去決定你愛我的心會有多久，
但是我可以慢慢放掉那我愛你的心。

2

就這樣，帶著遺憾的結束，而三年級終於來了。
「請大家多跟徐思秧學習，她已經連續三次模擬考第一名了，她這樣的成績要上第一女中絕對是綽綽有餘的。」導師把獎狀交到我手中。
看著手上那絲毫沒有重量的紙張，聳聳肩。
我根本不在乎這一切。
爸爸媽媽分居了，但是沒有離婚。

雖然我很愛跟我媽吵架，但仍在最後一刻選擇跟她一起生活，因為我知道若是選擇了我爸，將會有另一個女人照顧我的起居。

那真是太噁了。

該說李涵跟我同病相憐，還是她在帶賽我呢？

我們竟然在暑假一起經歷了家庭巨變，在同一天我們接到了彼此的電話，講著同一件事，爸爸外遇了。

帶著大包小包行李，想離家出走，卻發現沒錢沒朋友的我們，就只有彼此。

最後我們坐在火車站裡，看著暑期輔導的高中生們。「好想跟妳一起讀高中，可惜我考不上女中。」

「我可以為了妳降低一級，在明科高中等妳。」我說。

「苦情姊妹合體鬧翻明科高中。」李涵搖頭苦笑。

「我們怎麼會這麼倒楣啊！該不會妳爸愛上的是我爸吧！」我拿出口袋裡的餅乾，這是為了李涵而養成的習慣，隨身攜帶零食。

「靠！如果是也很不錯，可惜我確定那個對象是女的，因為她昨天鬧到我家了。」李涵靠上椅背，眼下的黑眼圈可以想見，她們家昨晚有多麼不安寧。

「妳呢？妳怎麼知道妳爸外遇的？」

「我媽吞了安眠藥，救回來後，她自己告訴我的。」我看李涵一眼，無奈地搖頭。

我媽說，人生是一個道場，而愛，不過就是最虛無飄渺的，幻境。

※

「妳有沒有看到謝康昊他女朋友，昨天在無名寫那什麼鬼網誌嗎？」一大早的，李涵就氣呼呼走進教室。

「嗯，看了。」我點頭。

我已經學會了冷眼去看待謝康昊他女友對我的各種挑釁，就當做她是在自我安慰吧！

「她真的是想被我打！」李涵用力把書包摔在椅子上，一屁股坐到我桌面。「她因為聽說謝康昊的房間裡有我和程以築的照片，要謝康昊丟掉耶！」

「那謝康昊有丟嗎？」我塞了一口吐司到嘴裡。

「當然沒有啊！怎麼可以丟，他不只沒丟，還大發飆。」她大聲回應。

「妳小聲一點。」我朝她大腿捏下去，天曉得她剛剛的音量惹來多少白眼。

「很痛欸！」

「不過真慶幸謝康昊的房間裡沒有貼我的照片，不然他女朋友又不知道要說我什麼了。」

我拿出等等考試的重點放在李涵腿上。

「怎麼可能沒有？很多啊！」李涵瞪大眼睛，

「我沒有看到啊！」

「妳最後一次去他家是什麼時候？」李涵歪著頭。

「染頭髮那次。」

「那當然沒看到啊！」她一臉恍然大悟露出詭異的笑容。「我看到的照片，全是你們約會那天拍的啊！」

原來他有把我的話放在心上……

「算了啦！隨便！」反正他都交女朋友了，我在意這種小事也太無聊了。

如果說謝康昊真的因為女朋友生氣，而把我的照片丟掉，其實我完全可以體諒，不過這次我想他發飆的原因是因為程以築吧！

我也曾經吃過程以築的醋，但是謝康昊那時候選擇了我。

如今他放棄了我選擇了另一個女孩，卻因為程以築而對她發飆。

這什麼道理啊？

隨便，反正也不關我的事了。

「佳穎找妳們。」高偉軍走到我們身後，拍拍李涵的背。

我趕緊拿著書本跑到徐浩身旁。「你上次問的這題我解開了，是這樣……」

李涵和我交換了一個眼神，點點頭說：「妳先教他好了！不然妳等等又忘了！」

說完，李涵就拉著高偉軍一起走出教室。

「請問現在是演哪一齣？」徐浩面無表情地看著我。

「拜託你演一下啦！我現在不曉得怎麼去面對余佳穎。」餘光看見余佳穎朝我的方向看。

徐浩聽完後，非常夠意思地靠近我，還拿起筆假裝跟我一起試算題目。

「還在記恨她讓妳看到謝康昊被告白？」他在我課本上留下了一行字。

「也不是恨，只是……有點不爽她幹麼……擅作主張。」我聳肩。

「坦白說，聽完她說的那些話，我不覺得是在為妳著想。」徐浩摸摸下巴，假裝出正在思考的樣子。

「你還演啊！」他實在太配合，讓我忍不住笑出來。

收起笑容，我湊到他耳邊。「我也覺得，她好像笑容裡藏著什麼，我看不到的東西。」

「那妳之前還要她傳話。」

「傳話沒什麼吧！怎麼說我們都是朋友啊！」我看向徐浩，他緊皺著眉頭。

「而且她男朋友也是我跟謝康昊的朋友，傳話這點我是不擔心啦！」

「不然妳在不爽她什麼？」

「我覺得她讓我看到謝康昊被告白，是因為早就知道謝康昊變心了，所以想看我難過傷心的好戲。」我雙手一攤，坐回自己位置上。

徐浩輕輕挑眉，沒有接話。

這些話我只和徐浩一個人說，因為我害怕，李涵要是聽到後又會爆氣去嗆余佳穎，這樣可能會使得我們幾個人的關係越來越尷尬。

李涵曾經問過我是不是討厭余佳穎，我說：「只是覺得她很花痴、很煩，讀書都累死了，懶得理她而已。」

「我懂，因為我也常常有這種感覺。」她一臉認同。

並不是有心要隱瞞李涵，只是每次她都把事情處理得很戲劇化，就像她真的會一把火燒了前男友東西一樣。

我合理的認為她會一巴掌把余佳穎打趴在地上。

3

「思秧！給妳！」李涵遞上通知單，是畢業旅行。

「這次是回原班級一起去，妳要去嗎？」

「妳要去嗎？」我看向李涵。

她搖搖頭。「太貴了！我家沒有錢。」

「那我也不要去。」果斷的在不參加選項上打了個大大的勾，也順勢在家長簽章那一欄，替我媽簽上了她的名字。

「妳真的不去？」李涵瞪大雙眼。

「妳不去，我去了也沒意義。」我說。

李涵誇張地倒吸一口氣，伸出手緊緊抱住我。「妳真的讓我太感動了！我發誓這輩子只會愛妳一個人。」

「不用發這種爛誓，妳只要努力跟我考上同一所高中就好。」

我和李涵在畢業旅行的日子，坐了很遠的車，來到了程以築長眠的地方。

「其實妳不用來的，畢竟這裡……」

「我一直都想看看她，想跟她說話。」我主動牽起李涵的手。

「以築一定也很開心可以見到妳，而且妳還帶了她最喜歡的百合花。」李涵笑著把剛才路上撿的石頭，放進我口袋裡。

李涵熟悉的和管理員打招呼，我們跟著工作人員的腳步，來到了福樓。

「需要打開嗎？」工作人員親切地詢問提著大包小包零食的李涵。

「嗯，麻煩你了。」

打開小門，撲鼻而來的是淡雅的百合香，還有一張程以築笑得非常燦爛的照片，和擺放整齊的幾封信。

「築築，我來啦！妳看我帶了誰來。」李涵一把拉過我，微笑著說。

「妳好！我叫徐思秧。」我朝照片裡的程以築揮揮手。

原本以為會彆扭的不知道該如何是好，卻因為李涵自然而輕鬆的態度，讓我很快地融入了她們的小小世界裡。

我們席地而坐，李涵對著程以築講了很多謝康昊的壞話，我微笑著傾聽。

雖然看不見程以築，卻彷彿能感受到她正靜靜凝視著手舞足蹈的李涵。

「涵涵？」背後傳來一個陌生的聲音。

轉過身，站在我們眼前的是一個高大挺拔穿著西裝的男子。

「哥哥？」李涵瞪大眼睛。

「好久不見！妳長好大了！」原來眼前這個男子是以築的哥哥。

李涵簡短介紹了我，當然也說了我跟以築一樣想嫁給阿信這件事。

「真的是緣分呢！」他對於我和以築有很多相似之處嘖嘖稱奇。

「還有她們兩個都喜歡謝康昊，哈哈哈！」

李涵看了我一眼，放聲大笑。

「白目。」我朝她翻了一個白眼。

哥哥笑著對我說，「原來妳就是思秧！」

「妳怎麼知道她叫思秧？」

我和李涵交換了一個眼神，在前面的對話裡，完全沒有提到我的名字。

「因為我偷看了昊昊寫給以築的信啊！哈哈哈！」我的目光停留在那疊擺放整齊的信封上，原來那是謝康昊寫的。

他應該很常來看程以築，那他女朋友不會吃醋嗎？

「你們慢慢聊，我想出去上廁所。」我拉拉李涵的衣角。

「我陪妳去！」

「那我們一起出去吧！我也要走了！」哥哥簡單的收拾了，李涵吃完的零食垃圾。

以築的哥哥順路將我們送下山等公車，離開時，他走下車。

「涵涵！借我抱一下好嗎？」

李涵不假思索的跑向他，他們緊緊抱住彼此。

「如果我們以築還在的話，就是這麼大了。」哥哥輕聲說道。

滾燙的淚水，無聲滑落。

逝去的，我們只能懷念。

眼前的，就該更用力去珍惜。

「以築，請妳保佑我和李涵可以考上同一所高中。」我在心裡對著以築祈求著。

「所以謝康昊信裡寫了什麼？」徐浩也沒有去畢業旅行，因為他說他沒朋友。
「不知道，我又沒看。」我吸了一大口珍珠奶茶。
「妳都不好奇嗎？」他遞上面紙。
「還好，他寫什麼關我什麼事。」徐浩老是喜歡跟我提起謝康昊。
明明已經心如止水了，卻一再的被他翻攪起漣漪。
我總是會在徐浩身上，看見謝康昊的影子。
好幾次都因為他挑眉的動作而心動、因為他冷漠底下的關心而心暖，但是我知道，徐浩再好，他終究不是謝康昊。

※

「恭喜李涵和徐思秧這次作文拿了滿級分！」
導師興高采烈頒發著基測的成果。
這次我們班可說是交出了一張漂亮的成績單，讓平時不苟言笑的導師笑得花枝亂顫的。
「你考得很好，想要讀哪裡？」我湊到徐浩身旁，他的PR值整整比模擬考時高出了十個百分比。
「還不確定。」他臉頰泛起紅暈，小聲地說：「妳今天中午有空嗎？」
「有啊，幹麼？」
「到頂樓一下，我有一個東西要給妳看。」

「好啊！」沉溺在高分的喜悅裡，沒有注意到徐浩怪異的表情。

我快步跑向李涵。「妳的成績可以上明科高中嗎？」

「老師說，很可以。」李涵抱著我尖叫。「我們可以再大鬧三年了！」

「太棒了！」我緊緊抱住她。

人生有很多事是徒勞無功的，但我想讀書這件事是一定會有回報的。

午休鐘聲響起，我緩緩走向頂樓，推開鐵門。

印入眼前的，是一張張我的畫像，用木頭的夾子夾在棉線上，我跟著棉線的方向走去。

「這些是在……開畫展？」我打趣地看著一臉尷尬的徐浩。

「妳覺得像嗎？」

「很像，超級像，尤其是你手上那張。」他手上拿著用蠟筆畫出來的，正在流淚的我。

「那我像妳未來的男朋友嗎？」

我愣在原地，看著眼前一臉真誠的徐浩。「你是在告白嗎？」

「是，雖然我知道妳絕對會拒絕我。」他微笑著走向我。「但至少，我要做一個告白的動作，才不會被長大的徐浩看不起。」

「為什麼畫我？」我接過他手中的畫。

「因為妳的上一段感情，是謝康昊畫了別的女生而結束，那我想用畫妳，來當我們的開始。」徐浩不自在的摸摸後腦杓，這是從我認識他以來，第一次看見他有這樣的反應。

「如果這個開始注定會結束，你還要嗎？」我拉起他的手。「我不敢承諾，我還能用百分之百的心去愛人。」

「如果我們相愛，那攜手到老，如果我們分開，我只要妳安好。」徐浩柔聲說道。

我擦去眼角的淚水，投入他的懷抱。「這樣的選擇，對你公平嗎？」

他輕輕地摸摸我的頭。「愛情本來就不公平，雖然有點不甘心，但是我確實愛妳，勝過妳愛我很多很多。」

那天中午我們在頂樓聊著關於我們的故事。

轟轟烈烈的過程不一定是最後在一起的，也許平凡而真實，才是真正適合我的吧！

謝康昊，你說是不是呢？

現在我們都各自擁有幸福了。

晚上我和媽媽到牛排館慶祝。

「妳真的決定要讀明科高中？以妳的成績絕對可以上女中的。」媽媽切了一塊牛排到我盤子裡。

「媽！這是我深思熟慮後的決定。」我無奈地放下刀叉。

「我不是要干涉妳，只是想確認妳是不是真的想清楚了。」她急忙跟我解釋。

「是。」我點頭。

「那就好。」她微笑。

4

徐浩請假了，因為發高燒。

我看著空蕩的座位發呆，一種輕飄飄的感覺，關於他成為了我男朋友。

想起了他第一次跟我說話，就是因為謝康昊，我們的一切交集，都是交會在謝康昊這一條線上。

如今，我們也要開創屬於我們的新故事了。

「徐！思！秧！」在遠處我就聽見了李涵的呼喊聲，她幾乎是飛奔進教室的。

「幹麼？」我淡定看向氣喘吁吁的她。

「我有一件天大的事情要告訴妳。」她激動地抓住的我手腕用力搖晃。

「這麼巧，我也有天大的事情要跟妳說。」

「我先說！我的比較天大！」

「請說。」我點點頭。

「謝康昊！謝康昊他分！手！了！」李涵瞇著眼，露出曖昧的眼神。

「然後呢？妳那什麼眼神？」

「妳的機會來啦！」她放開我的手，用力地拍打著我的桌面。「上吧！神奇寶貝！」

我吸了一口氣，緩緩牽起李涵的手。「昨天，徐浩跟我告白了。」

李涵不以為意的偏著頭。「然後呢？拒絕他啊！妳這些日子拒絕了多少人，有差他一個嗎？」

我深深看了她一眼。「我答應了。」

李涵一臉錯愕，鬆開我的手，什麼也沒說，只是張大眼睛看著我。

過了很久，我才開口。「這就是我要跟妳說的，天大的事情。」

「為什麼……」李涵快速地收回自己的手，靜靜等待著我的答案。
「沒有為什麼，他很好不是嗎？」
「他那麼平凡！他沒有謝康昊帥！他根本不及謝康昊的一半！」她大叫。
「李涵！那是因為妳不認識徐浩。」我拉起她的手往教室外走去。
「徐浩沒有謝康昊喜歡妳、徐浩沒有謝康昊暗戀妳久、徐浩沒有為了妳去做一堆，他根本就做不到的事情！」李涵緊握著拳頭。
「至少徐浩不會莫名其妙喜歡上別的女生。」我看著李涵。「徐浩就是我的選擇。」
「那謝康昊怎麼辦……」李涵伸手擦去眼角的淚水。
「他跟我有什麼關係。」我背過身，不敢去看李涵臉上那太過深沉的悲傷。
一股酸楚湧上鼻尖，我邁開步伐跑向頂樓，腦袋是空白的，眼淚卻不自覺的落下。
我蹲坐在圍欄邊，緊緊地環抱住淚流不止的自己。
李涵站在我身旁，伸出微微顫抖的手。「妳不要離圍牆那麼近，我會怕高。」
我抬起頭，看見緊皺眉頭的李涵。「這裡是我跟徐浩的祕密基地，妳不在的那些日子都是他陪在我身邊的。」
「他真的很好嗎？」
「嗯，真的。」牽起李涵的手。「他站在這邊，拿著他親手畫的我跟我告白。」
「他不會再讓妳哭？」李涵看著我。
「我讓他哭比較可能吧！哈哈哈！」我笑著摸摸李涵的頭。
我明白她此刻複雜的心情，因為如果說徐浩沒有跟我告白，也許我會選擇再給謝康昊一次機會。
不過我想這就是緣分吧！
命運終究會讓不適合的人，錯過。
我打了電話給徐浩。
「我覺得有一件事，應該要跟你說一聲。」
「請說。」他帶著濃濃的鼻音。
「謝康昊他分手了。」
「嗯？所以我……出局了是嗎？」他語氣平靜得出乎我意外。
「沒有，我只是想跟你分享一下而已。」
「哈哈哈！謝謝妳。」
「謝什麼？」
「我可以當做這是，妳對我這個現任男友的尊重對吧？」
「對。」我笑著回答。

謝康昊分手後，李涵常常回原班級去找他聊天，也會跟我分享他們是如何修補這段時間失去的友情。
甚至還讓他前女友誤以為，李涵才是破壞他們感情的因素。
「妳知道他前女友罵妳罵得多難聽嗎？」
午餐時間，我大力捏了偷吃我便當的李涵。

「隨便啊！人的一生終能有幾次被美女誤以為搶男友啊！」她一臉無所謂的繼續偷吃著我的便當。

「妳也為自己的名聲著想一下吧！」我微笑搖搖頭。

「反正我又不想談戀愛，名聲什麼的，都是浮雲啦！」李涵看見徐浩走向我，自動起身讓出位置。

李涵不喜歡徐浩，這點連徐浩自己都發現了。

「坦白說我要應該不在乎的，但是被妳最好的朋友討厭，我有點傷心是真的。」徐浩摸著心臟作勢要昏倒的樣子惹得我發笑。

「你都選讀高職了，不讀影視科真可惜。」徐浩選擇了夢寐以求的圖文傳播。

「人各有志，謝謝。」他聳聳肩。

和他相處就是那樣的輕鬆有趣，他有宋家佑的細心、謝康昊的幽默，沒有宋家佑的軟弱、謝康昊的輕浮。

我總是戲稱他為最完美的男友。

「李涵約我明天跟她和謝康昊一起去看電影。」我趴在徐浩桌上。

「看什麼電影？」他伸手把玩著我的馬尾。

曾經徐浩問過我為什麼總是綁著馬尾，我說：「因為很方便嘛！」

可其實是因為，每當我看著放下頭髮的自己，就會想起謝康昊說我很漂亮的溫柔眼神。

「你不是應該問我有沒有答應嗎？」我看向他。

「我覺得去不去都是妳的自由，我無權干涉妳的交友狀況。」他笑著說。

「你真的是我遇過最好的男生。」我對他眼裡的讚賞，從來沒有隨著我們越了解彼此，而減少過一絲一毫。

「妳眼光很好。」他輕輕挑眉。「但願李涵也會有發現我對妳好的一天。」

「妳又不來聚會了！」李涵嘟著嘴嚷嚷。

「妳心裡明白我為什麼不去。」我伸手推了她額頭。

知道徐浩在意李涵的看法，我更不能赴約去李涵一手打造的鴻門宴。

她十之八九是想幫謝康昊和我配對。

她心虛撇開眼。「我才不知道……」

「妳為什麼一定要我跟謝康昊在一起呢？現在這樣也很好啊！徐浩是一個很好的男生，真的。」

「謝康昊更好啊……」李涵低下頭喃喃自語。「而且他是無辜的……」

「妳說什麼？」我靠近她。

「算了，他說不能講。」李涵沒頭沒尾的丟下一句話就轉身離開。

※

隨著畢業典禮的倒數，我更加珍惜每天跟徐浩相處的日子。

「我們的學校都在台中市啊！妳不用那麼恐慌吧！」他笑著摸摸我的頭。

「那是因為，你不曉得距離會帶來多大的改變。」

「妳應該要相信我。」他靠近我耳邊，輕聲地說。

那瞬間，徐浩的臉和謝康昊重疊在一起，好像不久前才聽過這一句話，卻已經換了主人。

「好吧！你知道的，我對感情缺乏安全感。」我輕輕靠上徐浩的肩膀。

他身上那淡淡的菸草味滲入我鼻息。「我會幫妳把它找回來的。」

「就麻煩你了。」我笑著用頭髮磨蹭徐浩的下巴。

抬起頭，竟然與站在對面走廊的謝康昊四目相交。

他帶著濃濃的哀傷凝視著我，已經很久沒有看到謝康昊，他瘦了好多。

他考得好嗎？他決定要讀什麼科了嗎？他還有在畫畫嗎？

這些我想知道的問題，其實都可以從李涵那找到答案，可是我不敢問，深怕知道了他過得不好，好不容易築起的高牆就會倒塌。

而且，我已經答應跟徐浩在一起了，我有這個義務要對他專一。

輕輕地嘆了口氣，我挽起徐浩的手，消失在謝康昊的眼裡。

「話說我好久沒看到高偉軍和余佳穎了。」下課時我見李涵正在翻閱的談星雜誌。

基測過後，我們可以選擇回原班級或是留下來，高偉軍為了余佳穎回到原班級，而我為了徐浩留了下來，李涵則是說什麼都要待在我身邊盯著徐浩。

「請不要再跟我提到那個女的。」李涵憤怒地闔上雜誌。

她誇張的反應讓我失笑。「幹麼那麼氣？她惹到妳了？」

李涵抬起頭大叫「因為要不是她……」吸了一口氣，又重重垂下肩來。「算了，現在講這些也於事無補了。」

「要講妳就講完啊！話講一半算什麼！」我雙手抱胸，緊皺著眉頭。

「我問妳一個問題，不管其他條件和原因，如果今天徐浩跟謝康昊同時跟妳告白，妳會選誰？」李涵表情嚴肅地看著我。

徐浩的身影緩緩走向我們，我朝他露出甜美的笑容，然後對著李涵說：「我會選，徐浩。」

李涵輕輕地一笑。「那我真的沒有什麼好說的了。」

她的眼神太過絕望，我伸手想拉住她，卻被不著痕跡的閃開。

李涵留下了一張意義不明的紙條，回到原班級了。

「我不能說祝福你們，因為這對謝康昊來說太殘忍了；但是我的寶貝徐思秧，妳絕對要幸福，因為這樣才不會辜負了，謝康昊。」

「看來我永遠都別指望李涵會認同我了。」徐浩看著我手上的紙條苦笑。

「不要放在心上，李涵只是比較衝動，她沒有別的意思。」

「我也希望她沒有別的意思。」徐浩無奈地搖搖頭。

那次的不歡而散，原本以為會失去李涵這個朋友，沒想到她並沒有疏遠我，反而常常來找我討論暑假要去哪裡玩。

「妳想去的地方也太多了吧！」看著她手上的慾望清單，我搖搖頭。

「所以才要妳選啊！」

徐浩微笑著朝我走來。「嗨！李涵。」

「嗨！」出乎我意料的，李涵竟然會跟他擊掌。

「你們什麼時候……？」

「前幾天。」徐浩對我挑眉。「她終於是把妳拱手讓給我了。」

我看向李涵，她的表情在笑，但是眼底裡的失落，卻落進我心底了。

「明天就是畢業典禮了，我也該放過他了。」李涵微笑著轉身。「我先回去了！今天班上有同樂會。」

「她怪怪的。」我看向徐浩。

「可能覺得妳被我搶走了吧！」他拉起我的手，帶著我走向頂樓。

推開熟悉的鐵門，一張老舊的桌子上放著一本畫冊。

「那是什麼？」我緩緩走向桌子，轉過頭去看他。

「我覺得應該交給妳的。」徐浩走到我身邊，輕輕地摟著我的肩膀。

小心翼翼地翻開，一頁又一頁，滿滿的都是我，從國一到現在的我。

「你怎麼！難道你從國一就喜歡我了？」我用力擦去布滿淚水的眼眶。

「對不起，我也很希望可以在那麼早就遇到妳。」他溫柔的拉開我們的距離，捧著我的臉說。「但是這本畫冊的主人是，謝康昊。」

我瞪大雙眼，顫抖的手握不住畫冊，碰的一聲掉到了地面。

「為什麼會在你這邊？又為什麼要給我？」

「李涵說，妳已經做出了選擇，那麼這本畫冊就沒有存在的意義了。」徐浩蹲下身撿起畫冊。「但是我想把它還給妳，因為這是妳的曾經。」
徐浩的話，惹得我熱淚盈眶，他永遠是這麼為我著想。
我伸手緊緊地抱住他。
「謝謝妳選擇了我。」他在我的額頭留下了深深的一吻。
那天，我們在頂樓看著謝康昊的畫冊，說著在我還沒遇見徐浩前的故事。
「這一張呢？妳為什麼看起來那麼難過？」他指著一張用藍筆速寫的我。
「我也不知道耶！」我用傻笑帶過。
怎麼會不知道，那就是我質問謝康昊，是不是交了女友的那一天。
我心碎的那一天。
「不得不說，謝康昊真的曾經很喜歡過妳，連妳生氣會翻白眼都畫得出來。」徐浩笑說。
「我很少翻你白眼吧！」我瞪了他一眼。
「就是因為少，我才會這麼珍惜這張圖啊！」
午後清涼的微風吹過，調皮地掀起我的百褶裙，這會是我最後一次站在這裡，享受著大人口中的青春了吧！

5

在熱鬧的大禮堂裡，全是別著胸花的畢業生。
「思秧！我們來拍照吧！」我回到原班級，班上的同學們蜂擁上來拍照合影。

「那也幫我跟李涵拍一張好嗎？」我把相機遞到同學手上。

我看著淚眼汪汪的李涵失笑。「妳有必要這麼難過嗎？」

「我好想好想跟妳說一件事。」她努力讓自己看起來很淡定，但是她顫抖的肩膀卻洩漏了祕密。

「說啊！」我從口袋裡掏出面紙。

「其實謝康昊他一直都很喜歡妳，是因為余佳穎……」

謝康昊勾著高偉軍的肩膀走到我們身旁。

「李涵！」謝康昊出聲制止，他一把拉走李涵。

李涵用力掙扎，卻仍被謝康昊半扯半拉的帶出會場。

我快步追了上去，他們的腳步最後停在我們的教室，我躲在門外，靜靜等待著。

「我為什麼不能說？」李涵朝謝康昊的胸前重重一搥。

「說出來會傷害到很多人妳知道嗎？」謝康昊抓住李涵的手。

「那你要我怎麼辦？我不想要你們就這樣結束了！」

「思秧都已經選擇了徐浩，講了又能怎樣。」

謝康昊像洩了氣的皮球，緩緩地蹲坐在地上。

「而且是我自己先對不起她的。」

「你去解釋啊，去告訴她真相！」

「沒有真相，只有傷害。」謝康昊起身拉起李涵。「回去吧！我還想再看一次她上台領獎的樣子呢！」

「去你的超級沒用！」李涵踹了他一腳。

我不知道他們到底在說些什麼，只是我很確定他們有事情瞞著我。

我深深吸了口氣，走進教室裡。「什麼是真相？會傷害到誰？」

他們見我像看到鬼一樣，我走到李涵面前。「妳瞞著我什麼？」

「我……」她看向身旁低頭不語的謝康昊。

「快說！」我大吼，不是針對李涵，而是我有一種預感，接下來我聽到的，會是很沉重的事情。

「原來妳在這裡，妳是不是忘記要領獎了！」徐浩站在門口，笑著對我說。「大家都在找妳。」

「等我回來，你最好不要隱瞞我什麼。」我對著謝康昊說。

走向徐浩時他牽起了我的手，我回過頭看了謝康昊一眼。

他露出淺淺的微笑對我說。「我等妳。」

領完獎後我快速奔回教室，只見李涵一個人呆坐在教室裡。

「他呢？」

「走了。」李涵看著謝康昊收拾乾淨的座位發呆。

「去哪？」

「台北。」她緩緩地起身。「謝康昊一直都很喜歡妳，卻連跟妳說一聲再見的勇氣都沒有。」

我納悶地看著她。「那他什麼時候回來？」

「如果沒有意外的話，他是不會回來了。」

那天的天空很美，我的心卻空了蒙上了一層灰。

李涵最後還是沒有告訴我，他們之間究竟瞞著我什麼祕密。

「我答應過謝康昊，等到有一天，我會把所有事情都告訴妳。」李涵抱著我。

「為什麼？」

「因為他不想破壞妳現在的幸福。」

然後，我們畢業了。

離開了這又哭又笑的地方，道別了我最喜歡的人。

「我遇到米米的時候就一直想告訴妳了。」徐浩穿著正式的服裝，帶我進到一間小有規模的畫廊裡。

「到底什麼是我看到會大哭的畫？」我皺著眉看向他。

徐浩矇住我的雙眼，腳步停下，他緩緩地放下雙手。

印入我眼前的，是一張我眼神不屑的畫像。「你畫這個幹麼？」我瞪了徐浩一眼。

「不是我。」他聳聳肩。

「是謝康昊。」一道女聲在我背後響起，我回過頭。

是那個曾經在放學時間和謝康昊一起畫畫的女生。

「我叫米米，這幅畫是謝康昊國二時找我幫忙一起畫的，但是不知道什麼原因，他最後沒有完成。」米米指向畫裡的眼睛。「眼睛部分是徐浩幫忙畫完的。」

我震驚的無法言語，傻傻地望著徐浩。

「謝康昊很怕這幅畫沒辦法如期完成，連我生病住院，都要背著畫去逼我幫他看。」米米笑著搖頭。

「妳說……他去探病是為了這幅畫……？」

「對啊！那時候他每天都熬夜，我問他為什麼不早一點起床就好，他說要幫妳買早餐，還要接妳上學。」

我彷彿被人狠狠賞過好幾巴掌，挫敗地垂下雙肩。

「我誤會他了……」我因為莫須有的罪名冷落他、說了殘忍的話傷害他。

「我越想越奇怪，所以問了米米，妳跟謝康昊真的是一場天大的誤會。」徐浩輕拍我的肩膀，留下我一個人，靜靜地看著這幅巨大的畫像。

我看見畫的右下方有謝康昊的筆跡寫著。「Love will keep us together.」

一股無力感侵襲全身，如果那時候我提起勇氣問他，是不是今天就不會是這樣的結局了。

我想起了李涵所說的真相，對！我要知道我和謝康昊之前到底發生了什麼事。

「徐浩！」我大步跑向門口。

徐浩伸手擋在我面前。「如果妳現在跟我提的話，我是會答應的。」

「提什麼？」

「提分手。」他收起笑容，嘆了一口氣。「快點吧！一槍給我個痛快。」

「我……」朝深深深一鞠躬。「對不起！我真的想要知道我和謝康昊之間到底怎麼了。」

「所以我說我會答應妳，快點給我一個了斷吧！」他閉上眼睛。

我看著他沉痛的表情，心在拉鋸著，我是真心的喜歡著徐浩，但我不能在佔有著他的喜歡，去尋找我和謝康昊的從前。

「真的對不起，我們分手吧！」我再次朝他九十度鞠躬。

「思秧！」他輕聲呼喚著我。「如果我能比謝康昊早一點遇見妳，妳會不會選擇我。」

我抬起頭，給了他一個肯定的眼神。「會。」

他伸出手給了我一個朋友般的擁抱。

「有妳這句話就夠了，謝謝妳給了我這麼美好的初戀，長大後的徐浩絕對會誇獎我現在超帥的。」

「不要哭。」我擦去他眼角的淚水。「不要為我哭花了這麼帥的臉。」

此刻的徐浩不再與謝康昊重疊。

而愚蠢如我，在謝康昊離開我生命之後，才曉得一個道理。

不是徐浩像謝康昊，而是謝康昊一直在我心裡，不曾被取代。

6

「李涵，我分手了。」我推開熟悉的大門，看見穿著白襯衫的李涵，在吧檯裡認真學習搖雪克杯。

「喔？」她停下手邊的動作，挑眉。

「告訴我，妳跟謝康昊到底有什麼祕密。」我動作熟練地拉開高腳椅。
這是我最喜歡的位置，只可惜我最喜歡的那個人，已經不在了。
李涵接下了謝康昊的工作，成為了老闆的第二個非法童工。
「先喝飲料吧！等我下班。」李涵遞上菜單。
輕輕闔上菜單，我想我不需要這種東西。「我要一杯湛藍可爾必思。」
李涵皺著眉頭，一臉疑惑地看向我。「第一次來探班就要給我難堪？」
她轉身跑進廚房，許久，老闆笑容滿面地走了出來。
「我就知道是妳來了。」老闆從櫃檯抽屜裡拿出一張護貝過的A４紙，交給李涵說「跟著上面做就可以了。」
李涵認真的研究了一下步驟，便轉過身去調製飲料。
「妳真是考倒李涵了，菜單上沒有這杯飲料。」老闆笑著說。「這是阿昊為了妳特製的。」
還來不及消化老闆的話，李涵就把飲料端到我面前。
「這個漸層根本想搞死我啊！」李涵張大眼睛盯著我瞧。「快點喝！看看味道一樣嗎？」
為我特製的？小心翼翼淺嘗了一口。
甜而不過的味道在嘴裡化開，好酸，我的心口好酸。
「妳為什麼哭？很難喝嗎？」李涵一把搶過我手中的飲料。「我喝喝看。」
「很好喝……」我抓住她的手。
「那妳為什麼哭？」
「因為味道真的一模一樣，所以我不小心眼淚就流出來了。」

李涵無可奈何地搖搖頭，就忙著去招呼剛進門的客人。

「阿昊要去台北之前還交代我，不可以把這杯飲料拿出來賣，只可以賣給妳。」老闆將剛剛的A4紙放在我面前，那是謝康昊的字沒錯。

上面有他畫的步驟，和十分詳細的文字說明，也難怪李涵可以做出一杯一模一樣的。

「妳最喜歡的顏色是藍色嗎？」老闆問。

「對。」

「最愛吃炸薯條，但是最討厭冷掉的薯條。」

「對。」

「喜歡吃雞腿，但是不喜歡啃骨頭。」

「對……你怎麼……」我看著老闆，像是明白了什麼。「謝康昊跟你說的？」

「他搬家前給我了一本徐思秧的菜單，當然還包括把李涵送進來，當妳的專屬小廚師。」

「他到底還做了多少事……」我低頭看著那杯顏色都已經混在一起的飲料，喃喃自語。

有一種感覺，李涵接下來要說的真相，我可能無力去承受。

好不容易等到她下班，竟然約我去盪鞦韆。

「還記得我發現張毅維劈腿那天，妳蹲在那裡陪我大哭嗎？」李涵指向不遠處的樹叢。

「記得。」我點頭。

「等等聽我說完之後，可以選擇要我留下來陪妳，或是要我蹲在那邊，讓妳靜一靜。」

「有這麼可怕？」我笑著推了她一下。

「不是可怕，是可惡。」李涵起身站在我身後，輕輕地推著我的鞦韆。

「妳跟謝康昊之間的誤會，全部都是余佳穎一手造成的。」李涵的力道很輕。「謝康昊發現了，卻因為高偉軍、因為妳而忍下來了。」

一股寒意從我的腳底竄了上來，李涵用力抓住我的肩膀。「不要轉過來，我不敢看妳的表情。」

「沒道理他發現了還交女朋友啊！壓垮我的最後一根稻草是女朋友，不是那些誤會。」我緊握著鞦韆的鐵鍊。

「但是余佳穎製造了太多的誤會在妳們之間，她讓謝康昊自卑、讓謝康昊以為徐浩就是妳拒絕跟他交往的原因。」

「我不……是……是因為那……時候老師……」我急著想解釋，卻連話都說不好。

「記得謝康昊告訴妳，他前女友要跟他告白那天嗎？」李涵繼續推著我的鞦韆。

「我記得。」

「如果妳那時候阻止的話，他會拋棄該死的自卑，就算妳真的喜歡上別人，他都要搶回來。」

「但是我卻說了關我屁事……」我低下頭。

「嗯。」李涵輕哼。

因為我誤以為謝康昊和別的女生畫畫是曖昧、因為我有話從來就不肯直接問他。

我們之間陷入了漫長的沉默。

李涵深深嘆了一口氣。「余佳穎還說了很多話，我覺得就沒有必要再跟妳說了。」

「說。」

「她說，妳進了菁英班之後，才深深體會到了謝康昊不是妳世界的人、說謝康昊每天的接送讓妳很困擾。」李涵停下動作。「她說妳看不起，只因為考三十名就那麼開心的謝康昊。」

這一字一句都加深了我心中的怒火。「她說什麼謝康昊就信什麼，他媽沒有生腦給他嗎？」我起身，朝著李涵大吼。

「妳以為妳在凶誰？要不是妳叫宋家佑騙他，說妳已經被爸爸載回家了，他是這種會亂想的男生嗎？」李涵冷冷看了我一眼。

「他早就看見妳走出補習班了，隔天卻是徐浩拿著妳的吊飾，如果換作是妳，妳會怎麼想？是不是余佳穎說的話通通都成立了。」

我無力地跌坐在地上，想哭，卻怎麼也哭不出來。

我憑什麼哭？知道謝康昊的自卑，卻放任自己的自以為，狠狠踐踏了他的感情。

「還有探病那天……」李涵蹲在我身邊。

「我知道，徐浩都告訴我了。」

「余佳穎並沒有告訴謝康昊妳在等他。」李涵跪在地上，將我擁入懷裡。「我敢用生命跟妳發誓，如果他知道妳在等他，就算是死，他的骨灰也會飛到妳面前。」

「……」太多太多的真相，我無力負荷。

「還有……」

「夠了……我不想再聽了。」

李涵點點頭。「要是我沒有出車禍，余佳穎就沒有機會這麼做了。」

「這跟妳沒關係，是我們不夠信任對方。」

經過李涵家時，她從抽屜裡拿出厚厚一疊信封塞到我手中。「回去慢慢看。」

「這是什麼？」我看上去有點眼熟。

「謝康昊愛過妳的證據。」

那一晚我坐在書桌前，把李涵給的信通通看完了。

親愛的以築：

如果妳還在，是不是可以告訴我，思秧到底在想什麼呢？

我想我們之間是有些誤會的，但是我不知道該怎麼辦。

親愛的以築：

如果妳還在，能不能告訴我，我到底做了什麼，讓思秧討厭我了？

我知道我不夠好，但是我真的很努力。

妳知道嗎？我竟然為了她開始背單字了。

親愛的以築：

如果妳還在，妳會讚美我這次考了第三十名對吧？

還有妳可不可以幫我去嚇嚇徐浩那個傢伙，叫他離思秧遠一點。

思秧拒絕當我女朋友，是因為那傢伙吧？

親愛的以築：
如果妳還在，我開始懷疑連妳也不站在我這邊了。
妳為什麼都不幫我啊！
思秧她開始對我說謊，我們什麼時候已經是無法好好溝通的關係了。

親愛的以築：
妳是不是真的走了。
我做了一件不好的事，答應了別的女生的告白。
他媽的我根本不知道她是誰，我是個白痴。

親愛的以築：
我就當妳還在吧！反正現在連李涵都不理我了。
我交了一個女朋友，卻對她視若無睹。
我還在想著思秧，可惜她已經是別人的了。

欸程以築：
妳她媽真的很不罩欸！虧我一直帶好吃的來看妳。
我要去台北了，那個妳很嚮往的城市。

也許我再回來就是一個厲害的髮型師了。
真可笑的是我最後還是選擇了思秧想要的。
她想做免費的頭髮。
我還能再遇到她嗎？

以築：
我真的要走了。
妳要好好保佑李涵平安順利，很抱歉我沒能替妳照顧她了。
但是妳放心，只要思秧在，不會有人欺負她的。
請妳也幫我保佑思秧，祝她幸福我說不出口，因為我真的好愛她。
不然妳幫我託夢好不好，告訴她，我真的好愛好愛她。

※

我想以築最後還是站在他這邊的，不然李涵就不會把信通通偷回來了。
「欸妳把信偷走，以築會不會晚上來找我啊！」現在可是農曆七月啊！
「妳靠杯啊！我當然有問過她。」李涵翻了一個白眼。「妳打算怎麼辦？」
「我要等他回來。」我給了她一個肯定的眼神。
「這個選擇是無期徒刑，妳知道的，他失聯了。」

「我等，不管多久。」
正如李涵說的，謝康昊真的失聯了。
他的電話已經成為空號、無名網誌也停在畢業前、舊家已經易主。
他、消、失、的——非常徹底。
整個暑假李涵都在打工，而我把時間全部投入在舞蹈裡，偶爾跟徐浩耍耍嘴砲。
「不然這樣好了，妳等他十年，如果他沒回來，就嫁給我。」徐浩在分手時，展現的最後風度，讓我們成為了最要好的朋友。
「不要。」我回答得毫不猶豫。
「不然二十年。」
「吃屎。」
「那二十五。」他湊到我面前，像是在菜市場裡殺價的婦人。
「拜託你不要把自己搞得那麼沒行情。」他總是有逗笑我的能力。
「只有在妳面前才會沒行情。」他笑著看我。「我已經能預測到，妳上高中會瘋狂打槍別人的慘況了。」
「給你一個特權。」我向他招招手，要他靠近。「你可以跟他們炫耀，你是唯一沒被我打槍的人。」
「感覺很厲害。」他挑眉，仰起頭將礦泉水全部灌入口中。
雖然我嘴上這麼說，但是我明白，徐浩不是那種，會把交過什麼女朋友掛在口中的人。
他是一個很棒的人。

第九章

1

「喂？」手機螢幕顯示的是陌生來電。

「思秧，我是高偉軍。」

「哦？好久不見。」畢業後大家都散了，加上對余佳穎的不諒解，我連高偉君一併隔絕了。

「妳有空嗎？我想找妳聊聊。」他的語氣很平靜，但絕對不是找我聊聊這麼簡單。

「那我們約今天下午四點吧！老地方見。」

和徐浩道別之後，我慢慢走向李涵打工的地方，距離約定時間還有三十分鐘。

「妳說高偉軍找妳？」

李涵已經逐漸接管吧檯的工作了，不同於謝康昊的怡然自得，她顯得有些手忙腳亂。

「我坐在吧檯，好讓妳偷聽如何？」一種女性的直覺，高偉軍待會要講的內容，絕對跟余佳穎脫不了關係。

「不要，多一事不如少一事，反正不關我的事。」

「靠！死廢物！」我架了她一個拐子。

高偉軍匆匆跑進店裡，看見吧檯裡的李涵微微一愣。

「我在這裡。」我向他招招手。

「要吃東西嗎？」我遞上菜單，仔細端詳著他的臉部表情。

他搖頭，眼神直視著我。「我就直接問吧！妳們疏離佳穎，是不是發現了什麼？」

「是。」我雙手抱胸，輕輕點頭。

「妳發現了什麼？」他的語氣很平靜。

「你找我來不是要聽這個的吧？你到底要幹麼？」我的口氣很差。

如果說他是要幫余佳穎講話的，我絕對會把手中這杯水，從他頭頂上灌下去。

「我跟佳穎分手了，就在昨天。」

「什麼？」水沒有從他頭上灌下去，而是從我嘴裡噴了出來。

他露出淺淺的微笑，擦去臉上的水珠。「她這一次，是真的讓我心死了。」

「她做了什麼好事？」

「昨天是登記分發結果公布的日子，我家電腦壞了，所以我去她家查我的成績。」他看了我一眼。「我手賤去看了她的歷史紀錄，她竟然查了全台北高中職的新生入學名冊。」

「全台北？」我偏著頭。

「妳還不明白嗎？她在找謝康昊。」高偉軍嘆了一口氣。「她甚至為了不跟我上同一所高中，更改了自己的志願序；她寧可低就，也不願跟我坦白。」

高偉軍的一席話，讓我震驚到無法言語。

余佳穎究竟是一個怎樣的女生？

那個天真可愛又有點花痴的她，去哪了？

「明知道她為了要從菁英班回到原班級找謝康昊，故意在段考時把英文交了白卷，我還是假裝什麼都不知道的陪她演戲騙自己。」

我不可置信的，看著眼前這個面容憔悴的男孩。

「但是我能怎麼辦，我就是喜歡她啊……」

「你有病。」李涵拿著托盤站在我們桌旁。

「那是因為妳不知道我對她的感情有多深。」高偉軍挺起胸膛。

「你這個愛情乞丐、感情弱智、女朋友狗、余佳穎的工具。」李涵的話像機關槍一樣，連續朝他的胸口掃射。

「夠了！李涵！」我出聲制止李涵。

「我又沒說錯，從一開始我就告訴過你，余佳穎她根本不喜歡你；偏偏不聽，說什麼愛可以改變一個人，鬼扯！」李涵繼續把砲火對向高偉軍。

「李涵妳不要再說了！」高偉軍對李涵的攻擊，毫無招架之力。「妳沒看到他已經很難過了嗎？妳是瞎了嗎？」

「那你們有看到謝康昊有多難過嗎？」李涵無視老闆正看著情緒激動的她。「謝康昊明知道被余佳穎擺了一道，他什麼都不敢說，因為他害怕說了高偉軍的初戀就毀了；你的兄弟，為了你，寧可委屈自己，你現在像個廢物一樣在這邊說屁話什麼意思。」

我和高偉軍都沉默了。

「李涵，來幫我做一下飲料。」李涵聽見老闆的呼喊，轉身離開。

「我代替李涵跟你道歉，她沒有惡意……」許久後，我開口。

「其實她說得對，我知道佳穎喜歡的人一直都不是我，但就是想去賭一把看看。」
「……」我沉默地直視著他。
「結果最後是悲劇收場，還拖你們下水，抱歉。」他苦笑。
我輕嘆，搖搖手。「算了，沒關係啦！你也是因為很喜歡她嘛！真的要放下了嗎？」
「應該吧！畢竟我真的沒有那麼偉大。」高偉軍攤攤手。
其實不只他。
在愛情之前，沒有真正偉大的人。
我們都渴望著一份真正屬於自己的愛、和一個人的全心全意。

帶著淺淺的傷，我們都走向了新的旅程。
我很幸運能擁有一個瘋狂的旅伴，她帶給我滿滿的歡笑。
「李涵妳要我說幾次，不要上課講話、不要裝鬼嚇人、不要拉男生褲子，妳不聽也就算了，為什麼要踢壞投飲料機！」
全學年最機車的班導，碰上最白目的新生李涵，每天都會蹦出一堆有趣的劇情。
「因為學長說被吃錢的話，大力踢它就會掉下來啊！」李涵一臉認真地反駁。
「他說去吃大便，那大便可以吃嗎？妳不要給我推卸責任。」
「老師，大便不能吃，這不用我告訴您吧！」李涵的話惹得全班哈哈大笑。
班導深深吸一口氣，大力朝桌面拍打。「妳給我去後面罰站！」
李涵經過我身邊時，還興奮地吐了吐舌頭。「爽！」

我笑著搖搖頭，打從她新生訓練遇到張毅維學長開始，形象就以秒的速度在崩壞。她越來越像謝康昊，耍白目的程度甚至超越了謝康昊。

「謝康昊……」我每天都會撥打那隻已經成為空號的手機號碼，對著冰冷的語音說話。在這個通訊軟體發達的時代，我卻連找到他的線索都沒有。

「妳這個表情就是想到謝康昊的表情。」下課鐘聲一響，李涵就喜孜孜地跑到我身旁。

「亂講。」

「不然妳幹麼要把學長給妳的巧克力丟掉？」她瞇著眼。

「不然妳要嗎？」我瞪了她一眼，把巧克力遞到她面前。

「當然要！食物是無辜的，所有妳追求者送的食物，我都要！」

「好啊！以後別說是食物，只要妳想要的都可以拿去。」我看她一臉正氣凜然的樣子，忍不住笑了出來。

「還有別的？」

「隨身碟之類的吧！」我從口袋裡拿出某個人給的禮物。

「我要！」李涵一把搶過。

後來我們才知道，那是熱音社學長送的，裡面是三首他寫給我的歌。可惜我沒能聽到，就被急著交報告的李涵給刪了。「就很占記憶體齁！」我記得她是這麼說的。

因為熱舞社的關係，我莫名其妙成為學校的知名人士，也因此招來各種莫須有的爆料。

「思秧！李涵又被教官叫去罰站了！」同學快步跑到我身邊。

我緩緩地放下手中的水杯。「喔？她又怎麼了，素食日帶大腸來吃嗎？」

「不是啦！那個她已經被記過了！」同學掩住嘴角的笑意。「是剛剛有人在廁所說妳壞話，她氣不過就拿水管沖人家啦。」

我張大眼睛，起身。「這次又被說什麼了，讓她這麼氣？」

「說妳一直不接受別人的告白，是因為被中年人包養。」

「靠！」我大叫一聲，往教官室跑去。

我知道我很漂亮，也知道我很難追，但是我不知道我家有缺錢到需要被包養。

「教官好！」一進教官室就看到一亂髮的李涵，和兩個全身溼透的女同學在罰站。

「妳來啦！妳看我幫這兩個嘴賤女洗嘴巴。」李涵一臉囂張地看著她們。

那囂張的樣子，讓我差點要愛上她了。

「李涵，注意妳講話的態度。」教官看了她一眼，無奈地搖搖頭。

「妳也洗太大面積了吧！」我笑說。

「她們就嘴巴太大啊！」李涵挑眉。

要說全學年最常進出教官室的學生，絕對是李涵。

但是她進出的理由好壞摻半，教官也拿她沒辦法。

「教官，我覺得這兩位女同學，有必要為她們的言論跟我道歉。」我緩緩走到她們面前。

「不然我就會提告，這算是公然毀謗嗎？」

「對、對不起！」她們聽到我的話，連忙鞠躬道歉。

離開教官室時，李涵牽起我的手。「原來長得漂亮會有這麼多困擾。」

「我覺得是時候說說謝康昊的事情了。」原本，我希望這是我和李涵的祕密，但我不說，像今天這樣的言論，就不會有停止的一天。

「李涵。」張毅維站在我們面前。「我可以跟妳好好聊聊嗎？」

李涵輕輕鬆開我的手。「不可以。」

「拜託！」張毅維眼神誠懇地看向我。

「……」李涵低頭不語，晃動著雙手。

「你看得很清楚了，她不想跟你聊。」我將李涵往後拉，擋在她與張毅維之間。

「我知道妳來讀這裡是為了證明給我看，妳做到了；我就要畢業了，不奢求妳能原諒我，只是我真的想好好跟妳道歉。」

我回過頭看李涵，她仍舊低著頭。

「好了！她聽見了！」我拉起李涵，推開張毅維想往前走。

「等一下！」他突然伸手抓住李涵。

「放手！」李涵用力撥開他的手，卻是徒勞無功。

「你幹麼啦！沒看到她不願意嗎？」我朝他的手臂重重一擊。

他只是冷冷看了我一眼，便強行拉走李涵。

「原來妳們在這裡啊！」一個男生突然出現，是熱舞社二年級的學長。「找妳好久喔！」學長不著痕跡地從張毅維的手中牽回李涵，朝我使了個眼色要我們跟他走。

留下張毅維一臉錯愕站在原地。

那是我們的第一次接觸。

2

張毅維畢業了，升高二前的暑假，我以幫忙寫暑假作業為條件，要李涵陪我去月老廟。

「這間廟很靈，妳進去不要亂講話，知不知道！」進廟前，我再三叮囑口無遮攔的李涵。

「知道啦！妳還是快點求月下老伯伯，幫妳找到謝康昊比較實在。」李涵伸了一個懶腰。

「不要亂幫人家改名字。」我轉頭捏了她臉頰，招來她一記白眼。

「請您給我一個不會劈腿的男朋友，最好是會給我很多食物的那種喔！」李涵把願望說出來後，就轉身離開，因為她看見廟口有人在賣冬瓜茶。

我虔誠地跪在拜墊上，心中默念著。「親愛的月下老人您好，如果您找到一個叫做謝康昊的男生，可不可以請您把他的紅線牽在我手上呢？」

連擲三個聖杯後，我選了一條最長的紅線，小心翼翼地放進錢包裡。

如果紅線有時效，那我要牽住謝康昊一輩子。

緣分它很奇怪，就好比我明明求的是謝康昊，此時站在我面前的，卻是上次替我們解圍的熱舞社學長。

「我不收你的早餐。」我冷眼看他。

「我不是要追妳，妳只需要幫我收下就好，丟掉或送人都可以。」

「你在開玩笑？」我雙手抱胸，瞇著眼上下打量他。

「說來話長，就當做是幫我一個忙。」他雙手合十，一臉誠懇。

「好吧!反正我先說，我是不會吃的。」

「我知道妳有一個很喜歡的男生，所以妳吃不吃都沒關係，只要每天幫我收下早餐即可。」他對我眨眨眼。

「好吧!」確認他已經離開後，我轉身就往李涵座位走去。「給妳。」她一臉幸福接過熱騰騰的早餐。

這樣的劇情重複了整整一個學期。

某一個風和日麗的午後，李涵從門外探了探頭。

「妳午休不進教室，在外面鬼鬼祟祟幹麼?」我輕撥瀏海，瞥了她一眼。

「國中時看妳穿制服，是甜美的小清新，沒想到我此生竟然有幸看到，妳穿高中制服性感撩人的樣子。」她衝進教室，趴在我背上把玩著我的長髮。

「說吧!妳又要我幫妳做什麼事?」我頭也不回，語氣平靜說著。

「這次不是要幫忙，是要跟妳說一件事。」

「娘娘請說。」我緩緩轉過身。

「我喜歡學長，正在追妳的那個學長。」李涵緊閉著眼睛。

「哪一個?」我推了她的頭，一臉疑惑。

她紅著臉不吭聲。

「送早餐那一個?」思考了幾秒，推敲出最有可能的人選。

她點點頭，難為情地看著我。「我要怎麼辦?」

「什麼妳要怎麼辦?」我眼睛裡閃爍著光芒，完全不意外她會喜歡上學長。

也可以更肯定的說，學長要是現在說他喜歡李涵，我也不會感到驚訝。他們的緣分奇妙，愛情卻來得有機可循。

但這又是另一個故事了。

「我覺得學長是可遇不可求的好男人，應該跟妳在一起的，但是我好像很喜歡他……」

「我又不喜歡他，而且他本來就不喜歡我，妳拿去吧！不用謝我。」

我一臉淡定地看著她。

她那臉上變化多端的表情，時而傻笑、時而嘆氣。

「妳這是什麼花痴樣？」我伸手捏了她厚實的臉頰。

「妳真的……還在等他嗎？」她說。

「……」我眼神裡閃過一道失落。

「已經兩年了。」她摸摸我的頭。「妳身邊其實有很多不錯的男生。」李涵不曾放棄要尋找謝康昊，卻始終石沉大海。

或許，她已經感到無力了吧！

「我不是為了戀愛而存在的啊！現在只想好好跳舞，當個稱職的熱舞社社長。」我只想為了謝康昊存在，所以在我等到他以前，我願意成為戀愛絕緣體。

「妳真的不考慮學長嗎？在我還沒追到手之前，妳都可以跟我公平競爭。」李涵的這句話讓我想起了余佳穎，那個說過不與我爭，卻在最後出手破壞的余佳穎。

「妳到底覺得學長有多好啊？」我無奈地笑著搖頭。

「不知道他到底有多好，但是我覺得他會是一個不可錯過的人。」李涵露出一絲甜蜜的笑容。

過了許久。

我揚起笑容，緩緩地說：「就因為我的生命裡有過一個謝康昊，所以其他人對我來說，根本不算什麼。」

李涵，學長之所以會讓妳有一種不可錯過的感覺，是因為他就是妳命中注定的人。

而我的命定之人，早在十四歲時，就已經悄悄住進我心裡了。

3

（鮮花、抱抱。）

這是一個，李涵為了替吉他社斂財而想出來的活動。

卻意外的在校慶裡造成廣大迴響，如此矯情的活動竟然那麼受歡迎，我感到非常不可思議。

「思秧！思秧！我的委託人需要妳到操場一趟喔！」

李涵拿著大聲公，走到我們熱舞社的攤販。

「我？」一個告解與告白的活動，跟我有什麼關係？該不會是說過我壞話的人，要集體跟我道歉吧？

收下鮮花，表示拒絕、一個擁抱，表示接受。

站在指定位置，朝我走來的是一個陌生的臉孔。

「學妹，我從妳高一第一天來到學校就喜歡上妳了，也為妳寫了好幾首歌；雖然妳不曾回應我，但是能不能看在我喜歡妳這麼久的份上，跟我去看一場電影呢？」

我想起來了！他就是所有心血結晶，被李涵一個DEL鍵刪除的那個學長。

我尷尬的望著他手中的玫瑰花。「這個……」

「要說喜歡她很久，先贏過我再說好嗎？」我的身後傳來熟悉的聲音。

我緩緩地回過身，對上一雙漂亮的眼眸。「你怎麼會出現在這裡！」

「想妳，所以來了。」男孩痞痞地笑了。

他的話，引起了身旁同學的驚呼聲。

「吼！不要打擾我做生意啦！」李涵一臉不爽地把男孩拉走。

「你就是徐思秧一直在等的人嗎？」李涵喜歡的學長偏著頭問他。

男孩眨了眨眼，聳聳肩說。「我很希望我是。」

匆匆的接過學長手中的鮮花，我追了上去。

「你要來幹麼不先跟我說？」

「我現在不想理妳，因為妳剛剛轉頭時，眼裡充滿了失望。」男孩背對著我嚷嚷。

我心虛地拉了他衣角。「哪有啊！」

「就是有！」男孩用力地抖動雙肩。

我搖搖頭，從他後腦杓用力搥下去。「再演啊！死徐浩！」

「思秧！妳看誰來了！」李涵跑到我面前，興奮地指向後方。

高偉軍牽著一個長相清秀的女孩、林彤輕輕挽著宋家佑的手，他們看上去都比國中時成熟了一點，卻依然保有著那時的笑容。

「嗨！好久不見！」高偉軍揮揮手，身旁的女孩微笑對我點點頭。

「妳變得更漂亮了！」林彤說。

「現在是，同學會嗎？」我笑著看向李涵。

她抬起下巴，一臉得意地說：「是我約他們來看妳表演的，這可是妳當上社長的第一次公開表演耶！」

「這可真讓我感到榮幸啊！」熱舞社的學妹跑到我身旁，提醒我表演時間快到了。

「謝謝你們，等等結束我請客。」說完便跟著學妹走向舞台。

又是老地方，不同的是，李涵已經徹底的取代了謝康昊的位置。

以前看著手忙腳亂的李涵，我總會認為謝康昊的離開好像就是在幾天前而已。

可如今李涵熟練的動作，時時刻刻都在提醒著我，謝康昊已經離開兩年了。

「還是沒有謝康昊的消息嗎？」高偉軍開口。

「嗯。」我點點頭。

上一次在這裡見到高偉軍，他還是個失戀的憂鬱小生，如今也遇到了對的人。

「有試著用臉書找找看嗎？」宋家佑看向我。

「有，可能是沒有共同好友的關係，完全找不到。」

「如果從余佳穎那邊下手呢？」林彤靈機一動，拿出手機。「我想她會是我們最後的機會。」

大夥聚精會神的，盯著余佳穎的臉書好友。

「還是沒有。」我失望地垂下雙肩。

沒有人知道謝康昊失聯的原因，就連跟他一起長大的李涵也是。

「如果謝康昊永遠不回來了，妳要怎麼辦？」高偉軍塞了一塊雞塊到嘴裡。

「她還有我啊！我目前候補第一順位。」徐浩看似玩笑的說著，眼裡卻有一絲絲的認真。

「你不要……」我皺起眉頭。

「好……好我知道……我不說，我去抽菸。」他高舉雙手笑著走出店門。

「他很像謝康昊。」徐浩走出店門後，宋家佑緩緩開口。

「不像，謝康昊會搞失蹤、徐浩不會。」我微笑搖搖頭，輕輕翻攪著眼前的湛藍可爾必思。

李涵把謝康昊的配方改掉了，起初我激烈跟她抗議，卻換來她這樣的回答。

「漫長等待已經夠心酸了，我希望妳喝下這杯飲料時，至少有一部分是甜的。」

「謝謝妳。」

「謝屁啊！臭三八！」她翻了一個白眼。

※

日子過得很快，學測後我的凶巴巴失控李涵戀愛了，和那個曾經出手相救的熱舞社學長——他叫姜睿宇。

這一次，我可是嚴格的把關，才把她拱手讓出去。

正如李涵在月老廟說的，姜睿宇不會劈腿，還會提供她很多的食物。

「妳這個周末要跟姜睿宇去約會是嗎？」我輕輕地撕下臉上的面膜。

「可以不要直呼我家寶貝的名字嗎？」她雙手叉腰站在我面前。

「喔！妳這個周末要跟學長去約會是嗎？」我翻了個白眼，還是乖乖照著她的意思再說一次。

「對啊！怎麼了？」

「沒啊，原本想找妳陪去買新衣服，下個禮拜的校慶，就是我高中最後一次表演了。」

「好啊，那我跟學長說一下。」

令我驚訝的，她這一次竟然沒有見色忘友。

「但交換條件是，妳要掩護我星期四去台北住學長家。」她湊到我耳邊。

「靠！妳真的越來越誇張，妳已經沒有貞操可言了！」我伸手掐住她脖子。

「去死啦！妳要說的是節操吧！我的貞操還好好的躺在這裡面！」她激動地指著自己的百褶裙。「妳檢查！妳快給我檢查！」

我笑著推開這個瘋癲的女子，拿起手機。「我現在就要打電話嗆姜睿宇！他這個畜生王八蛋，誘拐未成年啟智兒童。」

「妳敢說我是啟智！校慶那天我絕對要整哭妳！」李涵很快從地面上跳起來，一把搶過我手中的手機。

雖然手機是被她給搶了回去，但是當晚，我仍是打電話狠狠威脅了姜睿宇。「你要是敢對她出手，做什麼見不得人的事情，我絕對會讓你死！」

「我沒有好嗎！我很保護她的。」他的語氣甚是無辜。

「反正就是不可以！我跟她之間是沒有祕密的；如果你被我知道，你把她吃掉了，我真的會讓！你！死！」李涵去過夜之事，越想我頭皮就越麻。

「哈哈哈哈哈哈哈！妳要不要乾脆跟我坦白妳是同性戀啊！妳愛李涵吧！」電話那頭，傳來一陣爽朗的笑聲。

「愛你去死啦！」

「我發誓！我不會對她做任何會被妳殺的事情。」聽見他誠懇的保證，我才安心地把電話掛掉。

這樣應該就可以好好的跟程以築和謝康昊交代了吧！

不是在推卸責任，我是真的替李涵找到了可以好好照顧她的人了。

姜睿宇帶著大大的花束站在舞台前，讓正在台上彩排的李涵又哭又笑。

「她反應會不會太浮誇啊！你們是要求婚嗎？」站在他身旁的我無奈地翻了個大白眼。

「還不是時候，但是我們可以先練習一下。」他揚起燦爛的笑容緩緩走向李涵，像是想起什麼似的回過頭來。「我很期待妳看到驚喜的反應，希望妳不要讓我失望。」

「講什麼鬼話啊！」我疑惑地看著他們相擁的背影，搖搖頭。「你們兩個果然是絕配，智障配白痴。」

最後一次的表演對我來說意義非凡，短短三年，熱舞社佔據了全部；我很努力的，讓熱舞社擺脫了壞小孩才會加入的標籤。

「學姊，我們想跟妳做最後一次的彩排。」學妹跑向我。
「當然沒問題！」微笑著點點頭。
回到社辦的路上，我心中滿是不捨，再過不久，這裡的一切都將成我人生中的某一些片段了。
專屬李涵的手機鈴聲響起。
「幹麼啦廢物！」
「說吧！」
「妳可不可以幫我一個忙啊！」她背景聲音聽起來非常吵雜。
「我們現在主舞台的音響有點問題，妳可以去大門幫我帶一下我朋友嗎？」她的口氣聽起來很急促，但是我還要彩排……
「思秧……拜託……」又給我裝可憐！天曉得她裝可憐我就無法拒絕是什麼巫術。
「好啦！但是我要把他帶去哪裡？我等等還要彩排耶！」
「都可以啦！妳先把他帶進來就好！」說完李涵就匆匆掛上電話。
「我去帶朋友進來，妳們先排練。」轉過身叮囑學妹，我在鏡子前整理了一下儀容。
李涵還有什麼重要的朋友？她的人生都跟我重疊在一起，有誰是我不認識的嗎？
我甩甩頭，算了，不過就是帶個人，我哪來這麼多問題。
站在大門口許久，望著滿滿的校外人士，我突然想起一件事；為了不引起側目，我轉過身拿起手機。
「李涵！妳是白痴是不是！我站在大門口這麼久！哪知道妳朋友是哪位啊！」我對著電

話那頭狂罵。

「啊！他還沒到嗎？」李涵輕笑。

「妳是在笑屁啊，他就算到了，也不會知道是我要出來接他啊！」

「他會的！先這樣！掰掰！」沒頭沒尾的，李涵又切斷了通話。

我收起手機，罵了一串髒話之後。

「對不起，讓妳久等了！」

「……」一股寒意從腳底直衝腦門。

我、動、彈、不、得。

「不想轉過來，是不想看到我，還是不敢看到我？」我能清楚感受到聲音的主人正向我靠近。

試著調節自己的呼吸，卻仍止不住那顫抖的雙手。

「你……」緩緩轉過身，我的目光全鎖在一雙我朝思暮想的眼裡。

「好久不見。」他微笑。

「真的……真的好久……」舉起手，想抹去那模糊我視線的淚水。

他從口袋裡拿出面紙，輕輕捧起我的臉。「怎麼一見到我就哭啊！像笨蛋一樣。」

「你到底去哪裡了？到底是去哪裡了？」我用力推開他的手，死命地瞪著他。

「還是一樣凶巴巴。」他摸摸我的頭。

我們之間就呈現一個，我在哭、他在笑的，詭異氛圍。

「喂，謝康昊！你怎麼可以讓她哭！」李涵拉著姜睿宇跑向我們，伸出手狠狠朝謝康昊的胸口重擊。

他悶哼了一聲。「我不是故意的！」

「他就是傳說中的謝康昊嗎？果然夠帥。」姜睿宇瞇著眼，上下打量謝康昊。

李涵踹了謝康昊一腳，湊到我耳邊輕聲地說。「人我是找回來了，接下來要殺要剮，隨便妳。」

「我要……」我好不容易從一陣混亂裡開口。

「要什麼，妳說。」謝康昊溫柔地看著我。

「我要去彩排。」

那是我第一次看到姜睿宇翻白眼。

謝康昊微微一愣，露出淺淺的笑容。「好，那我陪妳去。」

原本以為謝康昊在開玩笑，沒想到他是鐵了心要跟著我。

他比以前更好看了，只是單純的走在我身邊，就能引來很多女生的目光。

「他就是學姊喜歡的人嗎？」一回到社辦，聽到風聲的學弟妹們紛紛衝了出來。

「少廢話，我們快點彩排啦！」

終於完美謝幕了，我們的高中生涯。

4

「來吧！拍一張親親的照片。」別著胸花的李涵拿著拍立得走向我。

「來啊！」我伸手抱住她。

「妳上大學沒有我的照顧，要好好活著知道嗎？」她眼中帶淚。

「妳才是，不要因為讀夜校就偷懶不去上課。」我們相識一笑。

一切盡在不言之中了。

「謝康昊等等就會到火車站，我們一起去吃飯吧！」我低頭看了手機。

上次校慶結束後，因為晚上還要上課的關係，謝康昊並沒有多做停留。

「這麼快就要走了？」我難掩失望，拉住他的衣角。

「對不起，因為我晚上還要上課。」謝康昊告訴我，李涵為了讓他能出現在我最後一次的表演，特地跑到台北跪求他們店長讓他放一天假。

「好吧！那我送你去搭車。」我點點頭。「對了！你沒有跟我說，李涵是怎麼找到你的。」

「臉書，某天她在我們髮廊的宣傳照上，看見了我的照片，就私訊我們的粉絲團了。」謝康昊輕輕扶著我的肩膀往前走。

「原來如此。」

李涵表面上勸我要看開一點，卻始終沒有放棄要幫我找到她。

「她很厲害，把我搞得像負心漢，被全公司的人圍剿。」謝康昊笑著看向前方。

「對不起！她沒有別的意思……」

「我知道，她只是想告訴我，妳一直都在找我。」他停下腳步，拿出手機遞到我面前。

「我們，交換一下手機號碼吧！」

我點開他的通訊錄，令人訝異的是，裡面一個聯絡人也沒有。

「不用那麼驚訝，我是最近才有手機的，就讓妳當第一個聯絡人吧！」
「所以你之前不跟我們聯絡，是因為沒有手機嗎？」
「對！」他點點頭。「因為我住姑姑家，手機壞了，真的不好意思跟她要，畢竟她日子也不好過。」
「那我可以輸入超級大美女嗎？」
「當然可以。」他寵溺地撥亂我的頭髮。
可是他回台北之後我們幾乎沒有聯絡，偶爾我會傳ＬＩＮＥ給他，他總是很久之後才回，有時候秒回的也只是一個貼圖。
「你們要在一起了嗎？」李涵拉拉我的手。
我搖搖頭。「我覺得，感覺好像不一樣了。」
「怎麼說？」她朝著遠處的姜睿宇招手。
「妳有看謝康昊的臉書嗎？我覺得他的生活，是我完全不懂的世界。」半工半讀的謝康昊一直很爭氣，參加過大大小小的比賽，動態上全是他練習的照片、和一些同事幫他記錄的工作花絮。
「他是跟以前不太一樣，但也沒妳說的那麼誇張吧！不同的生活當然會造成不一樣的差異，但是他的本質還是他啊！」
「這些我都知道，但是……他身邊都是美女，我們這一分開就是三年，難保他已經對我沒感覺了。」終於說出心裡話，我心裡舒坦多了。
「那妳等等就找他問個清楚，之前我一直摸不清學長的心意，妳忘記妳是怎麼跟我說的了嗎？」

李涵雙手搭上我肩膀。「妳不是他，不要去揣測他的想法。」

「妳好像真的變了不少。」

看著眼前這陪著我長大的女孩，我們膩在一起的時光，一晃眼就是六年。

「人都會長大的。」姜睿宇親暱地勾住李涵的脖子，收起玩笑的表情。「所以謝康昊的成長未必是件壞事。」

「你……」我抬起頭。

「在李涵逃避我的感情時，是妳幫了我很大的忙，所以如果妳需要我幫忙，真的不用客氣。」姜睿宇和懷中的李涵相視一笑。

「還有我，我也會站在妳這邊。」李涵拉起我的手。

心中的一股暖流，惹得我鼻頭一紅。

「眼淚吸回去，妳的男主角來了！」李涵輕輕拍打我雙頰，從口袋裡拿出脣膏，替我畫上充滿戀愛氣息的粉紅色。「很好，看起來非常完美。」

謝康昊手捧著兩束百合花，微笑朝我走來。「我是不是來得有點晚？」

「不會。」姜睿宇搖頭。

「思秧！李涵！畢業快樂！」謝康昊帥氣地將花束遞到我們面前。

「謝謝你。」我接過花束。

「我們快點走吧！老闆還在等我們吃飯呢！」李涵說。

我永遠記得，當我們告訴老闆，謝康昊要回來吃飯時，他一個大男人偷偷躲到吧檯擦眼淚的畫面。
「老闆結婚了沒啊？」李涵他們走在前方，我和謝康旲並肩走在後頭。
「還沒啊！他娶不到老婆。」李涵笑著轉過身來，對我們做了個鬼臉。
老闆看見謝康旲的第一眼，不是衝上去擁抱他、不是狠狠揍他一拳，竟然是像個久未見到丈夫的小妻子，拿著紙巾低頭啜泣，還一邊埋怨謝康旲都不回來看看他。
「我也想回來啊！但是我當助理真的沒什麼錢，而且我奶奶現在失智了，我不敢放她一個人在家。」謝康旲一口飲盡杯中水。
「奶奶怎麼會失智了？她不是一直都很健康嗎？」李涵驚呼。
謝康旲放下杯子。「其實在我國三的時候，她就常忘東忘西，姑姑帶她去檢查，才發現是阿茲海默症；後來姑姑帶著我們去台北，就是為了要方便照顧奶奶。」
我仔細觀察謝康旲的表情，他感覺很平靜，好像是在說著別人的事一樣。
「那奶奶現在還好嗎？」
「她已經開始想不起很多人，可是她……竟然還記得妳。」謝康旲看著我。
「我？」我和奶奶僅有一面之緣，沒想到她會記得我。
「可能把妳當媳婦了吧！」李涵笑著對我使了個眼色，接著她拿起包包。「我跟學長家人約好一起去慶祝我畢業，謝康旲就麻煩妳了喔！」
「不會吧！妳屁股都還沒坐熱就要走！」謝康旲伸手拉住李涵，視線與姜睿宇對峙著。
「抱歉了！我媽急著見媳婦，等李涵到台北讀大學了，你要她坐多熱都可以。」姜睿宇對我眨眨眼睛，輕輕撥開謝康旲的手。

收到姜睿宇的訊息，我趕緊開口。「李涵妳快去吧！我等等會送謝康昊去坐車的，不用擔心。」

「嗯！那就麻煩妳了！謝康昊我們台北見！」李涵牽起姜睿宇的手，消失在我們視線裡。

在他們離開後，我和謝康昊之間，呈現了短暫的尷尬，索性我低頭玩起了手機。

「妳跟那個姜睿宇很熟嗎？」謝康昊開口。

「很熟！他是我社團的學長。」我抬起頭看他。

「李涵說他原本想追的是妳。」

「那是一個天大的誤會，他追我是幌子，追李涵才是真的。」某方面來說，我這樣講是對的吧！

他微笑地點點頭。「妳應該很多人追吧？」

「這樣講可能很自大，但是真的不少喔！」我呵呵笑了起來。「你呢？交女朋友了嗎？」

沒想到可以這麼自然的，問出卡在我內心很久的問題，得意地抬起下巴。

「沒有，我不想談戀愛。」謝康昊的回答平靜而堅定。

我瞪大雙眼不知所措地看向他，如果說這麼漫長的等待是他的平安歸來，那麼我應該感到開心；可偏偏我這樣的等待，是為了再一次回到他身邊，成為他選擇的人。

「你……不想談戀愛是嗎？」我小心翼翼再次確認他的回答。

「嗯，我想在最短的時間內成為設計師，我想在奶奶完全忘記我之前，帶她到處去玩。」

謝康昊將他的手機遞到我面前，桌布是奶奶捧著蛋糕，謝康昊偷親她臉頰的照片。「奶奶偶爾會想不起我，我就會拿這張照片告訴她，我是她的最愛，她辛苦了一輩子，是該享福了。」

我接過手機，輕輕地滑過其他相片。「助理的錢應該不多吧？這樣你日子還過得去嗎？」

「我已經不算助理了！高中這三年，我每天摸著黑出門練習，看著月亮回家，老闆非常栽培我，現在算是準師了喔！」謝康昊伸出手將我包圍在他的懷裡。

「好厲害！」雖然我不了解準師跟助理的差別，但是他為了完成夢想而努力不懈的樣子，真的讓我很佩服。

他真的不一樣了。

「什麼時候要讓我幫妳用頭髮啊！」他將手伸進我脖子，撩起我的髮尾。

「很癢耶！」我笑著推開他的手，卻被他捉弄似地加重了搔癢的力道。

老闆坐到我們身旁，深深看了我一眼。「我一直以為你們會在一起。」

「時間會改變很多事嘛！像這樣當朋友也很好啊！」我搶在謝康昊之前開口。

我能體諒他不想談戀愛的心情，但是驕傲如我，不願自己這麼久的等候，被他短短一句話否決。

他看了我一眼，輕皺眉頭。「是啊！當朋友也會比情人更久。」

我去你媽的才不想當你的什麼鬼朋友。

收拾著去台北的行李，媽媽蹲在我身旁，替我折完整整一個皮箱的衣服。

「等下妳哥哥會來載我們去妳學校，快點檢查還有什麼沒帶到的，不要到了台北又打給我說要幫妳寄什麼上去，妳媽我沒空。」

「我當然會打給妳，但那是因為我想妳、想關心妳。」時間也改變了媽媽和我，她工作忙我就替她準備宵夜、我讀書累了她就替我布置充滿花瓣的玫瑰澡。

甜言蜜語她不會說，但是對我的愛從來沒少過。

「三八！去台北有事情就找哥哥，記得跟李涵互相照料。」媽媽的眼角閃著淚光。

「妳也要好好照顧自己，不用擔心我跟哥哥的看法，李叔叔對妳好，我們就好。」爸媽正式簽字離婚後，媽媽的初戀情人出現了。

不同於我們年輕人的濃濃愛戀，他們彼此陪伴的感情，在歲月的襯托下更顯溫厚動人。

媽媽害羞地撇開臉，視線看向窗邊。「妳窗戶掛著的那個書籤是什麼啊？」

「啊！差點忘記了！」我跑向窗邊，輕輕地拆下它，小心地夾進日記本裡。

那是謝康昊國一時送給我的紅色仙丹花，他串成戒指輕輕套在我手上，就像是緊箍咒，把他牢牢的鎖在我腦海裡了。

可惜，我們的故事結局是最好的朋友。

說最好的朋友，還真是美化了我們的關係，謝康昊很忙，忙到連吃飯的時間都沒有，維繫著我們友誼的一直都是我。

※

「我才是妳最好的朋友好嗎！友誼是雙向的，妳跟謝康昊根本是妳單方面付出。」

此刻出現在我眼前的是，一週有七天我大概會看到他七點五天的徐浩。

「我才沒有跟你雙向，是你單方面付出。」我笑著翻了他一個大白眼。
「我好可憐，偶像劇裡的悲劇，都是上演在我這種帥帥溫柔男身上。」他趴在桌上，用力的抖動雙肩。
「你演技很爛！都幾年了，還是只會假哭跟抖肩膀這兩招。」我聳肩，冷眼看著他。
「妳更爛，都幾年了，還是只會喜歡跟等待謝康昊。」他憋笑。
「你在靠杯喔。」我拿起桌上的方糖往他身上丟。
他一個快速的閃身，那方糖就這樣不偏不移，停在了隔壁桌的男生頭上。
「快跑！」徐浩拉起我的手，往櫃台方向跑。
跑到櫃台時，穿著制服的李涵輕皺著眉頭看向我。「徐浩為什麼總是像個屁孩一樣。」
「可能他家祖墳風水不好吧！影響到後代子孫。」我的話招來徐浩一陣亂打。
上大學後李涵忙著打工和上課，為了見她，我只好每天到她打工的咖啡廳報到，而徐浩則是堅持，設計系學生一定要在咖啡廳做作業的怪原則，每天出現在我身邊。
「你們日校感覺好耶！都可以很休閒在咖啡廳做作業、聊天。」李涵將發票放到我手上。
「那是只有我們兩個吧！花爸媽的錢然後耍廢。」徐浩笑著搶過我手中的發票跟零錢，大步往外走。
「妳既然都試著要放棄謝康昊了，不打算考慮一下那個傢伙嗎？」李涵指向玻璃門外一邊抽菸一邊扭屁股的徐浩。
「我在猜，他遇到一個良人了，但是他眼盲，短時間不會看出來。」
「有這種事？」李涵偏頭。

「有啊！喜歡一個人，會變成一種習慣。習慣喜歡、習慣在意、習慣到喜歡變成一個動作，而不是一種感覺。」

「那妳對謝康昊是習慣動作，還是感覺？」

「我還在找答案。」

逛謝康昊的臉書，已經是我每天睡前的習慣動作，看著他又完成了什麼樣的考核，又或是有哪些漂亮的女生去找他染頭髮。

心中的醋意日漸濃厚，真恨自己當初幹麼建議他去學美髮，一堆居心叵測的臭三八整天巴著他。

「花心鬼！不懂避嫌是不是！」我撕下臉上的面膜朝電腦螢幕丟去。

「我很懂得避嫌，要不要再考慮我一次啊！」徐浩坐在我哥哥公寓裡的沙發上，盤著腿用電腦。

「你如果懂什麼叫避嫌，就不會這個時間出現在我家。」

「我們不一樣，我是妳候補男友。」他熟門熟路地打開冰箱，拿了自己帶來的水壺。

我走到他電腦前，看見他又在臉書上亂標記我。

「來緋聞女友家畫平面構成就是特別順手。——與徐思秧。」

如果說高中是戀愛絕緣體，那我承認是自己造成的；但是我大學完全沒有人追，就是徐浩這個白痴害的。

「因為一個謝康昊就讓我戰的夠辛苦了，我不能再多任何一個敵人了！」他是這樣說的。

曾經李涵提醒過我，徐浩這樣的行為會害我失去很多戀愛機會，但是上了大學我才發現，多的是可以讓我去體驗的事，人生不應該只侷限在戀愛這件小事上。

其實這世界很大，只要我們願意走出去。

我投入熱舞社、參加志工服務、偶爾接接外拍、還有那忙死人的系學會，日子雖然忙碌，卻也足夠充實，讓我幾乎要忘了自己是喜歡謝康昊的。

整整兩年，我們都只是會在臉書互相按讚的那種關係，甚至連留言都沒有。

5

世界很大，大到謝康昊與我身在同一個城市裡，卻不曾相見。

世界其實也很小，繞了一大圈，還是會再遇見那個人。

不管是妳討厭的、還是喜歡的。

我一臉不爽地看著眼前的李涵和高偉軍。「我不要！」

「拜託！我要工作真的沒空！」李涵雙手合十。

「我要忙海外留學我也沒辦法！」高偉軍對我磕頭。

「那就不要辦啊！又沒有什麼非要辦同學會的理由。」我撇開頭。

「妳還記得我們班的十號伍怡禎嗎？她過世了。」高偉軍拿出手機，讓我看了一則臉書的活動邀請。

是我們國中同學的，告別式。

「等到我們有一定要辦的理由時，還會有多少同學呢？」他嘆了口氣。

「但是我……不……不想聯絡余佳穎。」我抬頭看了李涵一眼，她也是一臉堅決搖頭。
「林彤說，如果是妳主辦，她願意當妳的協辦人員。」
「那她幹麼不自己辦就好，」
「因為她國三時被她的朋友排擠，不知道該怎麼開口。」
「你們真的有病，辦一個同學會來自虐。」我搖搖頭。
「有些事情在長大後，總可以開口說了吧！」高偉軍意味深遠地看著我。
我懂了，他是指我們和余佳穎之間的恩恩怨怨。
那就辦吧！一場辦來自虐的同學會。

「沒想到妳竟然是為了同學會才來找我染頭髮。」
謝康昊透過鏡子與我視線交錯。
「好懷念，上一次我們一起染頭髮，是國二的事情了。」
「而且還是用劣質的技術幫我染的。」
「叫屁啊！你自己找我的。」我笑著推了他一把。
他大動作的跳開，引起了身旁其他設計師的注意。
「阿昊你難得對客人這麼熱情喔！」
「關你屁事！」他瞪了人家一眼，就專注在我的頭髮上了。
「想染什麼顏色？」
他拿了一本色卡，蹲在距離我不到十公分的地方，跟我討論著顏色。

色。

「跟你頭上一樣的顏色。」他身上的氣味太好聞，讓我失去思考能力，隨手指了他的髮色。

「這樣我們去同學會，會不會被說情侶髮色啊？」他笑著摸摸我的頭髮。

這樣的親暱讓我不自覺的全身發熱，但是我知道，設計師摸客人的頭髮是很正常的！清醒點！徐思秧。

「如果會造成你的困擾我換別的顏色也可以。」

「不會啊！我一點都不會感到困擾。」他起身走向調色區。

但是我很困擾。

染完頭髮後的每一天，我沒有一刻不想起他。

第十章

1

同學會的前一晚，林彤撥了電話給我。

「全班都會到喔！除了宋家佑。」

「他去哪裡？」

「他出國讀書了。」

「喔！原來。」有點訝異，宋家佑竟然會離開林彤出國讀書，不過我想，以宋媽媽那麼強勢的個性，就算宋家佑想留，也留不下來吧！

掛上電話後，我站在衣櫃前，看著一件非常過時的長版衣發呆。

那是我和余佳穎、李涵的，第一也是唯一的姊妹裝。

余佳穎，她又是帶著怎麼樣的心情呢？

在餐廳門口的林彤指引大家進來報到。「余佳穎來了。」

「好久不見。」我尷尬地揚起嘴角。

「謝康昊他來了嗎？」她撥了一下吹整完美的瀏海，冷漠地看了我一眼。

沒想到她是這樣的神態自若，一把無名火在我心中燃燒。「妳可以直接進去看，應該有帶眼睛吧！」

「咳！咳！」站在我對面喝飲料的高偉軍差點沒噴出來。

余佳穎斜眼看了高偉軍一眼，隨即轉身進入包廂。

「妳今天吃炸藥啊！」高偉軍朝我挑眉。

「她找謝康昊幹麼？她還有臉見謝康昊嗎？」我不屑地瞪了她背影一眼。

「抱歉我晚了！」遠處傳來熟悉的聲音，李涵狂奔而來。

林彤走在她身後輕聲道。「思秧！除了謝康昊還沒來，其他人都到齊了。」

「謝康昊應該在趕來的路上了，我們先進去吧！」

我點頭，撥通了電話。

「喂！思秧我快到火車站了！可以來接我嗎？」謝康昊的聲音響起。

「好！我馬上去接你。」我驕傲地看了余佳穎一眼。「各位！你們先開始，我現在要去接謝康昊過來，馬上回來。」

「水喔！」高偉軍轉過身來跟我擊掌。「雖然我們這樣的行為很幼稚，但是妳真的是大贏余佳穎耶！」

「幼稚又怎樣，我等一下還有更厲害的武器。」

對！我就是幼稚！更幼稚的是我現在很慶幸，當初隨口說要染成和謝康昊一樣的情侶髮色。

我騎著我的白色ＭＡＮＹ，帥氣地一個大迴轉，停在謝康昊面前。「上車吧！大家都在等你呢！」

「讓我載妳吧！」他朝我伸出手。
「你確定你還記得這裡的路？」我停好車，斜眼看著他。
「我確定如果我騎錯了，妳會告訴我。」他笑著接過我手中的安全帽。
這裡的街道比起六年前他離開的時候，拓寬了不少，林立的商店也不再是從前的小攤販，唯一沒變的，是他身上的味道。
緊緊抓著椅背後的握把，努力不讓自己太靠近他。
天曉得他只要按煞車，我就擔心我的長輩會撞到他。
「妳可以放心地撞上來，我保證不起邪念。」停在十字路口時，謝康昊轉過頭來看我。
「你知道我在想什麼？」
「很多女生都會故意撞我，所以養成了我總是背後背包的習慣。」他輕催油門，繼續往餐廳前進。
「但是你今天沒有背。」
「因為我今天要載的是妳。」
「什麼意思？」
「字面上的意思。」停好車時，他伸手脫下了我的安全帽。「大家好像在看我們。」
我緩緩地把頭轉向右邊，全班同學像看動物一樣，趴在落地窗前望著我們。
當然也包括余佳穎在內，真是太爽了！
「果然是一模一樣的髮色。」謝康昊在後照鏡前，整理了被安全帽壓扁的髮型。
「如果你會困擾……」

「我說過了，一點都不會困擾。」
謝康旲率先走進餐廳，我這才發現我們都穿著黑色帽T。
「妳幹麼一直偷笑？」謝康旲轉過身來看我。
「有嗎？」我忍住笑意，瞪大無辜的雙眼。
李涵大步走向我們，她瞇著眼，一臉認真地仔細打量著。「徐思秧！妳是不是瞞著我什麼事？」
「什麼事？」
「你們的頭髮、你們的衣服，你們該不會背著我偷偷交往了吧？」李涵一把拉過我，比對我和謝康旲的衣服，
「巧合。」他推開李涵的手，面無表情地越過我們之間。
喜歡一個人，真的只要他一句話，就可以把你從天堂打進地獄。
此時的我，就深深地被謝康旲打進地獄裡了。
「我坐哪裡？」謝康旲走到林彤身邊。
「思秧旁邊。」
整個聚會的過程中，我除了聽見李涵豪邁的笑聲外，什麼也聽不見。食、不、知、味。
原本以為謝康旲會對我們之間的默契，有不一樣的感覺，不過，這看來都只是我自我感覺良好罷了。
有點惱怒的是，為什麼過那麼久了，謝康旲還是可以輕易牽動著我的情緒。

「要吃蝦子嗎?」謝康昊輕拍我肩膀。
用力搖頭。
「徐思秧不喜歡吃蝦子啦!因為她不喜歡剝蝦。」坐在我右側的李涵說。
謝康昊微微點頭,便把目光全投注在烤蝦子上。
手機響起。
我看了來電顯示一眼,是徐浩。
「徐浩你要幹麼啦?」我口氣欠佳。
「妳在台北嗎?」他的聲音聽起來很虛弱。
「在台中,怎麼了?」
「我好像發燒了,沒事啦!我看看誰可以載我去看醫生而已。」
「你不是沒朋友嗎?還是你等我晚上回去,帶你去看醫生。」認識這麼久,我還是頭一次聽到他這樣要死不活的聲音。
「靠杯啊!我沒有朋友,但是我有直屬學妹好嗎?」
「好吧!那你好好照顧身體喔!」
「嗯,掰掰。」
「掰。」
「徐浩怎麼了?」李涵說。
「好像發燒吧!」我聳肩,夾了一塊李涵碗裡的肉塞進嘴裡。
謝康昊把剝好的蝦子全放進我碗裡,對著我說:「我出去抽根菸,幫我顧皮夾。」

余佳穎接在他身後，追了上去。

「追不追？」李涵握住我的手。

「追。」

2

我們躲在吸菸區旁的牆角，李涵蹲著，我趴在她身上。

「借個打火機可以嗎？」余佳穎從口袋裡拿出一盒涼菸，我和李涵交換了一個驚訝的眼神。

謝康昊面無表情看著前方，遞上了打火機。

「連一聲好，都不肯跟我說啊！」余佳穎苦笑，動作熟練地點了菸。

「我只是沒想到妳敢來。」

「為什麼不敢？」余佳穎輕輕彈掉菸灰。「我到現在還是不懂，我做錯了什麼？」

謝康昊轉向她。「妳傷害了妳最好的朋友跟妳前男友。」

「徐思秧可以逼我放棄你，我就不能接受高偉軍單方面的付出嗎？」余佳穎抬起頭。「我沒有逼他要喜歡我，我也沒有逼徐思秧放棄你，你們之所以會錯過，是因為你們不夠信任對方。」

「不要合理化妳的行為。」

「我有說錯嗎？我告訴過徐思秧，自己只想默默為你付出，她憑什麼把別人的祕密攤在你面前；說什麼要公平競爭，她根本就是要我看清楚，我是多麼比不上她。」

余佳穎的話像是一把利刃，狠狠往我胸口劃過。

原來在她心裡，是這樣看待我的。

「才不是妳想的這樣，她害怕妳受傷、擔心妳會難過，妳比不上她的，就是善良。」謝康昊的語調越來越急促。

「善良有什麼用，現在她身邊的人也不是你。」

余佳穎的眼神太過疏離，眼前那個熟悉的臉，卻讓我感到無比陌生。

沉默了許久，直到謝康昊又點起了第二根菸。「至少她一直在我心裡。」

李涵緊緊握住我的手，給了我一個肯定的眼神。

「她都已經知道真相了，你們還不是沒在一起。」余佳穎猛然轉過身，與我四目相交。

我快速縮到牆後，害得李涵重心不穩跌坐在地上。

「她知道了？」

「廢話，你以為李涵的個性可以瞞多久。」話說完，余佳穎朝門口走去，經過我們身邊時。「我要是你們，就會相信所謂的緣分，不適用在你們身上了。」

「馬的！」李涵憤怒地起身，準備衝向她。

「不要！」我制止了她。

曾經在腦海幻想過無數種，李涵海扁余佳穎的畫面，但是當一切就出現在眼前時，我卻猶豫了。

我要是你們，就會相信所謂的緣分，不適用在你們身上了是真的嗎？

在經歷過種種分離與誤會之後，就要承認我們沒有緣分，是嗎？

「不要聽她亂講！」李涵看透了我的心思。

「那為什麼我等了那麼久，只等到了他一句不想談戀愛。」我看著李涵，她一臉茫然的樣子。

「妳不是也聽到了嗎！他說他心裡一直都有妳。」

「謝康昊說過，會把最愛的人放在心裡面，但不會選擇等待。」李涵摀住我的嘴巴，將我拉到身後。

謝康昊經過我們身旁，走進餐廳。

「我真的看不懂你們兩個在演哪一齣戲。要愛就去愛、不愛就放棄，有沒有那麼困難啊？」李涵鬆開手，偏頭看我。

「那我問妳，當初妳為什麼不敢跟學長在一起？」

「因為我害怕遠距離、因為怕受傷。」她說。

「我現在就是這樣。」我直視著李涵的眼睛。「我害怕當我投入了全部的感情時，謝康昊又會消失。」

李涵點頭，輕輕拉起我的手。「解鈴還需繫鈴人，我們還是回去吃東西比較實在。」

「等等！我們不是在討論愛情習題嗎？」

「你們的題目我解不開，但是我肚子餓的解答就在餐桌上。」

「靠！妳真的有夠廢！」

在面對李涵和姜睿宇的愛情時，我是軍師是最強救援投手，一出手便是MVP。為什麼碰到謝康昊我就是智障是白痴呢？

「等等要一起回台北嗎？」回到座位上，謝康昊湊到我耳邊說。

「好啊！」我低下頭吃著他幫我剝好的蝦子。

同學會結束後，高偉軍約了余佳穎去星巴克聊天、李涵被姜睿宇接走、林彤和曾經吵架的姊妹們決定去唱歌續攤。

以前我們認為的世界末日，隨著四季更迭，都已是過往雲煙了。

「你等我，我去買票。」我走進統聯客運的服務站。

「好。」謝康昊點頭。

「你好，我要兩張到台北轉運站。」

「目前都只有分開的座位喔！」

「沒有兩個人一起的嗎？」

「要等到十點十分。」我看了看時間，還有一個小時，到台北大概已經十二點半了。

「好，那就十點十分兩張票。」我揚起嘴角。

拿著票卷小跑步到謝康昊身邊，他放下手機對我露出淺淺的微笑。「幾點的車？」

「因為都沒位置了，要等到十點十分。」我心虛地移開視線。

「坐一起嗎？」

「對耶……如果你不想的話……」我回頭走向服務台。

他拉住我的手腕。「沒有，我是想說，如果沒有坐在一起，我們就等晚一點沒關係。」

我們視線交會，有一瞬間我以為看見了十四歲的謝康昊，那個很喜歡我的謝康昊。

「我們去心鎖橋看看吧，我好久沒有回來了！」他收起濃烈的視線，恢復了一貫的冷靜。

「好。」我靜靜跟在他身後。

落腳在我們的情鎖前，幻想過無數次與謝康昊一起回來的畫面，每次都讓我紅了眼眶。

「妳常常來看它嗎？」謝康昊溫柔地摸著寫了我們名字的鎖。

「嗯。」

「是因為想到我嗎？」

「嗯。」

「對不起，我以為當初的決定，對妳才是最好的。」他摸摸我的頭，昏暗的月光下我看不見他的表情。

「不用道歉，只要你現在過得好，我也就好了。」

我想起了徐浩曾說過的話。「如果我們相愛，那攜手到老；如果我們分開，我只要你安好。」

以前的我不懂究竟是怎樣的感情可以說出這麼深刻的話。

現在懂了，答案就是當你很愛很愛一個人的時候。

回台北的路上，我靠在謝康昊的肩頭，那熟悉的味道滲入鼻息，好像做了一個很美的夢。

夢中謝康昊不斷地調整坐姿，讓我的肩膀不痠痛、輕輕地撫摸著我的頭。

可惜只要是夢，就一定會有醒來的那一刻。

當我張開眼時，他只是靜靜聽著音樂，疲倦地打了個大呵欠。

很多人說，大學會是你求學生涯裡，過的最快的。

這話不假，大三就這樣悄悄來臨了。

大家都有了很大的轉變，高偉軍和交往多年的女友出國當交換學生、徐浩為準備大四畢業專題忙得不可開交、姜睿宇因為媽媽生病住院，毅然決然放棄即將到手的畢業證書，提早入伍了；而李涵呢？她偷偷瞞著姜睿宇，一個人去參加轉學考、一個人收拾行李、一個人回台中租房子，等到姜睿宇發現時，李涵已經為了陪他回到台中讀大學了。

3

「我跟妳說喔！學長當兵有偷哭喔！因為他說很想我。」李涵離開台北後，我的生活就像是一盤沒有調味的義大利麵，美麗卻沒有味道。

還好她每天都像電話不用錢一樣，打來跟我報告生活瑣事。

「欸廢物！我要接插播！掰掰！」隨即切斷了李涵的來電。

「思秧！今天宵夜要吃什麼？」男孩說。

「你知道每天約女生吃宵夜是一件很沒水準的事情嗎？」我笑著翻了一個白眼。

「但是我就是這麼晚才有空啊！」

「我的意思是，你可以約我看電影，或是看夜景之類的。」

「但是我會餓嘛！我一天就只能吃早餐跟宵夜而已。」

「好啦！那你到我家樓下再打給我。」掛上電話。我的嘴角上揚。

電話那頭的，是謝康昊。

從台中回來之後，他每天都會約我吃宵夜，雖然我們之間的曖昧已經完全消失了。

但是這樣的關係我很喜歡，比起臉書上的讚友，至少現在我們是真實生活裡的朋友。

「哥，我跟朋友出去一下喔！」看見謝康昊傳來的訊息，我拿起玄關的鑰匙。

「我真的很好奇到底是誰打敗了徐浩，讓我妹妹動了凡心。」哥哥快步搶過我的手機，點開謝康昊的大頭貼。

「這個比較帥一點，原來妳是外貌協會。」

「不要亂講啦！」我踹了他一腳，關上門走出家門。

直到我坐上謝康昊的機車，才想到，手機還在哥哥那裡。

我輕輕扶上他的腰。「今天幹麼背後背包啊？」

「因為剛剛幫忙去載我們老闆的女兒。」

我知道那個小妹妹，才高中就很懂得跟謝康昊肢體接觸的小屁孩。

「嫩妹不錯啊！幹麼對她的感情視而不見！」醋味濃厚，我鬆開了雙手，反握住後方的握把。

「妳懂我的眼光，絕對是校花等級才看得上，她那樣的我真的吃不下去。」謝康昊笑著輕拍我的手「不要鬧脾氣了！我要加速了。」

「今天要吃什麼？」我喜歡把下巴靠在他肩膀上說話，因為這樣我就能清楚看見他的表情。

「不會的。」

「那如果我不喜歡呢？」

「妳絕對會喜歡的。」

謝康昊說得沒錯，我真的很喜歡。

這裡彷彿是復刻了我們國中時最愛待的簡餐店。

「這是我想念你們時，一定會來的地方。」

「真的好像喔！」

「最神奇的是他們的飲料，妳看！」謝康昊遞上菜單。

「湛藍天空？」我疑惑地看向他。

「味道跟我的湛藍可爾必思很像，但是多加了龍舌蘭。」

「我要喝！」我舉起手朝服務生揮揮手。「給我一杯湛藍天空，謝謝。」

「不行！龍舌蘭是烈酒。」他拉下我的手，一本正經地說。

「又沒關係，我沒那麼容易醉好嗎？」我張大眼睛，一臉無辜。

從鏡子的反射來看，我差點沒被自己的做作樣子嚇到吐出來。

「好吧！那就一杯。」

如果說湛藍可爾必思是青春的味道，甜蜜中夾帶著淡淡的酸楚。

那湛藍天空就是成長的代價，想嚐到甜味之前，就要先學會忍耐著苦澀。

「想再來一杯。」

「不行！」謝康昊放下手中的果汁，瞪了我一眼。「我去外面接一下公司打來的電話，妳不准再喝聽到沒有。」

「好啦！」看著他漸漸消失的背影，我和酒保交換了一個眼神。「快點！趁他回來之前再給我一杯。」

他笑著搖搖頭。「我知道這是客人隱私，但是我真的很好奇妳跟謝康昊什麼關係。」

他快速把調好的湛藍天空，倒進我已經空空如也的玻璃杯裡。

「你們認識啊？」微醺的感覺很好，身體輕得像是要飛上天一樣。

「不只認識，我還在他喝得爛醉的時候，救過他五次。」

「喔~那我告訴你喔！謝康昊他是一個渣男，說消失就消失、說出現就出現，但是就是不愛我了……」我緊緊的握住酒保的手。

「小美女，我從他眼裡看出來的，是他很愛妳喔！」他輕輕地撥開我的手。

「屁啦！他這個人渣，才不喜歡我。」我努力撐起有如千斤重的腦袋，可惜我的雙手都已經失控了。

在我失去意識以前，最後聽見的一句話是。「好好把握你們的這個夜晚，不要枉費我給了妳這麼高的酒精濃度。」

頭、痛、欲、裂。

他媽的，我是被流彈打到頭是不是啊！

「靠！」我勉強撐起身體，痛苦得揉著太陽穴，頭痛也就算了，這床那麼硬是要死啊！等等！我的床是記憶床墊！所以這是誰的床？

「頭很痛嗎？」謝康昊蹲坐在床邊，微笑著看著我。

「嗯……」

「活該。」他伸出手用力地敲了我額頭。

「啊！痛啦！」

「都叫妳不要喝了，活該頭痛。」他遞上蜂蜜水。「喝下去看會不會好一點。」

我彷彿是得到救命仙丹一樣，捧著馬克杯往喉嚨猛灌。「我沒有失身吧？」

「咳！咳！咳！」謝康昊被口水嗆得說不出話來。

「如果說妳昨天對我又打又罵，還搞得整個房間都是嘔吐味，我還能對妳做什麼，就真的是男人中的男人了。」他死命地瞪著我。

「喔……哈哈哈……抱歉。」我尷尬地對他露出淺淺的微笑，

「趕快起來刷牙洗臉吧！我等等還要載妳回家，整晚沒回家妳哥要氣炸了吧！」他從塑膠袋裡拿出全新的牙刷和毛巾。

應該是特地為了我去買的吧！

如果以後我們每天一起刷牙洗臉……思及此，我心裡湧上一股甜蜜感。

不對啊！現在的重點是我整晚沒回家！

「我哥有沒有打來說什麼？」我從浴室裡狂奔出來。

「妳沒帶手機。」謝康昊接過手上的濕毛巾，一臉平靜。

「什麼！」

努力回想起來，我確實在出門前，將手機留在哥哥那裡了。

「我死定了……」我嘆了口氣。「走吧！送我回去受審。」

「我會陪妳，人是我帶回來的，要死一起死。」謝康昊一臉認真地拿起鑰匙。

現在的他，和國中的他再次交疊。

那時候，為了保護和宋家佑寫交換日記被抓到的我，義無反顧地挺身而出。

「欸！你還記不記得國一時也救過我，那時候還說我欠你一個人情？」

「記得啊！因為妳一直跟我道歉吵死了！」他笑著轉過身替我拉起外套的拉鍊。

「那你要我還你什麼啊？」

「我還沒想到，就繼續欠著吧！」他拉起我的手，走向機車。

我勾起了甜蜜的微笑。

「我哥要是問起來，我該怎麼說？」我站在家門口前，與謝康昊相視。

「老實說啊！我們又沒有怎樣。」他聳聳肩。

「也對！」我點頭，轉開了大門的把手。

先是輕輕地推開大門，探了頭四處張望。「哥！我回來了！」

站在我面前的卻是……徐浩。

「妳死定了！黃花閨女夜不歸宿！」

「你怎麼會在我家？」

「來找你哥談大四去他公司實習的事情，剛好聽到妳整晚沒回家。」徐浩伸長脖子，看向門後。

「所以我哥他人在哪？」

「我在這裡啦！妳昨天去哪鬼混？」哥哥笑著從客廳走了過來，沒有我想像中的憤怒，反倒是一派輕鬆地邊走邊喝著咖啡。

「我……喝醉了……然後。」話還沒說完，謝康昊一個霸氣推開大門，害得趴在門上的我，摔了個狗吃屎。

「然後因為她沒帶手機，我聯絡不上你，只好把她帶去我家，非常抱歉。」謝康昊的口氣誠懇。

「喔？」哥哥挑眉。

徐浩緊皺眉頭一臉錯愕，望著趴在地板上的我。

「我們什麼事都沒有發生。」謝康昊輕咳了一聲，盯著哥哥的眼睛說。

「我也相信我妹妹不是那種隨便的女生，昨天真是麻煩你了，進來坐坐吧！」哥哥一說完，便轉身回到客廳。

只留下了我、徐浩、謝康昊三人在玄關。

「你看什麼看？」謝康昊面無表情地看著徐浩。

他們直視著彼此，一股詭譎的氣氛蔓延開來，我緩緩起身，拉了拉謝康昊的衣袖。

「你幹麼這樣講話。」

「你跟她回來幹麼？」徐浩一開口，火氣也不小。

「這是一種負責任的態度，關你什麼事？」比起徐浩，謝康昊的反應倒是冷漠得令人不寒而慄。

好像是說著別人的事情一樣。

「我要是你，就不會讓她喝醉，更不會讓她在我家過夜。」

「喔！是嗎？那真可惜你不是我。」謝康昊脫下鞋子，經過徐浩身邊時說：「你永遠都不可能會是我。」

徐浩深深地看了我一眼。「我先走了。」

「等一下！」我伸手拉住徐浩的手臂。「你實習的事情談完了嗎？」

他回過頭，朝我露出淺淺的微笑。「既然我又失戀了，還有什麼好談的，先去療傷比較重要吧！」

「你失戀的對象是指我嗎？」

「不然呢？我愛了五年的人，拉住我竟然不是為了解釋昨天發生了什麼，而是問我實習的事，我還能不放棄嗎？」

「我……」我鬆開了手。「對不起，我真的把你當成很重要的朋友，但是愛……」

「我知道，我永遠都不可能是那個傢伙。」徐浩努力撐起了笑容，卻克制不住顫抖的嘴角。「說出祝妳幸福什麼的太靠杯了！我先走了。」

看著他轉身的背影，我紅了眼眶。「那就我說，祝你幸福，還有，對不起。」

「對不起給我吞回去，妳根本不用道歉。」徐浩關上了門，也走出了我的世界。

徐浩，你值得更好的人。

我和謝康昊被彼此困在一個死胡同裡，痛苦與快樂無限循環著。

而這裡，並不是你這樣的天使，該存在的地方。

那天之後，我就很長一段時間沒見到徐浩，他的臉書不再更新、ＩＧ也只剩下我們最初的那張合照。

他是這樣寫下註解的——

「妳是我最無法淡然的存在。」

4

我知道如果我選擇的是徐浩，那麼這樣的疼痛與悲傷，都不會存在。

「但謝康昊是一根針，深深插在我心上，拔與不拔，都是無力負荷的痛。」我靜靜地躺在李涵懷裡。

「為什麼愛會讓妳變得那麼不快樂？」李涵輕輕揉著我肩膀。「我去海扁謝康昊好不好？」

「妳說去軍營裡嗎？」我笑著搖搖頭。「假裝去會客，然後拿槍掃射他。」

專屬某人的鈴聲響起，我們相視一笑。

有天夜晚，謝康昊帶著我去喝湛藍天空。

「妳今天可以喝醉，但是我照顧妳的代價是，幫我顧好我的房子，我要去當兵了。」

「你要當兵應該很多人想歡送你吧！怎麼願意屈就跟我一起喝酒？」

「因為我一點也不喜歡熱鬧的感覺，我只喜歡看妳耍嘴砲。」

「那你當兵時可以打給我，我每天嘴你。」
「真的嗎？」
「真的，我會每天等你電話，隨時準備好嘴砲你。」
我厭倦了等待的滋味，卻迷戀上等他電話的每一刻。
好像自己是他的女朋友一樣。

「嗨！今天好嗎？」
「不太好，我被班長幹幹叫了一整天。」
「這麼巧我今天也不太好。」
「妳怎麼了？」
「李涵來台北找我，我們在你家開炸物派對，現在有點亂，我在煩惱等下要怎麼收拾。」
「幹！妳真的很賤！」謝康昊在電話那頭大叫，李涵笑著在電話旁嚷嚷，好煩惱之類的話。
「好了！不要浪費電話費，你旁邊有其他人嗎？」
「有！而且很多很多，一樣要假裝我女朋友嗎？」
「好啊！」我清了清喉嚨。「謝康昊你快點回來，我真的好想你。」
「我也好想好想妳。」
掛上電話後，我看著手機，久久不能自己。
「幹麼假裝啊！有種直接說妳真的想他，想到快要瘋掉！」李涵朝我頭上狠狠巴了下去。

「我就是很沒種。」

對！我就是沒種，沒種到他每次放假回來，我都會在他同梯兄弟面前演他女朋友。然後一回到家，就立刻裝出一副屌樣。

「妳什麼時候要去實習？」我們並肩坐在他的沙發上。

「最後一梯次是你退伍後幾天。」我伸長手，越過他想拿遙控器。

「那不就快到了，找好要去哪一間公司了嗎？」

「越南，我要去參加海外實習。」我隨意轉台，不管哪一台都一樣難看的電視。

「這麼遠喔！」謝康昊起身，走到陽台外去抽菸，抬起頭看著天空。

天空被飛機劃過一道長長的白線。

長那麼大，這還是第一次隻身前往異鄉，水土不服讓我整整上吐下瀉了一個禮拜。好幾次我都想放棄，什麼賠錢啊！延畢啊！我都不在意了，只想馬上打包行李回台灣。

「妳要加油！我寄了很多東西去給妳，至少也等妳收到了再回來嘛！」謝康昊總是這樣告訴我的。

「再請其他人幫我寄回去就好，我現在就要回台灣！」再也忍不住心中的脆弱，我放聲大哭。

「思秧！妳要回來當然沒問題，但是要想清楚妳真的回來了，就是輸給了自己；畢業後會遇到更多問題與困難，比起思鄉跟水土不服，他們可怕了一百萬倍。」他耐著性子安慰我。

退伍後的謝康昊真的成熟了許多，然而他工作忙歸忙，卻不曾漏接我的任何一通電話。

「好啦！我會再試試看。」我用力擤了擤鼻涕。

「嗯，等妳回來，再跟妳說一個好消息。」

「現在說啊！」

「不行！現在說了妳就會衝回來，而且我想要當做是，妳認真實習的交換條件。」話筒傳來令我安心的笑聲。

但是他的話讓我燃起一股不好的預感。

「等等！你不會是交女朋友要介紹給我認識吧！」

「絕對不是。」

「好，那你等著，我會撐完這半年的。」

越南的氣候不同於台灣，但是我已漸漸適應。

每當我回到宿舍洗去一身的疲憊，就格外想念起台灣的朋友們。

李涵的感情很穩定，工作也得心應手，雖然她總是嚷嚷著，讀大學浪費時間想休學，卻也是順順利利倒數著畢業了。

※

某一個夜晚，來自徐浩的訊息跳出我的電腦螢幕。「是跑去越南學河粉啊妳！」

「對啊！牛肉河粉，想吃嗎？」我飛快地回應他。

「妳過得還好嗎？」

「不太好，可是我還挺得住。」

「我交女朋友了，總覺得妳不會在意，但是我還是想跟妳說。」文字沒有情緒，但是我能想像此時的他，表情是微笑著的。

「我當然會在意啊！恭喜你！她一定是個很好的女生吧！」

「她真的很好，妳回來我再介紹妳們認識。」

「她不會介意我的存在嗎？」有誰會願意見男友的前女友呢？

「妳不要把每個人都當做謝康昊，那麼小鼻子小眼睛的。」

我看著他的訊息，啞然失笑。

看來他們兩個男生的仇恨，是永遠都無法放下了。

不過說真的，要去放下一件擱在心裡好幾年的事情談何容易。

對，我是在說，關於我還在喜歡謝康昊這件事。

明明是自由自在害怕羈絆的水瓶座，卻有著連金牛座的李涵都自嘆弗如的固執與死心眼。

幾年過去，一直在我們故事裡，擔任忠實觀眾的李涵都不想看了。「妳們的故事難看死了！嘴裡有話不能好好說、心裡有愛又不敢露出來；老是擱著一個遺憾，而躊躇著不敢走向對方。」

「或許妳真的該把十六歲時的勇氣，借一點給我。」

「我巴不得把整顆心臟掏出來給妳。」

我才不要李涵的心，裡面滿滿的都是姜睿宇；但是我不介意她把謝康昊的心掏出來，因為我想把自己塞進去。

結束了一百八十三天漫長的實習生活，揮別了教導我許多事物的主管同事，應該滿載而歸的我，竟是一片茫然。

不知道自己到底要什麼、想做什麼、未來該怎麼走。

這是大四生都會有的困擾嗎？

「思秧！思秧！」一走到大廳，便看見李涵高舉著歡迎回來的手牌。

我興奮地跑向她，給了她一個大大的擁抱。「有沒有想我？」

「想死了！我真的好怕妳在那邊太孤單，隨便找了個越南人就嫁了。」

「妳怎麼講話還是那麼靠杯啊！」我緊緊抱住她，視線卻不停搜索著四周說道。「謝康昊沒來嗎？」

「沒水準！沒良心！我從台中搭車來接妳，妳他媽的只在乎謝康昊有沒有來？」她使勁地把我推開，還伸手作勢要掐我脖子。

「我只是問一下而已，他自己跟我說會來接我的啊！」

「他有事走不開，不過如果妳承認妳很想他，我可以直接把妳帶到他的所在之處。」李涵挑眉，露出一副看好戲的神情。

「那我等他忙完再聯絡他就好，反正台北捷運很方便，我要怎麼約都可以。」我才不會讓這個傢伙看見我害羞的表情。

「他現在不在台北了喔！」李涵輕笑，拉起我的行李箱。「算了！反正妳就是口是心非的水瓶女，我直接帶妳去吧！」
「他為什麼不在台北了？」我完全沒聽謝康昊提起過。
「讓他自己跟妳講吧！」
搭上客運，李涵調整了椅子往後躺。「余佳穎到咖啡店找我。」
「她找妳幹麼？」我脫下外套，輕輕地蓋在她身上。
「她說，如果時間能重來，她會勇敢一點跟妳搶謝康昊。」
「屁話，世界上哪有重來的事情。」
「不是我要幫她講話，但是妳還記得嗎？高中時我很喜歡學長，卻因為他喜歡的是妳，所以一直感到很痛苦。」李涵溫柔地看著我。
「佳穎一直是個很自卑的女生，我明明知道她心裡在想什麼，卻只在乎妳的感受；說到底她會變成這樣，我也有責任。」
「這是不同的問題，而且我再說一次，姜睿宇他根本不喜歡我。」我用力彈了李涵的額頭。「還有如果妳真心喜歡，就算是謝康昊我也會讓給妳，因為比起愛情，我更在乎妳。」
李涵輕輕地撫摸著我的雙頰。「這就是真正的問題，我們的眼裡只有對方，佳穎一直覺得她是我們之間，多出來的那個。」
我無語地望著李涵。
「我到現在才明白，她沒有朋友，也失去了愛人的心情；我們都曾是她的全世界，可是我們的世界裡卻都沒有她。」
李涵的話讓我陷入了長長的沉思。

眺望著沿途的風景，就像我們的青春一樣，走的又急又快。

「等等我公司還有點事情，妳直接坐車去找謝康昊。」一到台中，李涵便匆匆地安排我坐上計程車。

「那我們……」話都沒說完，李涵就關上了車門。

看著她快步離去的樣子，我突然好羨慕，能不能有一天我也可以為了自己熱愛的事情而奔走呢？

但是我，究竟想要什麼呢？

答案是無解。

計程車停在一間老宅前。「小妹啊！到了喔！」司機大哥親切地呼喚著我。

「喔！謝謝！」我提著行李箱站在門前，疑惑著李涵要我來這做什麼。

「請問您是思秧嗎？」門打開後，出現在我面前的，是一個打扮時尚的年輕男孩。

「對！請問你是？」

「老師在上面談事情，是他請我來帶您的。」男孩接過我的行李箱，微笑著領我進門。

「等等！你老師是誰？」我一把搶過行李，充滿警地的看著他。

「喔！我都忘了！老師說您都叫他本名。」男孩輕拍額頭。「更正！是謝康昊請您先上去等他。」

「老師？」

「嗯！我們這些助理都會稱設計師是老師喔！」

原來他已經當上設計師了，這就是他口中的好消息嗎？

緩緩地沿著螺旋狀的樓梯上樓，我聽見了那日思夜想的聲音，雙手不自覺顫抖著，透過牆壁上的造型鐵片，我快速整理了自己的儀容。

「您先過去吧！我幫您放行李。」我點點頭，把身上的包包也交給了男孩。

謝康昊捲起襯衫雙手撐在桌面上，認真的談論著像是設計圖的東西。

髮型也變了，換掉以往慵懶性感的韓風，梳起了簡潔幹練的油頭。

他真的是，好看到讓我巴不得一口吃掉的人。

「妳來啦！」謝康昊轉身見到我，露出了燦爛的笑容。

「你先忙，我走走看看。」我笑說。

他朝我點點頭，把視線轉移到了桌面上。

「阿昊！這麼漂亮的女生不先介紹一下。」他身旁的男生對我揮揮手。

我報以他一個完美的微笑。

「她是我朋友，麻煩你正事快點做一做好嗎？」謝康昊低聲地抗議。

笑容在嘴邊凝結，我感到無比的寒冷。

她是我朋友……

沒有任何的特別性，我只是他的朋友。

我甩甩頭，試圖想轉移注意力。

環顧了四周的擺設，裸露的管線、斑駁的紅磚牆、咖啡色系的簡單家具。

嗯，很有謝康昊的風格。

選擇了靠近落地窗邊的小沙發坐下，靜靜地凝視著他的背影，這樣的畫面佔據了我的整個青春；十幾歲時的他是個習慣性的駝背男孩，然而二十歲的他，已經是個挺直腰桿的男人了。

「那就先這樣，我改完動線圖再跟你討論。」謝康昊身旁的男生收起文件，朝著我的方向走來。「嗨！我是Ｋｅｖｉｎ，謝康昊工作室的設計師。」

「你好，我是徐思秧。」我起身，朝他伸出右手。

正當他微笑著伸手向我時，謝康昊一把握住他的手。「好了！謝謝！再見！」

Ｋｅｖｉｎ微微一愣，挑眉。「防那麼緊！好吧！再見小美女。」

下樓時他又對我眨了眨眼，謝康昊往他屁股踹了過去。「快滾啦！」

確定他下樓後，謝康昊轉過身來。「回來啦！愛哭鬼！」

「你們很熟啊？」我指著Ｋｅｖｉｎ離開的方向。

「不錯啊！他是我高中夜校隔壁班同學。」謝康昊走向我，溫柔地摸了我的頭。「妳變瘦了！不是寄了很多零食給妳嗎？」

我不耐煩地撥開他的手。「你都這樣關心女生朋友的嗎？」

他一臉疑惑偏著頭。「是因為出過國的關係嗎？我怎麼聽不懂妳在說什麼？」

「你還裝，剛剛為什麼跟他說我是你朋友！」

「妳說剛剛啊！因為Ｋｅｖｉｎ很喜歡把我店裡的女客人，然後又很愛用一些冠冕堂皇的理由甩掉人家，所以我告訴過他，要怎樣我沒意見，就是不能動我的朋友。」

謝康昊笑著拿出手機，接通之前他湊到我耳邊。「不是朋友，不然妳是客人嗎？」

他說得也對，我就是他朋友而已，難不成出個國回來，就會變成女朋友嗎？

「妳覺得這裡怎麼樣？」謝康旲開口。
「很好看，非常有你的風格。」
「妳去實習的這半年，我可是台北台中兩頭燒啊！」他用力一蹬，躺進沙發裡，揉著太陽穴，看起來非常疲倦。
「怎麼會選擇回台中？在台北不是發展得好好的嗎？」我坐在他身旁，晃著雙腳。
「因為我想家了。」他閉上雙眼。「我想念這個跟你們一起長大的地方，台北再繁華便利，終究比不過台中這些我成長的記憶。」
謝康旲的鄉愁如此，我又何嘗不是呢？
我也想念著台中的一切，會去台北，完全都是因為那邊有一個你，一個誰也替代不了的你。
「那你奶奶呢？」我看向他。
「她常常提到想吃巷口的貴死人乾麵，我想她也在想念這裡，所以我回來開了工作室，可以一邊工作一邊照顧她。」謝康旲打了一個大呵欠。
「你真的好乖，奶奶這麼辛苦把你帶大，也是值得了。」我輕輕地摸了他的頭。
他微微張開眼，嘴角揚起淡淡的笑容「那可以讓很乖的我，瞇一下嗎？這段時間我真的累壞了。」
「好，你睡，我在你旁邊。」
我不知道，自己是不是看著謝康旲看到睡著的，但是當我再次張開眼時；身上多了一件外套，而這件外套的主人，正埋首於電腦前。

「你怎麼還在忙？」我輕揉著因為帶著隱形眼鏡而乾澀的眼睛。

「因為我要變成很厲害的人啊。」他抬起頭，一臉認真地看著我。「現在是凌晨兩點，要我載妳回去嗎？還是妳要在我這邊過夜？」

我滑開手機螢幕，沒有媽媽的未接來電。「住這裡好了，我身上沒有鑰匙，現在回去會吵到我媽。」

「好，那我去煮泡麵。」他拿下眼鏡，走向後方的小廚房。

「我也要吃。」我提高音量大喊。

「我就是要煮給妳吃的。」

謝康昊沒有回過頭，我的心卻湧上一股暖意。

如果，我是說如果，我們能像這樣永遠在一起，那該是多幸福的事情。

他一定會是一個好老公、好爸爸。

5

「這世界上根本就沒有如果，妳到底是要不要告白了？」李涵坐在我正對面，雙手抱胸。

大四的課少得離譜，我幾乎所有時間都待在台中，更多了可以跟李涵打混聊天的機會。

「告什麼白？」我切了一小塊的起司蛋糕，塞進她嘴裡。

「跟謝康昊啊！不要跟我說妳每天去他工作室，是因為在那裡可以思考畢業後的人生。」

她不以為然。

「我不知道啦！不知道他對我到底是抱持著什麼樣的心情。」

而且最近我真的是被另一個問題困擾著。

那就是，我畢業後到底要做什麼？

「我會不會畢業即失業啊？」我雙手托著腮幫子看著李涵。

「妳是成績那麼好又是外文系的，到底哪裡來那麼多擔心？」

「我覺得其實自己，就是填鴨式教育下的失敗品，除了讀書還是只會讀書。」

「那妳就去考研究所啊！」李涵低頭滑開了手機。

「然後呢？研究所出來之後呢？是不是又再次遇到這樣的問題了。」我嘆了口氣，望向窗外的街道。「我也想像妳跟謝康昊一樣，知道自己要什麼，然後一畢業就可以付諸行動。」

「我花了四年，換了好幾個個工作才知道自己想要的是什麼，妳不用給自己那麼大的壓力，很多日校生的職涯都是畢業才開始的。」

我看著眼前的李涵，雖然她講垃圾話的習慣依然沒變，但更多的是，她已經可以給予我很多人生的解答。

「妳會不會覺得我很廢？」我看向李涵，

「是滿廢的啊！」她點頭。「明明就超級喜歡謝康昊，不知道是在怕三小東西，只會一直搞曖昧。」

「妳講話一定要這麼沒水準嗎臭賤人。」餘光發現隔壁桌的情侶，用著非比尋常的驚恐眼神直視著我們。

「哈哈哈哈哈哈。」我們交換了一個眼神，試圖用笑容化解了尷尬。

「姜睿宇到了，我要先走了！」李涵收拾好包包，起身。

「欸！李涵！」我看著李涵離開的背影。

她回過頭來，一臉疑惑地看向我。

「是不是只要勇敢一點，就真的能擁有幸福？」

「不一定，但是妳不勇敢，幸福就永遠不會站在妳那邊。」她小跑步到我身邊。「還記得妳舞蹈老師曾經說過的嗎？坦率的女生更容易得到幸福。」

是啊！也許就是要像李涵一樣，面對喜歡的人就要大聲說出來；要是被謝康昊拒絕了，大不了就是哭個幾天，然後再找李涵一起討厭他的幾年就好了嘛。

可是，我就是做不到嘛！

講了也是白講，他媽的水瓶座怎麼這麼沒屁用啊！

※

「嗨！我買了吃的過來了！」打開工作室的大門，謝康昊正在和廠商討論新產品。

這陣子他又更忙碌了，台北髮廊只要客人預約，他就會北上去工作；而台中廠商一來拜訪，他就會南下來見一面。

但是他告訴我，這樣的生活他很滿意，因為他正一步步朝著自己的夢想前進了。

好啊！大家都有夢想，就我一個人沒有。

「到底是什麼時候，我弄丟了我的夢想？」

在很久很久以前，我希望成為一名發明家，發明可以讓世界變得更美好的機器人；可是老師告訴我。「妳要好好讀書，將來就可以當醫生，發明家是一個不切實際的夢想。」

後來我希望成為一個舞蹈家，可是老師又告訴我。「學藝術的都會餓死，妳可以投身教職，去孕育出更多的國家棟樑。」

於是我不再對夢想侃侃而談，努力讀書、死命地讀，好像只要一直這麼努力就會有看見光明的一天。

可惜，眼前等待我的，是伸手不見五指的黑洞。

眼前一片黑，原來謝康昊拉起了窗簾。「妳是不是心情不好？」

「還好啦！我最近老是這樣，不用理我。」口是心非。

「最近我要做一些，廣告啊文宣類的東西，可能會有一些女生來店裡。」謝康昊坐在我身旁，打開了我帶來的便當盒。

「是喔！」他女人緣一直都很好，而且還是美女緣，這也是我一直不願意跟他坦白心意的原因之一，因為我不知道他對待其他女生，是否也跟對待我一樣。

以前大家都說他對我很不一樣，可是現在，我不知道。

「李涵說妳很煩惱畢業後要找工作，也許那些女生可以給妳一點方向喔！她們在業界也是有鑾專業的表現。」謝康昊貼心地替我拆好筷子，放到我手上。

「嗯，我考慮看看。」埋著頭吃飯，我才不想跟那些，對他居心叵測的女生有交集。

「對了！妳願不願意當我的髮模，我想做參考型錄，一直找不到酷酷的女生，妳天生臉就很臭，感覺很適合。」他一臉認真。

「你現在是在哭爸嗎？」我瞪他。

「哈哈哈哈！要像妳臉這麼臭，又可以這麼漂亮的很少！」他笑著揉亂我頭髮。

「不要放馬後砲。」

「拜託妳啦！不是從小就一直嚷嚷，要我免費幫妳做頭髮嗎？現在我就要完成妳的心願了！」

「你怎麼還記得這種鳥事啊！那是我隨口說說的而已。」我笑了，因為我喜歡他記得我們的從前，更喜歡他記得我說過的話。

他瞪大雙眼。「妳隨口說說？我可是因為妳的隨口，拚命努力到現在耶！」

沒料到他會是這樣的回答，我愣在原地。「嗯……我開玩笑的啦！當然是說認真的啊！」

「那就好，所以我就當做妳是答應了，後天到台北我幫妳染頭髮，順便帶妳去棚拍。」他收回視線，將行程打在手機上。

「好啊！那你有找李涵嗎？」

「找過了，姜睿宇說不可以，因為我說要剪李涵的頭髮，他徹底的崩潰了。」說完，我們兩個哈哈大笑。

謝康昊跟姜睿宇個性出乎意料地合，竟變成了好朋友，但是在謝康昊不能對李涵動手動腳的前提下。

「對於青梅竹馬的現任男友，你有什麼感想。」我手握拳頭，假裝是麥克風的遞到他面前。

「不錯啊！妳有把關過的就是不一樣。」

「那當然！因為我擔心要是她再被劈一次腿，沒有人會幫她把負心漢打到骨折。」我笑著看向謝康昊。

「我回來了。」他湊到我面前，低聲地說。「可以幫她打了。」

我笑噴。「那我呢？如果我遇到負心漢，你也會幫我打爆他嗎？」

「我不會。」他蓋上便當盒。「因為妳的眼光比較好，不會遇到負心漢。」

那一晚，我在床上反覆思索著他這句話的意思。

因為妳的眼光比較好，不會遇到負心漢。

我把玩著仙丹花做成的書籤自言自語。「可是我只遇過你和徐浩，而你就是負了我心的那個欸！」

這句話當然不能跟他講，所以我跟徐浩講了。

「拍完了我順便載妳回家吧！」結束了一整天的行程，謝康昊搭上我的肩膀。

「我等一下跟朋友還有約，我自己回去就好了！」我對他眨了眨眼。「讓我去展示一下這麼漂亮的髮型吧！」

「好吧！那妳路上小心。」

揮別了謝康昊，我來到李涵大一時打工的咖啡廳、徐浩指定的地點與他們會合。

他們是指，徐浩和他的女朋友。

推開店門，就看見徐浩在正前方的沙發坐上，對我招招手，有著一頭浪漫波浪捲髮的女孩也轉過身來對我揮手。

是個非常可愛的女生。

「妳的頭髮也剪太短了吧！不是萬年的長髮教主嗎！」徐浩指著我貼耳的髮型驚呼。

「好看嗎？」我看向他身旁的女孩。

女孩露出燦爛的笑容。「好看！非常好看！」

我第一眼就喜歡上了這個女孩，水靈大眼、淺淺的酒窩、還有那陽光一樣耀眼的笑容。

果然徐浩是適合這樣的女孩，她絕對是能照進他心裡陰暗處的小太陽。

「不會是謝康昊剪的吧？」徐浩開口。

「賓果！我都忘記自我介紹了，妳好我是徐思秧。」我對著女孩微笑。

「妳好！因為我很矮又很熱情，所以大家都叫我小太陽。」

「是不是人如其名？」徐浩寵溺地摸摸她的頭。

「嗯，真的。」徐浩眼裡散發出來的幸福，讓我不禁紅了眼眶。

「妳怎麼了？」小太陽緊張地看著我。

「該不會是看我交女朋友太感動吧？」徐浩揚起笑容。「我終於不會再像鬼魂一樣纏著妳了。」

「你怎麼這樣講話……」深怕小太陽會誤會，我趕緊轉向她。

「沒關係的！你們的故事我都知道！我覺得能被學姊妳喜歡的那個男生很幸運，因為不是每個人都有那樣的耐心跟勇氣去喜歡一個。」小太陽跟徐浩交換了一個眼神。

我想他們之間又是另一個故事，甩甩頭苦笑。「但願那個男生知道他那麼幸運才好。」

「妳們還沒在一起嗎？」徐浩說。

「還沒。」

「真的是歹戲拖棚，其實只要一開口，你們就會在一起了不是嗎？」他搖搖頭。

「現在不是訪問我的時候，我可是特地要來聽你們愛情故事的。」我找來服務生，順利的轉移了話題。

我們開心的聊著徐浩以前的糗事，偶而他會開口嗆我，不過大部分的時間，他的眼神都是停留在小太陽身上的。

看著你幸福，那我也就放心了。

曾經帶給你的那些苦澀與委屈，現在都有人一一撫平了。

6

想起幸福的徐浩，我露出淺淺的微笑。

那我的呢？

只要能待在謝康昊身邊，我覺得那便是幸福了。

「為什麼又苦著一張臉？」謝康昊笑著打開工作室的大門。

「我今天去面試了幾間公司，感覺都很不ＯＫ。」我垂下雙肩。「工作內容都跟求職網站上的根本不一樣。」

他伸手摸摸我的頭。「沒關係妳慢慢找，如果想耍廢，可以考慮來當我的助理，我養妳。」

「我都不知道你有那麼多閒錢可以養助理耶！」

「妳可以當特別助理，我不介意多接一點客人來養妳。」他替我泡了一杯熱可可，放在工作桌上。
那是他的工作桌，卻已被霸佔成我的書桌，堆滿了厚厚一疊的原文書與筆電。
「自從妳的東西放過來之後，大家都以為我是高材生了。」坐在桌邊，他隨意地翻閱著我的書。
「你是高殘生。」我笑說。
瞪了我一眼，謝康昊轉身開始忙碌的一天，我點開了海外留學的網站。
「這幾天會有一些女生來我店裡，如果她們太吵，妳可以上去樓上看書。」謝康昊將鑰匙放在我面前。
我的心跳好快，這樣的行為就好像我是他最特別的人一樣。
然而這樣的情懷並沒有維持太久。
因為我很疑惑他心裡想的一些女生，跟我們一般人想的，為什麼會差那麼多？
幾乎每天都會有成群的網美佔據他的工作室，自拍的也好、真正來用頭髮的也罷。
她們唯一的目的都是，想更靠近謝康昊一點。
濃到刺鼻的香水味、假到爆的娃娃音，都讓我的白眼翻到快要噴出眼眶。
謝康昊不知道什麼叫保持距離是嗎？
女孩要求拍照，他來者不拒，貼的那麼緊，就連我都不會這樣跟他拍照，她們以為自己是他的誰啊！
等等！那我又是他的誰？
「我也不是他的誰啊……」緊咬著下脣，我臉色一沉。

永遠都是一副滾遠一點的表情，來面對所有好奇我跟謝康昊關係的女孩。

讓我感到心酸的是，謝康昊也從來不為我們是什麼關係多作解釋。

有一句歌詞不是這樣唱的嗎？

「曖昧讓人受盡委屈，找不到相愛的證據。」

我們是愛過彼此，相愛的證據也一直都鎖在那座心鎖橋上；只可惜，已經是七年前的事了。

我甩甩頭，收回思緒專心地打著期末報告，謝康昊帶著一個身材姣好的女人走到我面前。

「思秧！她是我這次平面宣傳的設計師，妳可以跟她聊聊一些就業的問題。」她朝我點點頭，在前方的空位坐了下來。

謝康昊的手機響起，接起電話前，他湊到我耳邊。「等下結束，我們去吃燒烤吧！她們那些女生香水味好重，我快吐了。」

我輕笑。「還不是你找來的，活該。」

看著謝康昊走遠的身影，我把視線拉回眼前的電腦螢幕。

「我沒想到謝康昊口中的校園女神，是這麼平凡的女生耶！」坐在我面前的女人一開口，語氣裡滿是不屑。

忍住了即將要脫口而出的粗話，我深深吸了一口氣。「就是因為平凡還能當女神，才會顯得妳們的庸俗啊！」

沒興趣看向她此刻的表情，我繼續埋首於原文書與電腦前。

「我就直說了吧！聽說妳不知道畢業後要做什麼，康昊他的意思是，要我幫妳安插一個職位。」

停下手邊的動作，我憤怒地抬起頭。「我有說我需要嗎？」

「妳不用這麼生氣，康昊他也是好意，畢竟幫人家安排這種事，對我來說不算太難。」

看著她那副氣焰囂張的樣子，我緊握拳頭。

「以我的學歷，完全沒必要屈就在一間名不見經傳的公司，而且這是我們第一次見面，妳這樣說話，實在有失禮貌。」闔上書本，迅速收起筆電，我起身。

「妳可以慢慢考慮，但是不要成為拖累他的絆腳石喔！我是這間工作室的股東之一，我不希望他一天到晚在煩惱妳的未來。」

我頭也不回的，走出了謝康昊的工作室。

她這麼說是什麼意思？

我徐思秧堂堂一個頂尖國立大學外文系的學生，會需要別人施捨工作給我？

謝康昊也是，表面上總是鼓勵我慢慢找尋興趣，私底下卻急著替我關說。

我在他心中就是這麼沒有用嗎？

我也沒有要他一天到晚煩惱我的未來啊！

「去你的！」受了一屁股的鳥氣無處消，我用力地踹了路旁的電線桿，拿起電話。「李涵，我需要妳。」

不到十分鐘，李涵出現在我面前，很順手就點了一桌子的蛋糕。

「有屁快放，老娘等等還要回去開會。」
「事情就是……所以我……」大概跟她述了剛才我發生的事情。
「謝康昊知道這件事嗎？」她雙手抱胸，面無表情地看我。
「我沒說。」
「他是有跟我提過，能不能幫妳多注意一些工作，但是我說了我是不會幫妳的。」吃了一口布朗尼，也許是巧克力粉太苦的關係，李涵皺起眉頭。
屏住呼吸，等待著她的下文。
「因為我知道妳不需要別人幫忙。」
「果然還是妳懂我。」原本以為李涵會責備我，因為抹煞了謝康昊的好意，但是她的回答，著實讓我鬆了一口氣。
這世界上最懂我的，還是她。
「妳說說看，我真的是謝康昊的絆腳石嗎？」
「不是。」李涵搖搖頭。「但是他很在意妳畢業後要做什麼到是真的。」
「我只是不知道自己的未來該怎麼走，為什麼變成都是我的錯了？」我低下頭，拿叉子用力戳著眼前的起司蛋糕。
「我沒有說是妳的錯。」李涵翻了一個大白眼。
「除了妳，大家都在怪我，教授逼我、我媽和親戚朋友都問我、謝康昊還想幫我關說。」我失落的趴在桌面上。
「不要管他們怎麼說，只要記得我永遠都會支持妳就好，就算妳要去杜拜當乞丐，我也

會想辦法存錢去探妳的班。」李涵笑著捏了我臉頰，

「那就麻煩妳工作認真點，要去杜拜不便宜。」我也笑了，看了一下手錶。「我心情好多了，妳快點回去吧！休息時間要到了。」

揮別李涵，我看見手機螢幕跳出了哥哥傳來的訊息。「思秧妳是不是有申請海外留學？通知寄來台北家裡了，有空回來看一下。」

這封訊息無疑是汪洋大海裡的一根浮木，我撥打了電話。「哥哥，我現在去台北找你。」爽約了謝康昊的烤肉之約，我直奔客運站北上。

「思秧！妳在哪裡？」在高速公路上，我接到了謝康昊的來電。

「我在去台北的路上。」

「台北？屁啦！快點從妳家下來，我要帶妳去吃燒烤。」

「我是真的在路上，燒烤你自己去吃吧！或是約下午那個身材很好的老女人也可以！」

「生氣了？」

「沒有，只是我現在有比吃燒烤更重要的事情要做。」

「跟妳工作有關嗎？妳要去面試嗎？」為什麼又是這個話題。

「不是，比工作更重要。」我冷冷地回答，

「幹麼？妳要相親喔？妳可不要因為找不到工作，就隨便找了個有錢的老頭子嫁了。」聽得出來他是在開玩笑，但此時的我一點都笑不出來。

「好笑嗎？我不是找不到，只是想要找到真正喜歡的；還有，你也不用再費心為我關說了，那會造成我的困擾，謝謝。」

電話那頭沉默了許久，他才緩緩開口。「好吧！抱歉！我以為這樣做對妳比較好。」

「你一直都不知道我真正要的是什麼，你說對我好，我卻一點也不好，七年前是這樣，現在也是。」匆匆掛掉電話，說出了埋藏在心裡已久的話，眼淚狂飆。

然後，我錄取了，英國的研究所資格。

「妳什麼時候偷偷申請的？」哥哥研究著我的錄取通知。

「前陣子。」但是我壓根沒想到自己會錄取。

「我妹果然是學霸。」哥哥笑著說。「但是我們現在需要解決一個很大的問題。」

「什麼？」

「妳需要去跟爸申請妳的留學基金，下午我跟媽討論過了，就算我們不吃不喝的錢加起來，也不夠妳在那邊無憂無慮的讀書。」哥哥拿出一疊文件，放在我手上。

「這是我幫妳整理出來的花費，看起來很可觀，但是對爸來說應該不算什麼。」

「但是我……」

爸媽離婚之後，我就沒再見過爸爸，心裡難免有所憂慮。

「放心，我已經跟爸通過電話了，妳可以直接去找他拿。」

我心懷感激地看著哥哥，從小他就是我心目中的神，任何事情，都能替我擺平。

「我開始有點想念跟你住在一起，當任性小公主的日子了。」拉起哥哥的手腕，我紅了眼眶。

「小公主也會有長大的一天，我這個做哥哥的，早在妳徹夜不歸那一晚就有所覺悟了。」

哥哥笑著拍了我額頭。「那妳的真愛男孩怎麼辦呢？他知道妳要去英國嗎？」

「你怎麼知道他的事情？」

「徐浩跟我說的，聽完你們的故事，我差點以為我妹妹演了一齣偶像劇。」我狠狠瞪了他一眼。「我問你一個問題，是不是兩個條件相配的人，才可以在一起很久？」

「大家都說愛可以戰勝一切條件，但我是主張要實力相當啦！畢竟一方如果長期屬於弱勢，時間久了關係就會開始失衡。」

「哥，我的男孩他叫謝康昊，是一間美髮工作室的老闆；我們曾經互相喜歡，卻因為很多誤會所以錯過了。」我輕輕靠上他的肩膀。「他曾經說過，不能跟我在一起是因為他還沒變成更好的人，現在的他成功了，我卻變成那個不夠好的人了。」

我們就是在這樣的無限循環裡。

相愛、差異、誤會、錯過。

「叫他等妳一年啊！妳都可以等他七年了。」

「我要怎麼說？現在連他喜不喜歡我都不知道了。」我苦笑。

「不知道的事情可以問。」哥哥意有所指地說。

但是我，在愛情裡始終缺乏了勇氣。

準備好出國的事宜，我約了李涵和謝康昊到我們國中最愛的簡餐店裡。

「妳是不是有什麼大事要說啊？搞得那麼神祕。」李涵吃著最愛的炸雞腿

「我下個月要出國讀碩士了。」揚起笑容，既然找不到方向，那麼就繼續做我最擅長的事

吧！

「什麼？妳海外實習不是還哭得要死不活得嗎？」李涵不可置信地看著我。

「我想去開開眼界，還有希望能變成一個更好的人」我的視線停在謝康昊身上。

「妳本來就很好。」他深深地嘆了一口氣，抬起頭看我。

「與其花時間迷惘人生，到不如去充實它，對吧？」我輕輕地攪拌著飲料，對李涵拋了一個媚眼。

「可是這樣我會很想妳欸。」她紅著眼眶。

「我也是啊！」伸長手，我緊緊地將李涵抱在懷裡。

從小我們就沒有分開超過一個月，一想到以後我們會在一個相差八個小時的國度，就忍不住難過了起來。

「怎麼那麼突然？之前都沒聽妳提起過。」

謝康昊一臉平靜地看著淚流滿面的我們。

「一個衝動吧！你知道的水瓶座不按牌理出牌啊！」我朝他笑了笑。

時光彷彿回到了我們國中時，一群小屁孩聊著對未來的憧憬。

不同的是，現在的我們都已經在那時候天馬行空的未來時空裡了。

我走了，飛離九七七二公里的距離，

謝康昊始終沒有開口要我留下來。

7

要聽我說個故事嗎？

從前，有一個因為家庭不完整，而行為偏差的男孩；他愛上了一個成績很好的漂亮女孩，可惜那女孩身邊早已經有一個青梅竹馬。

女孩有很多的戀愛煩惱，男孩翻遍了所有關於戀愛的書，只為了替她解惑、女孩失戀了，男孩終於鼓起了勇氣站到她身旁，即使他知道女孩每天邀他一起回家，只是一場誤會。

為了成為能夠配得上女孩的人，他的人生竟然開始嘗試了「讀書」，雖然成績仍是敬陪末座，但是他卻贏得了女孩的心，於是，他們相愛了。

可惜好景不長，女孩的身邊出現了一個優秀的人，男孩感到自卑與憂慮；在那樣一個還不懂什麼是愛的年紀，他們並不知道，誤會是一個大壞蛋，它會吞噬掉，他們為了這份純淨無邪感情所做的，全部努力。

當男孩再次見到女孩時，她已是個亭亭玉立的少女，退去了可愛的嬰兒肥，更增添了女人的成熟魅力；不變的是，那個優秀的人，始終站在女孩身邊，他們看上去是多麼的般配，男孩失落地將自己屏除在女孩的世界之外。

男孩把自己家的鑰匙給了她，女孩卻從未使用過，男孩將女孩考慮進他的未來時，她卻離開了他們一起長大的家鄉。

他不知道能再為女孩做些什麼，只是他記得，女孩說過「我希望你可以免費幫我做造型」，於是他沒日沒夜的練習，只希望有一天能有一間屬於自己的髮廊，來完成他對女孩未完的承諾。

當所有努力終於得到了結果，男孩卻一點也開心不起來。

那道他始終追逐的背影，此時已在遙遠的國度了。

每一個夜晚，男孩都會點開小夜燈靜靜地讀著，女孩幾個小時前傳來的訊息；沒有特定的內容，但是男孩知道女孩很努力的，想讓他知道她現在過得很好。

「過得可真好，妳不在，我做什麼感覺都不對了。」

我抬起頭，看著窗外的夜色，今天的月圓很美，妳也看得到嗎？

凌晨收到了一封訊息，我趕緊跳下床，拿了手機與錢包，飛奔出門。

此時，我面前坐著一對情侶，女子雙手抱胸眼冒著火光、男子雙手放在桌上露出淺淺微笑。

氣氛寧靜而詭異。

「妳大半夜約我出來，不會只是想瞪我而已吧？」淺嚐了一口熱美式，我率先打破了沉默。

「……」女子仍是沉默。

「她好像不想說話耶！」身旁的男子一派輕鬆地伸伸懶腰。

「那現在是要我跪在地上，供請她說話是嗎？」眼前這個怒火中燒的女子是我的青梅竹馬，她時常對我生氣，但這麼不爽的表現倒還是第一次。

「我只問你一個問題。」她看著我。

「李涵娘娘，請問。」

「你到底愛不愛徐思秧？」砰的一聲，李涵大力地朝桌面一拍。

她突如其來的劇烈反應，嚇得我手中的咖啡全灑了出來。

「你們特別找我出來就是為了這個？」我看向李涵身旁，忙著拿紙巾擦拭桌面的男子。

「姜睿宇！你們是吃飽太閒嗎？」

他停下了手邊的動作，緩緩抬起頭。「我們是剛吃飽沒錯，但是有些事情再不說，我們兩個會發瘋。」

「你先回答我，愛還是不愛。」李涵的口氣很凶，我卻很想笑。

收起玩笑的表情，我無需思考的直接回覆她。「我愛。」

「既然你愛，為什麼讓她走？為什麼讓她猜？為什麼不告訴她？」

「寶貝！妳問超過一個問題了。」姜睿宇拉住李涵的手，招來她一個世紀大白眼。

「我會讓她走，是因為她終於找到想要做的事，我如果強留，就是在阻撓她的人生。」

「她根本不想走，甚至到登機前的那一刻，她都還在等你開口留她；要不是你找人幫她安排什麼鳥工作，她也不會一氣之下就走了。」李涵的語氣急促，就像是我聽完這些話的心情。

「我只是希望她可以留在台中工作，留在我身邊。」我嘆了一口氣。「難道她感覺不出來嗎？」

「說真的，我們旁觀者都看不出來了，更何況是她。」姜睿宇搖搖頭。

「她在你面前，就膽小得像隻狗、笨得像頭豬。」李涵搖頭。

「徐思秧等了你整整七年，她的青春、她的少女時代，滿滿都是你；終於等到你回來了，你卻說不想談戀愛，忽冷忽熱心思總是要她猜。」李涵轉過身，從包包裡拿出一張充滿歲月痕跡的書籤。

「這是……」我一眼就認出那張書籤，是用我在隔宿露營時送給她的仙丹花作的。

「你說過要她等你，她一直都沒有忘記。」她輕輕地把書籤放在我手心上。

書籤很輕，我的心卻很沉。

一直以來，我都以為自己站在她身後，所以拚命的往前奔跑，卻沒發現其實她是一直站在原地，等著我回來。

「那徐浩跟她……」對於徐浩，我始終介意。

我忌妒那個在我消失的那三年裡，佔據她人生的男孩、我忌妒他上大學後總是纏著她，而她也不曾拒絕。

「在徐浩發現你跟思秧是因為誤會才沒能在一起時，他就放手了。」李涵紅了眼眶。「他一直守著思秧，直到你回來。」

姜睿宇輕拍李涵的肩膀，認真地看著我。「徐浩不是你該吃醋的對象，高中時有很多人想追思秧，她告訴他們『我的生命裡，曾出現過一個叫謝康昊的人，除非你是他，不然就離我遠一點。』，徐浩他再好，始終也不是你謝康昊。」

無法相信我所聽到的，腦子像是被炸開一般，無力思考。

「思秧和李涵一樣，都是在愛情裡缺乏勇氣與自信的女孩，同是牡羊男，你這樣的求愛表現真的很丟我們的臉。」姜睿宇笑著往我胸前一搥。

「丟臉！」李涵大聲附和。

「我……」我用著自己喜歡的步調在與她相處，卻不知道她在我的愛情裡是這麼的辛苦。

「我拜託你，不要再讓她難過了！如果不是她，我根本不會跟姜睿宇在一起，她為我們做了那麼多，我卻什麼忙也幫不上。」

「妳給我一點時間，我會把她追回來的。」以前的我不敢行動，是因為不確定她的心意。既然現在她的心意滿滿的攤在我面前，那我就沒理由讓它繼續流浪了。

徐思秧的心，一直都是我最想得到的東西。

「你要怎麼追？」姜睿宇雙手抱胸，瞇著眼看我。

「用我們牡羊座的方式追。」我對他眨了眨眼。

相視一笑，留下了一臉疑惑的李涵。

「這些大概是這樣……」瞞著李涵，我交代了姜睿宇一些手邊的工作，我知道只有他能懂我們牡羊座的衝動與瘋狂。

「放心吧！我好歹也是讀過設計的人。」姜睿宇輕輕搭上我的肩膀。

「那我要你偷看的紀錄，沒被發現吧？」

「……」他一臉尷尬看向我後方。

我轉過身，看見李涵就站在我後方，露出淺淺的微笑。「你是指，要他偷看我和徐思秧聊天紀錄的事情嗎？」

「靠！你很廢欸！」我用力往姜睿宇的膝蓋踢了一腳。

「謝康昊你聽好了！所有你要的宿舍地址、學校、教室、什麼時間她在做什麼事，我通通寫在這封信裡面了，人沒追到手，你也別想回來台灣了。」李涵從身後拿出一張信封。

「這是……？」我小心翼翼的拿出裡頭厚厚的紙張。

「地圖，以前徐思秧幫我畫過地圖，讓我可以去台北找姜睿宇，雖然那個智障完全畫錯方向，但這個是我請旅行社做的，應該錯不了。」

「這個又是怎樣？」

「這是我對徐思秧的報恩，我要把你送到她身邊。」李涵微笑看著我手中的機票。

姜睿宇點頭。

鼻頭一酸控制不住顫抖的雙手，我看向姜睿宇。「我可以抱她一下嗎？我好像快哭了。」

我伸出手，一把抱住李涵。「謝謝妳！真的謝謝妳！謝謝妳為我們做了那麼多。」

「感謝收回去，把十五歲時那個天真快樂的徐思秧還給我就好了。」

「我會的。」

「請你也要好好的幸福，我的青梅竹馬。」李涵笑著離開我的懷抱。

姜睿宇給了我一個肯定的眼神。

我想這一次，是不會再丟牡羊座的臉了。

機場大廳，李涵抱著我嚎啕大哭。

「他們是情侶吧！女生哭得好慘。」路人是這樣說的。

「妳會不會太誇張啊！」我好氣又好笑的，輕拍她的背。

「要是你再不追回她，我絕對逼徐浩分手娶她，聽到沒有。」李涵惡狠狠地看著我。

伸手拿出口袋裡湖水綠的小盒子，我看著李涵。「妳想得美，麻煩下次接機時請叫她謝太太。」
無視李涵再次潰堤的淚水。
我走了，飛離九七七二公里的距離，
我要去把我的愛情帶回來。
我要告訴她。「等我長大了，再買真的戒指給妳。」
從來就不是說說。

8

離開台灣已經三個月了。
沒有想像中的慌亂與水土不服，認識了一些新朋友，一切也都上了軌道。
卻仍是在一個人的時候，感到悵然失落。
面對著毫無溫度的鍵盤，我努力敲打著瑣碎的日常生活，螢幕的另一端已是凌晨時分。
真慶幸我是一個生在通訊發達時代的留學生，在孤單時可以跟好姊妹視訊。
「靠！妳知道台灣現在是幾點嗎？」雖然，她常常罵我髒話就是了。
「不知道。」我聳聳肩。
「賤人，妳最近都在幹麼？」李涵一臉倦容的起身去泡了一杯三合一咖啡。
「我最近在重看原版的小王子，然後，我發現我弄丟了一個重要的東西。」
「弄丟什麼？妳的愛人嗎？『當你遇見一個無可取代的人，請用盡一生的時間與精力去愛。』」她打了一個大大呵欠。

「白痴！妳講什麼小王子對白啊！」突然好懷念十幾歲時，我們總是膩在一起聊著小王子的無聊日子。

「所以妳弄丟了什麼？」李涵輕笑。

「我的書籤，那個壓花做的書籤。」搬到宿舍的第一天，我就不斷翻找著行李，總覺得是夾在某個東西裡。

可惜我找了整整三個月，終究是要把它列入失蹤人口了。

李涵瞇起眼「妳等等我！」她飛快地跑離電腦螢幕，隱約聽見了她與姜睿宇對話的聲音。

「是這個吧？」李涵拿著我朝思暮想的書籤在螢幕前晃呀晃的。

「對！我差點以為它就要這樣消失在我的生命裡了！」我放聲大叫，失而復得的感覺真好。

「就只是一個書籤，妳反應有必要這麼誇張嗎？」李涵無奈的搖頭。

「李涵，世界上最重要的東西，是肉眼看不見的；也許妳看到的只是一個書籤，但它卻是我的一段感情。」

「妳到底有多愛謝康昊啊？外國那麼多帥哥，拜託不要那麼死心眼好不好。」

「妳是不是覺得我腦子有洞？」

「不，我覺得妳是根本沒有腦子這種東西。」

「可是又能怎麼辦，我就只喜歡他一個人啊！就算這份感情不會有結果，我也不想去假裝它不存在。」

我們班上有一位謎樣的同學，未婚夫意外過世後，她為了證明他們的愛情不會消失，每天都會戴著未婚夫送的貝雷帽出門，從未改變過。

她告訴我。「人生還很長，也許有一天我會再次為了某個人交付真心，但是在那之前，認真愛他，就是我最想做的事。」

「在我準備好交出真心之前，我都會繼續愛他。」我眼神堅定地看著李涵。

姜睿宇從李涵身旁探出了頭。「我真慶幸當初追的不是妳。」

「我也很慶幸當初你不是追我。」我笑著朝他比了一個中指。

李涵低下頭，看起來像是在滑手機。

「思秧！我們現在要出門一下，改天再聊唷！」李涵拉起姜睿宇，迅速穿起外套。

「好！再見！」

李涵的臉色看起來不太好，這個時間台灣也是凌晨了，她是要去哪裡？

後來她告訴我，她是去找一個可以幫我把書籤送來英國的朋友。

※

「『她』要幫我送書籤來英國？」我不可置信地看著李涵再次詢問。

「書籤只是順便『他』其實還有別的事要做啦！」李涵和姜睿宇交換了一個奇怪的眼神。

「那真是太感謝『她』了！幫我轉告一下，我要親自去機場接『她』。」李涵特別準備了一個包裹給我，除了書籤，還有我之前預購的五月天新專輯。

「太好了！我還在想要怎麼開口請妳幫一個忙。」李涵忍住上揚的嘴角。「妳可以幫我收留『他』嗎？一個月就好。」

「這個……我不喜歡跟別人住……」我很在意隱私的，她怎麼會不知道？

「那妳先收留『他』一兩天，等找到了住的地方再趕『他』走好嗎？我會先跟『他』講好。」李涵張大無辜的雙眼，天知道我就是無法拒絕她。

「好吧！誰叫『她』是妳朋友呢！」為了不丟李涵的臉，我還認真的做了導覽日誌，打算帶著她的朋友好好暢遊英國。

說來也奇怪，李涵不但沒有給我她朋友的聯絡方式，就連我要到機場接人了，還要我舉一個愚蠢的牌子，上頭還要寫「李涵是萬能大神」。

智障！白痴！低能！丟臉到不行！

但是，我還是舉了。

她到底在我身上施了什麼巫術……

班機有點延誤，我感受到了出關旅客的異樣眼光，不禁為自己舉著這個蠢牌子感到羞愧。

他媽的我舉這個到底是在幹麼啦！

索性直接把臉藏在牌子後方，我想如果這是李涵給的暗號，那她朋友絕對可以一眼就認出我。

等待的過程中，我在腦海裡複習著明天要報告的內容，如果李涵知道我把五月天拿來做學術研究，應該會很佩服我吧！

「李涵果然是神。」一道熟悉的聲音從我頭上響起。

該不會又是……

頭頂一陣酥麻，我打了個冷顫，全身僵硬有如石化一般低語著。「他媽的李涵！」

「不抬起頭，是不想看我還是不敢看我？」聲音的主人輕輕拉下我手中的牌子，彎下腰湊到我面前。

「不要告訴我李涵說的朋友就是你喔！」我很努力讓自己看起來可以正常一點，但是我那雙瘋狂發抖的手已經透露了一切。

「很抱歉，真的是我。」謝康昊笑著點頭。

「很好，那她是不是說你可以先住我家？」天曉得此刻的我已經嚇到快要哭出來了，但是我不行……

「她說會安排一個朋友收留我。」謝康昊依然微笑著。

我做了一個深呼吸，揚起笑容。「等我一下，我聯絡一下那個賤女人。」

「喂～找本大神什麼事？」電話那頭傳來她興奮的笑聲。

「妳到底在搞什麼花樣？妳的朋友就是謝康昊到底是啥鬼！」

「妳自己沒有問我朋友是誰的，關我屁事。」她還是繼續笑個不停。

「該死！妳到底在笑屁！那我問妳，要收留謝康昊的朋友，是不是就是我？」

「當然是妳！不然我還有什麼朋友嗎？」這一次我還聽到了姜睿宇的笑聲。

我再也忍不住，對著電話放聲大叫。「妳找死是不是！」

「話別這麼說，我可是在幫妳耶！偷偷跟妳說，我給妳的包裹裡，有一套超級性感的睡衣，俗稱戰袍；生米快點煮成熟飯，管他謝康昊店裡又來幾個網美，都是妳的手下敗將，懂？」

我餘光看見謝康昊一臉疲倦的，打了一個大呵欠。「懂妳去死！我晚一點再跟妳算帳。」

「欸！」李涵大叫。

「幹麼？」

「妳真的很遜耶！兩次都被我這招整到。」李涵狂妄的笑聲在我腦海裡無限循環著。

「死賤人！妳給我等著！」

「來啊！我翹著腳等妳回來。」

「靠！先這樣啦！謝康昊感覺很累，我先帶他回去休息。」

「欸！徐思秧！人我可是已經送過去了。剩下的，我能放心交給妳了吧！」李涵收起玩笑的語氣。

「嗯。」點點頭，後來我才知道，她那句話其實不僅僅是字面上的意思。

趁著謝康昊還在調時差，我小心翼翼打開了李涵準備的包裹。

掀起蓋子，映入眼簾的不是我的書籤，更不是她口中的性感睡衣，是一封信。

「思秧，把妳的幸福找回來，不用怕，謝康昊絕對比妳想像中的，還要更愛妳。（蓋章認證）

by 李涵大神。」

「大神妳個頭啦！白痴！」我笑著低咒了一聲，感覺到臉頰上溫熱的液體緩緩滑落，我伸手輕觸謝康昊的側臉。

「你真的還愛我嗎？你到底又為什麼要來呢？」手指沿著臉頰來到了謝康昊的嘴邊，我輕輕將食指放在他嘴唇上。

緩緩的，俯身，隔著食指，我吻上了他的唇。

「我愛你，雖然我只敢趁你睡著時告訴你，但是我真的愛你好久好久了。」輕輕地收回手，我跪坐在床邊，看著他像孩子一般的睡容。

「妳真的很喜歡看我看到睡著。」當我張開眼時，謝康昊已經開始整理起自己的行李了。

看著他慢慢地把私人物品擺上我的桌子、架子、衣櫃，我覺得自己是世界上最幸福的人。

他徹底侵入了我的生活。

兩支牙刷面對面的住在同一個茶杯裡，一雙成對的室內拖鞋，每天晚上都會平行的躺在床邊。

我們一起吃飯、一起耍廢、一起聽五月天的自傳。

對了！我們還聊了關於我們錯過彼此的那三年，究竟都發生了什麼事，像是有永遠聊不完的話題；每晚都捨不得闔眼，因為我害怕一張開眼，這樣的幸福就會消失。

「快點睡，妳明天還要上課。」

「會不會我一起床，你就消失了？」我老是這樣問。

「除非我有特異功能好嗎，小姐快點睡，時間真的不早了。」他總是這麼說。

我們很好，好到我的鄰居都以為他是我老公。

她們都讚嘆我竟然年紀輕輕就有勇氣走入婚姻，不知道該怎麼解釋和謝康昊的關係，我總是將錯就錯的笑著說：「This is the true love.」

她們會尖叫、會歡呼，好像這麼年輕就結婚是一件很屌的事情。

接著她們又會問，那他來這裡幹麼？

「你到底來這邊幹麼？該不會是工作室倒了要躲債吧？」謝康昊已經住在我家一個禮拜了，每天我去上課，他就打掃我家、我下課，就帶他到處玩。

所以，

他到底來幹麼的？

我也不知道。

「來抓東西的。」他慵懶地躺在沙發上，隨意翻閱著前幾天在地鐵外買的時尚雜誌。

「你不會是來抓寶可夢的吧？」我崩潰的看向他，依他這麼瘋狂的個性，出國抓寶好像也不是沒有可能。

「猜對一半，是要抓比寶可夢更寶的東西。」他朝我眨眨眼睛。

我嘆了一口氣，算了，反正不管他是來做什麼的，我都很享受跟他一起生活的感覺。

「我們真的很像一對小夫妻。」謝康昊走向我。

「你不要亂講這種話，會讓我誤會的。」他雙手撐在我的書桌旁，身上特有的氣息將我圍繞著。

「好，我知道了。」他挺起身，伸了一個大大的懶腰。

屬於他的氣息一離開，強烈的失落感朝我襲來。

輕輕垂下眼，想轉過身說些什麼，卻被他一把攬進懷裡。

謝康昊的下巴輕輕抵在我肩膀上，嘴脣緊貼在我的耳邊。「妳最好給我多誤會一點，他媽的都已經一個禮拜了，還看不出來我到底來幹麼的。」

「……」腦袋像是被斷了線一樣，完全無法運作；我不敢動，雖然兩個人之間隔著椅背，我仍是被牢牢的鎖在謝康昊懷裡。

「我不是一個有耐性的人，妳知道的對吧？」

「不知道……」我不知所措地看著前方。

電視劇的這一段會怎麼演？我等一下會被扒光是嗎？可是李涵給我的性感睡衣還在箱子裡……

不對啊！我到底在想什麼！身為一個現代版聖女貞德是不能對他起淫念的！

「妳幹麼這麼緊張？」謝康昊輕笑，淺淺的氣息滲入耳朵，我打了一個冷顫。「該不會以為我想對妳做什麼，然後性感睡衣沒穿到吧？」

「你怎麼知道？不對！我不是……沒有……我……」語無倫次。

「我整理時看到的。」謝康昊鬆開手，發出爽朗的笑聲，他走進廁所前，回過頭來對我說：「那個款式我不喜歡，我喜歡直接不穿的。」

「靠！」我大叫，抓起身旁的枕頭朝著廁所方向砸過去。

死李涵！我絕對要親手掐爆妳！

其實我早就猜到謝康昊來英國的原因，只是還不太敢相信罷了。

李涵在信上寫了謝康昊是愛我的，我想我也不需要再懷疑了。

※

終於來到我夢寐以求的巴黎情人橋前，只可惜晚了一步，它已成為所有人記憶裡的畫面。

「這裡真的很冷東西也很難吃。」謝康旲朝我伸出手。

「那是因為你太喜歡台灣了。」我輕輕握住他的手。

「不！我最喜歡的是妳。」他湊到我面前，揚起一抹充滿邪氣的笑容。

「油嘴滑舌！你都這樣跟女客人講話的嗎？難怪生意那麼好。」我醋意濃厚地翻了他一個白眼。

「不要亂吃醋喔！我只會跟妳這樣講話，因為我從頭到尾都只喜歡妳一個人。」他伸出手指輕戳我的臉頰。

「但還是有很多女生都喜歡你啊！」我用力撇開頭。

「我都沒跟妳算徐浩的帳了，妳想來算是不是？」謝康旲鬆開緊握的手，雙手抱胸。

「我跟他又沒怎樣！」

「我哪知道我消失的那三年妳們有沒有怎樣。」

「你這樣講話很過分欸！好像我很糟糕一樣，我就是長得很漂亮，所以被人愛啊！怎樣！」我雙手叉腰，怒氣勃勃地瞪著他。

謝康旲的嘴角微微上揚，伸出手將我擁入懷中。「我當然知道妳很漂亮，我還知道妳跟所有想追妳的男生說『我的生命裡，曾出現過一個叫謝康旲的人，除非你是他，不然就離我遠一點。』」

「不要講！好丟臉！」我以前到底是多有自信，怎麼可以說出這麼沒有羞恥心的話？

「哪裡會丟臉？」謝康昊皺著眉頭。

「就整個感覺很中二。」我笑著輕揉著眉心，想解開他深鎖的眉頭。

「如果人生可以重來，妳還會選擇愛上我嗎？」他低下頭，溫柔地對著我說。

「當然會。」無須猶豫。

「可是我一直讓妳傷心。」

「現在不會啦！而且人家不是說，不禁梅花撲鼻香，焉得一番寒徹骨嗎？」

「寶貝！妳國文程度真的跟妳的長相成反比耶！」謝康昊笑著親吻我額頭。「但是我愛，就算妳總是口是心非、亂誤會我又不肯聽我解釋、明明愛我愛的要死還敢跑出國念書、趁我睡覺偷親我還沒發現我在偷笑，我還是愛妳愛到不行。」

「你裝睡？」我驚呼。

「我只是還沒張開眼睛。」他聳聳肩。

「你這個心機鬼！」我朝他翻了一個白眼。

「就算我是心機鬼，也是妳最愛的心機鬼。」

「那換我問你，如果可以選擇，你還會想愛上我嗎？」

「嗯……」他撇開眼。

「喂！你怎麼可以這樣！」我大聲嚷嚷著。

「妳看後面！」隨著謝康昊的驚呼聲，我快速轉過身去。

後面除了滿滿的觀光客，什麼也沒有啊？我東張西望看著四周的景物。
「後面……」正當我再次轉身想詢問他看到什麼時。
謝康昊單膝下跪右手心朝上。「對不起讓妳等了我七年，可不可看在我愛了妳十年的份上，原諒我？」
「當然可以！你快點起來。」淚水悄悄滑落，我握住他的手，用盡了全身的力氣點頭。
「以前我說過要為了妳變成更好的人，我做到了嗎？」謝康昊搖頭，堅持要跪在我面前。
「有，你做到了！」你早就已經變成一個讓我引以為傲的人了。
「以前我答應過妳長大要買真的戒指，還記得嗎？」
「記得。」豈止記得，就連你送我的仙丹花戒指，都還好好躺在我的筆記本裡。
「這些我都做到了。」他緩緩從背後伸出顫抖的左手。「那，妳願意嫁給我了嗎？」
「我願意，就算你什麼都沒做到，我也願意。」早已經泣不成聲的我，用力的點頭。
謝康昊起身緊抱住我。「為什麼這麼堅持啊？」
「因為你是謝康昊，我愛了很久很久的謝康昊。」
「真好，繞了一大圈，妳終於是我的了，老婆。」謝康昊深情凝視著我的雙眼，像是如獲至寶一般。
「是呀！終於讓我等到你了。」抓起圍巾，輕輕將他拉向我。
踮起腳尖在眾人的歡呼下，吻了這個占據我一整個青春的，勇敢男孩。
Love will keep us together.
I think so.

尾聲

「謝謝你們趕回來參加我的婚禮。」

高偉軍感性地哽咽了起來。

「講這什麼話。」李涵用手肘輕推了他一把。

「雖然不想哭的，但是我一想到當年那些屁孩，竟然還能聚在一起聊著這段青春，就忍不住了。」酒精作祟讓高偉軍哭倒在新婚妻子的懷裡。

我們都紅了眼眶。

宋家佑當上了實習醫生、林彤是一個動不動被小朋友感動到哭的幼教老師、余佳穎在外商公司擔任每天發文罵同事的會計、李涵竟然寫起了小說，大家都過著不同的生活，卻同樣懷念著這一段青春的美好。

也許我們都曾因為毫無畏懼的，衝撞著那屬於大人世界的圍籬，而摔得遍體鱗傷。

還好時間能癒合所有的傷口，包括那曾經破碎的友誼。

我們都一樣，躲在某一個時光裡，想念著過去的掌紋、站在某一個地點，想念著來過的人。

後記

嗨！我是矮子／思念秧秧。

故事結束了，主角們都已經殺青，而你最喜歡的是誰呢？

有那麼一個人，篇幅很短，卻是支持著我一定要寫完這本故事的動力。程以築，她是上帝派到我身命中的天使，那璀璨卻又短暫的人生，教會了我珍惜與勇敢，也正因為她，而有了這個書名《借你勇敢，好嗎？》。

書中的謝康昊因為自卑所以不勇敢、徐思秧的懦弱逃避也是不勇敢、徐浩的成全何嘗不是一種不敢去爭取的不勇敢呢？而那個敢愛敢恨的余佳穎，卻傷害了唯一最勇敢付出真心的高偉軍；愛好難，對吧？

但是親愛的，我想告訴你，做一個勇敢愛的人，就算我們愛錯了人，也好過錯過了一個對的人，不是每個人都跟徐思秧謝康昊一樣幸運，能在繞了一大圈之後再次緊握著彼此的手。

其實不只是愛情。

任何事物都值得你，勇敢去喜歡、勇敢去追求、甚至是勇敢去作夢。

謝謝你買了這本書，也許你早在我是矮子就已經見識到我有多白爛，或許你是因為這本書才知道我是思念秧秧，無論如何，請接受我發自內心的跟你說一聲。「真的，非常感謝你。」

謝謝尚燁哥的幫忙與照顧、謝謝尖端給我機會、謝謝鯨魚和啾啾不厭其煩替我改錯字、謝謝每一個在我最失落時，給我力量與鼓勵的寶貝。

因為擁有你們，我才會是一個如此幸運的人。

這本書對我來說意義非凡，不僅僅因為這是我第一本寫完的小說，還是我送給以築的二十三歲的冥誕禮物。

其實秧秧是程以築的本名。

我是矮子，我思念秧秧。

生日快樂，我真的很想念妳。

二〇一七五月二十日

矮子／思念秧秧

浮文字

借你勇敢，好嗎？

作者／矮子（思念秧秧）
榮譽發行人／黃鎮隆
協理／洪琇菁
執行編輯／呂尚燁
企劃宣傳／楊玉如、洪國瑋
總經理／陳君平
國際版權／黃令歡、梁名儀
美術主編／陳又荻
出版／城邦文化事業股份有限公司 尖端出版
台北市中山區民生東路二段一四一號十樓
電話：（〇二）二五〇〇七六〇〇 傳真：（〇二）二五〇〇二六八三
E-mail：7novels@mail2.spp.com.tw
發行／英屬蓋曼群島商家庭傳媒股份有限公司城邦分公司 尖端出版
台北市中山區民生東路二段一四一號十樓
電話：（〇二）二五〇〇—七六〇〇（代表號）
傳真：（〇二）二五〇〇—一九七九
中彰投以北經銷（含宜花東）／楨彥有限公司
電話：（〇二）八九一九—三三六九
傳真：（〇二）八九一四—五五二四
雲嘉經銷／威信圖書有限公司 嘉義公司
電話：（〇五）二三三—三八五二
傳真：（〇五）二三三—三八六三
客服專線：〇八〇〇—〇二八—〇二八
南部經銷／威信圖書有限公司 高雄公司
電話：（〇七）三七三—〇〇七九
傳真：（〇七）三七三—〇〇八七
香港總經銷／城邦（香港）出版集團有限公司
香港灣仔駱克道193號東超商業中心1樓
電話：（八五二）二五〇八—六二三一
傳真：（八五二）二五七八—九三三七
馬新經銷／城邦（馬新）出版集團 Cite(M)Sdn.Bhd.
E-mail：Cite@cite.com.my
法律顧問／王子文律師 元禾法律事務所
台北市羅斯福路三段三十七號十五樓
二〇一七年六月一版一刷
二〇二二年二月一版六刷

■中文版■

郵購注意事項：
1. 填妥劃撥單資料：帳號：50003021戶名：英屬蓋曼群島商家庭傳媒(股)公司城邦分公司。2. 通信欄內註明訂購書名與冊數。3. 劃撥金額低於500元，請加附掛號郵資50元。如劃撥日起 10～14日，仍未收到書時，請洽劃撥組。劃撥專線TEL：(03) 312-4212 ・ FAX：(03) 322-4621。E-mail：marketing@spp.com.tw

國家圖書館出版品預行編目資料

借你勇敢, 好嗎? / 矮子(思念秧秧) 著 ; .
--1版.--臺北市：尖端出版, 2017.06 面 ; 公分.--
譯自:
ISBN 978-957-10-7460-3(平裝)

857.7　　106005602